VENGO DE ESE MIEDO

MIGUEL ÁNGEL OESTE
VENGO DE ESE MIEDO

MAXI
TUSQUETS
EDITORES

PEFC Certificado

Este libro procede de bosques gestionados de forma sostenible

PEFC

PEFC/14-38-00305 www.pefc.es

1.ª edición en colección Andanzas: septiembre de 2022
1.ª edición en colección Maxi: enero de 2024

Adaptación de la cubierta: Maxi Tusquets / Área Editorial Grupo Planeta

Fotografía de la cubierta: © Roy Bishop / Arcangel

Fotografía del autor: © Isabel Bono

Diseño de la colección: FERRATERCAMPINSMORALES

Tusquets Editores, S. A. - Av. Diagonal, 662-664 - 08034 Barcelona
www.maxitusquets.com

ISBN: 978-84-1107-388-2
Depósito legal: B. 19.257-2023
Impresión y encuadernación: Liberdúplex, S. L.
Printed in Spain - Impreso en España

Índice

A Carlota, Sofía y Elena, mi casa

Ignoro a qué se debe.

Pero cuanto más avanzo, más tengo la íntima convicción de que tenía que hacerlo, no para rehabilitar, honrar, probar, restablecer, revelar o reparar lo que sea, solo para acercarme. Tanto por mí misma como por mis hijos —sobre los que se abate, a mi pesar, el eco de los miedos y los remordimientos— quería volver al origen de las cosas.

Y que de esta búsqueda, aunque fuese vana, quedase un rastro.

Escribo este libro porque hoy tengo fuerzas para detenerme sobre lo que me atraviesa y a veces me invade, porque quiero saber lo que transmito, porque quiero dejar de tener miedo de que nos pase algo como si viviésemos bajo una maldición, poder aprovechar mi suerte, mi energía, mi alegría, sin pensar que algo terrible nos va a destrozar y que el dolor, siempre, nos esperará entre las sombras.

Siempre habrá tiempo para llorar.

DELPHINE DE VIGAN, *Nada se opone a la noche*

Primera parte
Padre

1

Quiero matar a mi padre. No metafóricamente ni en la ficción de una novela en la que lo he matado cada vez que la narración abría la más mínima posibilidad de hacerlo. Incluso cuando ni siquiera le atribuía al personaje del padre rasgos del mío, desarrollaba la acción para que muriese. Desde que recuerdo, he fantaseado con las formas en las que moría, en las que ponía fin a su vida. Y lo hacía con rabia, con rencor, con desasosiego.

Para mí ha sido muy difícil querer a mi padre, pero tampoco ha sido fácil odiarlo.

Durante muchos años, estos sentimientos avivaron el deseo de acabar con él. Tal vez así pudiera liberarme de la aprensión y la influencia dañina que tenía sobre mí. Sentía que al hacerlo me estaba liberando del miedo que me producía su figura, una figura que iba creciendo en mi interior, que se había instalado como una tenia alimentándose de mi organismo.

Aún siento su influencia.

Nada es tan sencillo. Nunca lo es.

Mi pensamiento asesino me encadena a esa idea del pasado de la que soy incapaz de desprenderme.

Pienso: mi padre muere. Pienso que yo lo mato. Lo he pensado demasiadas veces, tantas que casi he agotado la imaginación. En el fondo sé que soy un cobarde, un iluso, motivo por el que este sentimiento homicida, esta obsesión visceral que habita dentro de mí, me causa dolor.

Mi padre aún vive.

Se reproduce igual que la hierba salvaje. Se hace fuerte en lo adverso. Ese es mi padre: mala hierba que crece en cualquier sitio de mi cuerpo tembloroso, apoderándose de mí.

El 16 de julio de 2009, justo a la hora en la que iba a tomar un avión con destino a Praga, mi madre murió ahogada en su propio vómito mientras él estaba borracho. Sospecho que él la mató, también que ya la había matado, poco a poco, a golpes, erosionando su cordura como una lija erosiona la madera. Un símil sencillo, efectivo, igual que las manazas con las que nos pegaba.

Mi madre acabó gorda, loca, desfigurada, repetía siempre lo mismo. Era imposible sostener con ella una conversación. Me daba pena, aunque no hice nada para evitarlo. Tampoco ella contribuyó a que las cosas fueran diferentes. Se negó a hacerlo cuando se le presentó la oportunidad.

Estamos en julio de 2010. Mi padre aún vive y yo escribo sobre él para entender qué me pasa, por qué sigo instalado en el miedo.

Tengo treinta y siete años, cumpliré treinta y ocho el 3 de noviembre.

Ya no soy un niño. Sin embargo, el miedo que me anega sigue siendo el mismo que padecía el niño que fui, aquel que jamás tuvo la valentía de enfrentarse con su padre, aquel niño que tiene los ojos como diminutos océanos y mira al padre desde abajo, paralizado, mientras tiembla por dentro. Aún hoy no hay día que no me arrepienta de esa incapacidad.

El miedo resulta incomprensible.

Tal vez una prueba de valor son todos los años que llevo sin hablar con él. Tal vez mantener activo el silencio mediante el desapego es el mayor logro al que puedo aspirar. Entonces, por qué un simple comentario de una tercera persona sobre mi padre me genera rechazo, inquietud; por qué encontrármelo por la calle sin que él me vea me revuelve las tripas y me inyecta una dosis de desprecio; por qué la lectura de un libro que es un canto de amor hacia la figura paterna, una muestra de generosidad y de reconciliación, modifica mi ánimo y saca a la luz esta tendencia criminal hacia mi padre.

Quiero matarlo. Siempre lo he querido. Lo repito y no dejo de hacerlo, como si me proporcionase placer, como si en la repetición fuera posible hallar el valor necesario. Paradójicamente me asalta la idea de llamar a mi padre y entrevistarlo para extraer su visión de los hechos con el fin de plasmarla aquí, en este libro. Pero no me atrevo. Algo tan banal como una llamada de teléfono supone para mí un viaje al infierno. Hace días que no dejo de darle vueltas. A pesar de las deformaciones que pueda relatar, considero esencial hablar con él a fin de que su testimonio se confronte con mi memoria. La congoja de estar frente a él me bloquea. A lo mejor es una mera excusa que me pongo para no empezar esta búsqueda que me enfrente a mi padre, el mismo que menospreciaba todo lo que tuviera que ver con la cultura, el que se encargó de recalcarme que escribir era un fracaso, el que no se cansaba de repetirme que jamás llegaría a ningún sitio por ese camino de perdedores, que iba a estamparme contra la nada y que él estaría ahí para reírse. Hasta ahora, quizá, no se haya equivocado. Hasta ahora, quizá, esté venciendo si es que esto es un combate.

Le comento a mi hermano que estoy dándole vueltas a la posibilidad de entrevistar a nuestro padre. «Tú sabrás.» Sí, yo sabré.

Algo que me parece importante: hacía ya años que nunca me refería a él así, mi padre, es más, evitaba nombrarlo, y, si no me quedaba más remedio, decía «esa gente». A él no lo nombraba, lo ignoraba siempre. Por escrito me cuesta menos denominarlo padre. Es una de las razones por las que me he planteado escribir un libro que cuente nuestra relación. Lo llamo relación, aunque en realidad fue ausencia. O, en cualquier caso, una relación abyecta por ambas partes. Decido escribir, aunque por el momento no tenga la fuerza suficiente para citarme con él. Escribir es mi manera de enfrentarme a él.

Me pregunto si con el tiempo las cosas que me sucedieron, las que quisiera reconstruir, seguirán afectándome, o la sola posibilidad de que sea capaz de escribirlo es prueba suficiente de que ha empezado una transformación, que por fin he aprendido a pasar página. Está decidido, o eso creo, soy una montaña rusa en un parque de atracciones decadente, en el que todo está comido por el óxido y el moho. Sé que en una historia así, el pudor sale a la palestra obligándote a decidir qué ocultar y qué mostrar, y también que hay que plantar cara a los engaños y velos de la memoria. Y eso me lleva a reflexionar acerca de esta necesidad de analizar a mis padres que me impulsa, y sobre el modo de escritura idóneo para hacerlo. La escritura abre puertas que uno no se atrevería a abrir, ilumina recovecos donde siempre triunfó la penumbra, desentierra las más primitivas evidencias de la vida. Y al cabo me doy cuenta de que no dejo de pensar en ellos con rencor, y por tanto escribo con resentimiento. Desde que me propuse contar esta historia, el miedo me solivianta.

Imagino que es una etapa inevitable. Trato de limar el rencor. Sé que si quiero llegar a algún sitio deberé rebajar esa animadversión. Sé que deberé escribir sin rencor. Pero ¿cómo lograrlo cuando hay tantos recuerdos tristes, tanto sufrimiento y odio?, ¿cómo se alcanza esa meta cuando tienes la absoluta certeza de que tu padre es un asesino?

2

No tengo claro qué voy a contar ni cómo voy a hacerlo. No he diseñado ninguna estructura ni he compuesto una cronología. Simplemente escribo buscando explicaciones, pese a que cuando uno escribe suele terminar descubriendo que solo ha conseguido multiplicar las preguntas.

Miro el almanaque, 16 de julio de 2010, hace un año que falleció mi madre. Seguramente es solo una casualidad, pero yo me afano en hallar algún tipo de conexión que explique la coincidencia. Me vuelvo a acordar de que no fui al entierro. No es que me arrepienta de mi decisión —eran las cuatro de la madrugada cuando sonó el teléfono, yo a punto de embarcar con mi novia en un avión con destino a Praga, descolgué y oí a mi hermano: Mamá ha muerto—, es solo la constatación de que mi padre y yo no podemos estar en el mismo lugar ni siquiera en una circunstancia como esa.

Mi primera reacción fue acudir a la casa de mis padres para ayudar a mi hermano y asistir al velatorio. En el ordenador del aeropuerto mi novia y yo miramos billetes para los próximos días. Todos se salían de nuestro presupuesto. Las opciones se reducían a dos: me quedaba, perdía el viaje y me enfrentaba a mi padre, o cogía el avión y trataba de olvidarme de que mi madre había muerto. Volví a llamar a mi hermano y le pregunté cómo había sido. Yo sabía que mi madre se había deteriorado muy rápidamente en los últimos meses. Su cuerpo y su mente estaban muy castigados tras las palizas casi diarias que durante años y años le propinó su marido. Tomaba un arsenal de pastillas, y su vista era la de un topo. Mi hermano aún no había llegado a casa de mis padres. No sabía en esos primeros momentos qué había pasado. Le pregunté quién le había avisado. Me dijo que nuestro padre lo había llamado varias veces, pero que ignoró sus llamadas porque era muy tarde. Mi padre suele llamarlo cuando necesita algo. Me he cansado de repetirle a mi hermano que corte definitivamente la relación. Minutos más tarde, era mi tía, la hermana pequeña de mi madre la que le telefoneaba. Fue entonces cuando mi hermano se dio cuenta de que algo grave había pasado.

Lo primero que mi hermano vio cuando llegó a casa de mis padres fue una camilla sobre la que había una gran bolsa de plástico cubriendo un cuerpo. Oía su voz quebrada como si me hablase de una extraña. Muchas veces, yo había deseado la muerte de mi madre. Aunque no era nada comparable al deseo de que muriese mi padre. Mi hermano seguía al teléfono mientras entraba en el dormitorio y se encontraba con la policía y con mi padre borracho como una cuba, delirando y balbuceando. Se vio obligado a colgarme. El sonido de la conversación quedó suspendido en el aeropuerto, casi solitario a esa hora de la madrugada.

Le pregunté a mi novia qué haría en mi lugar. Después, cuando retomé la conversación con mi hermano, se lo consulté a él. Ambos me dijeron que se trataba de una decisión personal.

De repente, se habían invertido los roles: él actuaba ahora como el hermano mayor. Le ofrecí mi ayuda, y me dijo que se podía encargar de todo él solo. Fueron minutos extraños, de indefinición, en los que meditaba de un modo entrecortado, pasando de una cosa a la contraria en apenas segundos. Me costaba recordar momentos de felicidad, luminosos, junto a mi madre, que me llevaran al velatorio, mientras al mismo tiempo pensaba en el qué dirían si no asistía al entierro. Tenía la certeza de que mi padre había matado a mi madre porque era un estorbo para él; pensaba que él lo había planeado todo para que pareciera un accidente y, de paso, embolsarse la parte del dinero que mi madre había obtenido de la venta de la casa de mi abuela. Podía sonar novelesco, pero ¿acaso no solía preparar el medicamento que debía tomar porque mi madre confundía los comprimidos a causa de su mala visión? Hay otro dato, la confidencia de la única vecina con la que hablaba mi madre —y con la que yo conversé a la mañana siguiente—, que confirma mi sospecha. Esa mañana, 17 de julio de 2009, había recibido algunas llamadas de condolencia de los amigos más cercanos, cuando volvió a sonar el móvil y se presentó la única vecina con la que hablaba mi madre. Me dijo que le había pedido el número a mi hermano, que sentía mucho la pérdida y que quería mucho a mi madre. Fue una de esas situaciones raras en las que quien transmite el pésame se muestra más destrozado que a quien va dirigido, hasta el punto de que me vi consolando a la única vecina con la que hablaba mi madre, que también sufría la soledad hacía años. Desconozco cómo entramos en el tema y cómo fue la revelación, solo recuerdo que, mientras yo trataba de calmar su llanto, me dijo que unas horas antes de que mi madre muriese, había hablado con ella y le había dicho que le tenía miedo a mi padre. Esto me enervó aún más. Me hizo recordar que en alguna ocasión había sonado mi móvil y leyendo en la pantalla la palabra «Ma», había contestado con malestar, para oír su voz apagada, apenas un segundo, justo antes de percatarse de su error y colgar. El hecho de que sospechara de mi padre no significaba que no fuese consciente de que mi madre era ya una muerta en vida por los incontables golpes, por el cargamento de drogas consumidas, por la vida que llevó junto a mi padre.

Le dije que estaba fuera de España y que cuando regresara la llamaría y hablaríamos. La única vecina con la que hablaba mi madre me conocía desde que nos mudamos al número 64 de Juan Sebastián Elcano, en el barrio de Pedregalejo, a finales de los años setenta. Había escuchado las broncas diarias de mis padres, y podía tener información útil para lo que yo tenía entre manos. Pero son las típicas promesas que se dicen y luego no se hacen, así que a mi regreso no la llamé. Y me arrepiento. Porque ahora está muerta.

Mi madre murió con cincuenta y siete años. Mi padre la mató. Si no ese 16 de julio de 2009 en que se ahogó en su propio vómito de pastillas y alcohol, sí a lo largo de toda su historia en común, en la que, puñetazo a puñetazo y patada a patada, la fue convirtiendo en un despojo, en un saco sobre el que mi padre volcaba toda su violencia, toda su frustración, toda su ira.

Llamo a mi hermano, me dice que lo deje estar, que casi no recuerda nada, que se encontraba fuera de órbita aquel día. Estas son, más o menos, sus palabras. Le pido la autopsia, suspira, me responde que la buscará. No me doy por vencido hasta que reconoce que también él tuvo sus dudas. La declaración de mi padre fue contradictoria, como su comportamiento en el cementerio mientras esperaba a que llegara el cuerpo de mi madre. Unas veces le decía a mi hermano con un punto de locura: Y tu madre ¿dónde está?, como si todavía estuviera viva y hubieran asistido a un funeral ajeno; y otras veces, con pleno uso de razón, le preguntaba cuándo traerían el cuerpo, a pesar de que ya llevaba dentro de la sala del tanatorio un par de horas. Según me cuenta mi hermano, mi padre se fue a comer, no veló el cuerpo, y luego llegó borracho. Menos mal que no estuviste, me dice, menos mal.

Me confiesa que aunque últimamente era reticente a llevarle a mi madre a su hijo de ocho meses, le reconfortó hacerlo en algunas ocasiones, por ver los atisbos de alegría mezclada, eso sí, con su demencia. Me dice: Mamá ya hablaba de una manera en la que no se le entendía. Se imaginaba que por las tardes pasearía a su nieto, yo la dejaba, qué iba a decirle, me daba pena, por lo menos esas dos veces que le llevé a mi hijo la noté feliz. A mí, esos momentos me producían algo de satisfacción y mucha tristeza. Me dice: Cuando yo vivía en el apartamento de la calle Bolivia, muy cerca de su casa, en un momento de debilidad, le propuse que si no estaba bien con papá se podía venir a vivir conmigo. Prefirió quedarse con él. Tampoco sé qué hubiera hecho si hubiera aceptado. Me dice: Siempre ha habido apoyo por nuestra parte cuando papá desaparecía o cuando estuvo en la cárcel, pero mamá nunca lo aceptó. Me dice: La noche de la muerte de mamá, el juez de paz me dijo que había manejado la situación con tacto, que otra persona hubiese golpeado a papá. Le pido que me lo cuente con detalles. Me dice: No me acuerdo, seguramente me dijo eso porque no perdí la calma, y tú deberías dejar las cosas tal y como están, es tu padre, es lo que nos ha tocado y hay que aguantarse. Me dice: El otro día le llamé por si se encontraba solo. No respondió. Le digo que ya no le necesita, que una vez le ha arreglado los papeles y tiene en su poder el dinero de mamá, ya tiene lo que quería. Me dice: A mí eso me da igual, pero tú deberías perdonarlo.

Imagino que llamo a mi padre, acudo a su casa, me siento frente a él y lo entrevisto. Le digo que sé que él asesinó a su mujer, que sé cómo lo hizo. Él se ríe y me grita y entonces yo le doy un golpe en la cabeza y cae muerto. Lo que imagino con esta facilidad, en realidad, queda en nada, como tantas noches en las que soy incapaz de golpear a mi padre, después de que se haya cebado con mi madre, y nosotros, mi hermano y yo, tratemos de detener la paliza.

Ya he cumplido los dieciocho años, ya soy mayor de edad, ya debería defenderme, ya tendría que enfrentarme a él, pero es mi hermano menor quien lo empuja y lo derriba una noche de 1990; yo estoy quieto, no hago nada, mi madre sangra, un espejo está roto y hay cristales por el suelo, salgo corriendo cuando mi padre se abalanza hacia mí con sangre de mi madre en sus manos, también mi hermano corre, episodios así suceden a menudo, esta es mi infancia y adolescencia, esta es mi memoria.

En parte también la de mi hermano. Lo envidio, simplemente, por su capacidad de perdonar y la generosidad que derrocha cuando habla con ese individuo que conocemos como padre. Al mismo tiempo se lo reprocho con mi actitud. Nuestra forma de relacionarnos es anormal, está cortocircuitada, otro legado de la familia, más evidente desde que murió mi abuela materna. Estoy convencido de que lo intuye, de que lo percibe como yo lo hago, aunque nunca se lo he preguntado. Pensándolo con detenimiento, jamás nos hemos comunicado bien. Lo que sí le digo a mi hermano es que necesito que me cuente todo lo que recuerda de la infancia. Repite: Déjalo estar. Luego accede y me pide unos días, advirtiéndome de que apenas conserva recuerdos. A lo mejor ahí está el quid del perdón, en olvidar, en echar tierra sobre el campo de la memoria.

3

No olvido.

Escribo sin una hoja de ruta. Sin red, con miedo. Como si estuviera en el epicentro de un tornado que fuera desgarrando fragmentos de lo que soy, de lo que he sido. Me siento así cuando recuerdo, cuando con frecuencia me asaltan las cuestiones ¿qué me une a mi padre?, ¿qué rasgos hay de él en mí?

Mi padre nunca fue mi padre. Eso me decía yo y se lo decía a todo el que me preguntara por él. ¿Era necesario precisar más?

Aunque tenga muchísimas razones para decirlo, sé que no son suficientes, que no es sencillo de entender.

He tratado de convencerme de que mi padre no pertenece a mi vida. Me preocupa y me aterra parecerme a él. Pero ¿cómo negar que su presencia e incluso su influencia —ese maldito componente atávico— han sido determinantes de alguna manera en mí?

¿Somos mi padre y yo parecidos?

¿Sería capaz de hacerle esa pregunta a él? ¿Qué respondería?

No olvido.

Recuerdo. Sobre todo las peleas entre mis padres, el corazón subiéndome hasta la garganta, el miedo rebotando dentro del cuerpo igual que una bola de *pinball*.

Estoy en el invierno de 1978. Un golpe sordo me desvela. Abro los ojos y miro a la derecha: mi hermano duerme en la cama de al lado. Me concentro en su respiración para acompasar la mía a la suya y, aunque lo logro, sigo vigilante, una bola presiona el centro de mi pecho, pretende abrirlo, una sensación que se ha quedado, una cicatriz que permanece dentro.

La noche emite sonidos, como si no quisieran ser escuchados. El ruido vago de la noche disfraza las voces. En el silencio, ese ocultamiento suena a una máquina de vapor lejana y antigua que emite ecos intermitentes, lastimeros, antes de detenerse por fin, agotada. Son resonancias que desconozco todavía. Gemidos con los que me familiarizaré esa noche. Sollozos que representan un insomnio que viene para quedarse. Llamo a mi hermano. Continúa dormido. A través de los huecos de la persiana se filtra la luz de la calle: insectos que parecen espectros vagando al acecho de una víctima. Pongo los pies descalzos en el suelo, está frío, siento inquietud, trato de entender los sonidos ininteligibles que superan las puertas del pasillo hasta asfixiarse en la habitación, murmullos que parecen palabras apagándose, mezcladas con respiraciones profundas que palpitan entrecortadas. Un nuevo golpe sordo estalla cuando me dirijo hacia el dormitorio de mis padres, pisándome, de tanto en tanto, el pantalón de pijama que me queda largo. Escucho que chirrían los muelles de la cama. Escucho un grito de mi madre. Escucho otro grito de mi padre. Escucho mi corazón al abrir las dos puertas del pasillo y colocarme frente a aquella puerta cerrada. Giro el pomo de la puerta y descubro a mi padre encima de mi madre, se gira bruscamente con su brazo levantado, sus ojos clavados en el intruso, mi madre dice algo, qué, no la oigo, sin esperarlo mi padre se lanza hacia donde estoy. No me muevo, quiero decir algo, ¿papá?, digo, o recuerdo que digo ¿papá?, y él me agarra y me saca del dormitorio con nervio y creo que me ordena que me vaya a dormir, porque sigo mirándole, rígido, incapaz de moverme, hasta que su mano baja contra mi cara y me empuja fuerte y caigo, y me levanto como un resorte y empiezo a correr hacia mi habitación y tropiezo con el bajo del pijama, y caigo al suelo y lloro y la puerta de su habitación se vuelve a cerrar con ímpetu.

Esa fue la primera pelea que recuerdo entre mis padres. A partir de ese momento mi vida es una contienda. O con el tiempo lo he revivido de esa forma. Al fin y al cabo las peleas con mi padre crecieron con la rapidez con la que cumplía años. Peleas que no se han borrado, pegadas con la firmeza de una lapa a una roca. Me afano en arrancarlas. Es imposible. Mis manos siguen siendo las de un niño de seis años. Una roca plagada de lapas. Un cuerpo plagado de peleas. Resulta curioso que las que tuve con mi madre, mucho más numerosas, se hayan difuminado en la movediza memoria. ¿La he perdonado? ¿Eran menos dolorosas o me afectaban de otra manera? ¿Un padre ejerce más influencia en un hijo que una madre? Y la otra perspectiva que escuece: ¿me han disculpado ellos de mis errores y del odio que les eché encima? Ignoro las respuestas. Solo estoy seguro de una cosa: quiero arrancar estas preguntas para tirarlas al fondo del mar y que la marea las arrastre lejos, muy lejos.

Necesito hacerlo: el resentimiento acude y las alimenta y apenas logro evitarlo.

Mentiría si dijese que todos los recuerdos que tengo de mi padre son desagradables. En el fondo es lo que deseo. No por un sentimiento masoquista, sino porque justifica mis pensamientos y actos. Recuerdo que al menos en mi infancia añoraba pasar más tiempo con él. Recuerdo que competía con mi hermano por su cariño. Como cuando compró el Scalextric y por unos días jugó algunas horas con nosotros. Durante varias semanas echábamos carreras y reíamos en aquella pista que ocupó una esquina del salón del piso 2-D del edificio Cumana, antes de que fuera desmantelada por las quejas de mi madre o tal vez por nuestro propio aburrimiento. En aquellas carreras en las que mi mano presionaba el mando con fuerza, me picaba con él, quería ganarle para que mi padre me felicitara. Mi padre solo felicitaba a quien ganaba.

También recuerdo con felicidad una tarde que nos llevó a una juguetería y nos compró unos muñecos de la serie He-Man, con los que jugamos los tres hasta que él se fue al restaurante y, después de aquella tarde, ya no volvió a jugar con nosotros con esos muñecos y terminaron cubiertos de polvo tiempo después. Lo que más recuerdo es el garaje del piso de Cumana donde mi hermano con siete y yo con nueve jugábamos al fútbol contra él y no conseguíamos ganarle. Cuando crecimos y empezó a perder, se mosqueaba y reclamaba la revancha. Y cuando se hizo evidente que no nos podía ganar, dejó de jugar partidos contra nosotros. Sí, mi padre era muy competitivo, competía con todo el mundo, pero más que con nadie, conmigo.

Y yo, sin ser muy consciente al principio, alentaba esa competencia.

Leo o releo algunos libros que abordan el tema de padres e hijos. La gran diferencia con el mío es que esos libros están escritos por hijos cuyos padres ya han muerto o se encuentran en una fase irreversible hacia la muerte. Mi padre vive. No debería invadirme el miedo por imaginar que lo visito y hablo con él después de quince años. Eso me ayudaría de base para la narración.

Podría suceder que mi padre no quisiera conversar conmigo. No he contemplado esa posibilidad. Está solo y es bastante vanidoso. Si se entera de que quiero verlo lo interpretará como otra victoria. Solo tengo que visitarlo y hablar con él. Pero me lo impide el miedo. El miedo que nunca se ha ido. El miedo resucitado con la escritura.

La mayoría de los padres, si no todos, quieren para sus hijos lo mejor, que gocen de salud y buenaventura. La mayoría de los padres desean que sus hijos terminen siendo abogados, médicos, cualquiera de esos oficios notables para el estatus social, o, como mínimo, les desean que alcancen una situación estable. Si no todos, sí la mayoría de los padres quieren en el origen que sus hijos triunfen y los superen y sean mejor de lo que ellos fueron.

La mayoría de los padres menos el mío.

El mío se comparaba conmigo en cada cosa que hacía y se cuidó de que no lo superase. El mío deseaba y desea que yo fracase. El mío me ha impregnado de temor. No quiero parecer una víctima ni hacer de él un verdugo. Porque, a pesar de que con estas palabras persigo liberarme, perdonarlo y perdonarme, reincido una y otra vez en los reproches, en el resentimiento que expulsa la memoria en forma de recuerdos enquistados. Y sí, soy incapaz de perdonarle en este momento. No sé si lo haré en un futuro o si con la escritura llegaré a lograrlo. Desconozco si esta actitud me vuelve ingrato.

Todavía no he llegado a ninguna conclusión. Quizá no lo haga y posiblemente carezca de sentido. Lo repito: escribo para seguir adelante. Es la única forma en la que puedo llamarlo padre y no bastardo o hijo de puta. Es una conquista pequeña. Una conquista que paradójicamente me tizna de insatisfacciones.

No olvido.

Recuerdo. Y sigo escribiendo con rencor. Solo sé hacerlo de esa manera cuando escribo de alguien al que me gustaría ver muerto.

Llevo meses así: hoy es 29 de septiembre de 2010, mi santo. Apenas he escrito algunas páginas y comienzo a flaquear por las dudas. No son las primeras. Pero hasta ahora no me había propuesto abandonar. Trato de convencerme de que la renuncia a la escritura supone otra victoria para mi padre. Aunque esto representa más mi fantasía que ninguna otra cosa, encuentro puntos para sostenerla con facilidad. A mi padre le trae sin cuidado todo el mundo excepto él mismo. Despreciaba a las personas que leían y escribían, así que, en aquella casa eternamente sin amueblar, jamás hubo libros, más allá de los de cocina, ajedrez y de una enciclopedia que adquirió por error.

Mi padre no estudió. Era de los que pensaban que la vida era la única escuela. Infravaloraba a los licenciados, menospreciaba a la gente con cultura que había aprendido en los libros, y gracias a su agilidad mental, que la tenía y mucha, le faltaba tiempo para ponerlos en ridículo. Derrochaba confianza, hablaba como si conociese algún secreto o matiz que su interlocutor desconocía, lo que a este le hacía ser más cauto, y a mi padre le otorgaba algo parecido a la razón a causa del valor y la seguridad con la que departía de cualquier asunto. Poseía una virtud innata que no se cultiva por mucho que uno lo intente: la capacidad de crearse un criterio propio y sólido del mundo a través de lo que percibía en los informativos (y la prensa en general) y la información que extraía de determinadas reuniones en su restaurante. Más que nada, era un seductor, un mentiroso que fabricaba engaños cada vez más complejos, construidos por el impulso de su carácter, por su ansia desaforada de llegar a ser alguien.

Cuento esto porque, si bien otros niños protestaban por la vigilancia de sus progenitores, los cuales les impedían con frecuencia hacer esto o aquello o permanecer en la calle hasta altas horas de la noche, los míos no se oponían a nada, solo mi padre odiaba que leyera y se metía conmigo si comprobaba que escribía algo que no fueran los deberes del colegio. Parecía un cura de los de antes, que temiera la transmisión de conocimiento que contenían los libros. Máxime cuando con amenazas me indicaba que me estaba echando a perder, que por ese camino sería un inútil toda mi vida. Le molestaba que fuese un niño débil que caía enfermo rápidamente, sin certezas, sin valor, inseguro, callado, torpe, que se resguardaba tras páginas dibujadas o páginas con letras. Quizá esta ausencia de cualidades que yo ostentaba creó una reacción, potenciándolas, con el modo en que él se comportó conmigo.

Él no me educó, él no era un modelo, casi nunca estaba en casa. Siempre andaba en el restaurante y luego cerrando las noches, todas las que su cuerpo le permitía. Pese a que no me educó ni me orientó en el juicio que un niño se forma del mundo, yo tomé a mi padre como referente exclusivo a lo largo de mi niñez. No tenía ni conocía otro. Fue un referente obligado. Además, era mi padre, por tanto, cualquier acción le estaba permitida, era justificable, debía acatarla con resignación y buena voluntad.

Aunque ahora pienso que, ya entonces, burbujeaba una sensación dentro de mí alertándome a no ser como él. A la vez, la tendencia de la naturaleza y la ausencia de cualquier maestro me empujaban a imitarlo.

Por ejemplo, al cumplir los doce o trece años, a pesar de que pudiese estar de acuerdo con lo que argumentaba, empecé a mostrar opiniones opuestas a las suyas. Me daba igual, en público yo me colocaba en el otro bando, luchaba contra él para debilitar el miedo. Pero el miedo crecía. Por el contrario, cuando mi padre no estaba presente, yo usaba sus palabras y sus opiniones frente a mis amigos.

Tecleo muchas veces la palabra «adelante», que llena la pantalla del ordenador. Antes de ir hacia delante tengo que ir hacia atrás. Empezar por el principio, o por lo que considero el principio.

Segunda parte
Familia

1

Mi padre nació un 18 de febrero de 1949. Mi madre un 4 de marzo de 1952. Ambos nacieron en el seno de familias humildes, pobres, analfabetas, trabajadoras, con un alto sentido de la responsabilidad, que afrontaban las penurias con entereza. Casi no cuesta evocar que vivieron periodos de escasez tanto material como afectiva, pareciéndose las familias en lo bueno y en lo malo. Era una época en la que las oportunidades escaseaban y se pasaba hambre. Al menos eso es lo que he escuchado de una y otra parte. Me refiero a mis padres, que no dejaban de repetirlo, aunque curiosamente ellos no se dedicaban a ahorrar, derrochaban hasta lo que no tenían.

Mi familia materna vivió hasta 1964 en casa de la madre de mi abuelo, que falleció con solo treinta años cuando mi madre acababa de cumplir tres. Sé por mi abuela, mi madre y mi tía la del Opus que, en casa de mi bisabuela, vivían en un ambiente opresivo que se hizo insostenible al fallecer mi abuelo. Me acuerdo de que mi abuela me contaba que las navidades de 1964, en las que se mudaron al pequeño piso de protección oficial de la calle Bolivia, donde ella pasaría el resto de sus días, las rememoraban como una de las mejores que habían pasado, pese a que únicamente contaban con un par de colchones y los utensilios básicos para la cocina.

Mi abuela materna trabajaba de lunes a sábado limpiando casas y llegaba a la suya de noche. Hasta el 64, fue su suegra quien cuidó de sus hijos por la tarde, después de que saliesen del colegio. Luego, cuando se trasladaron al piso de la calle Bolivia, mi abuela redujo la jornada laboral, aunque había días que seguía llegando al anochecer, y se veía obligada a dejar a sus hijos con una vecina.

En este ambiente se crio mi madre. La ausencia de la figura paterna le influyó a la hora de forjar su personalidad y comportamiento. Una personalidad que requería sentirse admirada, necesitada de llamar la atención masculina. Sabía que era guapa y atractiva y que provocaba los delirios viriles de los hombres. Tengo pocas dudas sobre esto. Jugaba con fuego, sin embargo no creo que fuera consciente.

Mi madre ardió.

Y es duro que yo diga esto: a mi madre le gustaba arder, lo necesitaba, se había acostumbrado a ello y se sentía mal si no lo hacía.

A lo mejor le sucedía como con esas enfermedades que tenemos todos los seres humanos, pero que en unos se desarrollan y en otros no, dependiendo de la fortaleza del sistema inmune. En el caso de mi madre, esa enfermedad que albergaba en las entrañas se desarrolló por la debilidad de su sistema inmune al contacto con mi padre, al que tomó para que supliese la ausencia de su verdadero padre, generando una dependencia absoluta de él. Lo hizo, claro, erróneamente, casi de forma involuntaria, con ignorancia, y según lo que ella consideraba que debía de ser un hombre hecho y derecho, que exudara confianza y ganas de comerse el mundo.

Era un hogar donde a la pérdida temprana del padre se sumaba la escasa presencia materna, pues trabajaba la mayor parte del tiempo, a fin de ofrecerles a sus hijos los estudios y oportunidades de los que ella había carecido. Eso no impedía que mi abuela cultivase un excesivo lazo protector con sus hijos. Se preocupaba de vigilarlos, de saber qué hacían o adónde iban, con quién se relacionaban, exigiéndoles que le contaran cada uno de sus pasos. Se volcaba con ellos, los mimaba, se privaba de cosas para comprárselas, les transmitía cariño. Para mi abuela sus hijos significaban más que ella misma. Ignoro si el hecho de que mi abuela perdiera a sus padres con ocho años y la enviaran a vivir con una tía tuvo alguna conexión con los valores de adherencia familiar que les trató de inculcar a sus tres hijos. Ella rehuía hablar del pasado, le desagradaba, como si temiera despertar un monstruo que iba a manifestarse en el presente para llevarse a sus seres queridos.

Me acuerdo de que con veintitantos años solía sentarme frente a ella en el salón de su casa esperando que me contase cosas de su vida. Allí sentado jamás averiguaba algún suceso distinto que ya hubiera visto con mis propios ojos o que conociera por terceros. Ahora es ahora y antes era antes, decía mi abuela con una sonrisa; y yo no tenía más remedio que dejarla disfrutar en paz de la telenovela. No sabía leer ni escribir. Desde niña se vio obligada a trabajar, sin la oportunidad de ir al colegio. Primero en casa de la tía que la acogió y, más tarde, en otras casas, hasta que se situó de asistenta fija en una casa durante cuarenta y cuatro años. Se quedó viuda muy joven, tirando de tres niños y sin tiempo ni mentalidad (también era muy religiosa) para rehacer su historia con otro hombre. Su razón de ser fue proteger a sus hijos, y, en eso, supongo que sentía que había fracasado. No obstante, siguió volcándose con ellos incondicionalmente hasta su muerte a pesar de los disgustos constantes que le causaron. Por eso puso tanto empeño en protegernos a mi hermano y a mí, sentía que de esa forma se resarcía de la frustración con sus propios hijos.

Cuando le preguntaba por su marido, respondía siempre que mirase su foto colgada en el pasillo. Cuando le azuzaba por los motivos de que no se hubiese casado por segunda vez, me decía que ya lo estaba. Cuando quería saber si algún hombre había ido tras ella, acostumbraba a mirar por la ventana antes de contestar y decirme que le gustaba el sol y no la sombra. Y yo, irritado, le incitaba a que me explicara sus palabras. Sus respuestas no eran cínicas ni cortantes ni bordes, al contrario, parecía que pertenecieran a una despedida o a un saludo cariñoso. Solía sonreír al hablar. Ella consideraba que lo único que espantaba la desgracia que nos perseguía era la risa.

Ahora es ahora y antes era antes. Escarbo en la memoria en pos de otra frase, otra palabra, lo que sea que me contara mi abuela, pero me es difícil recordar algo más de aquellos breves encuentros. Lo que sí recuerdo son aquellas ocasiones en las que le llevaba a mis diferentes novias a su casa para que las conociera, y ella, una vez que yo regresaba solo y le preguntaba ¿qué te ha parecido?, me respondía: Tiene una sonrisa que no está mal; o bien: Parece alegre, una buena chica; o: Es alta, sí. Al final me daba la sensación de que ninguna obtenía su aprobado y solo me intentaba decir: búscate una buena mujer, a sabiendas de que para ella ninguna fuese lo suficientemente buena para mí, como tampoco lo fueron las parejas de sus hijos.

La mayoría de las veces terminábamos hablando de mis padres. Con veinte años, incluso antes, yo ya le confesaba que no entendía a mi madre, que ojalá mi padre muriese y que por las noches soñaba que yo mismo lo mataba. Si yo no lo mato, él me matará a mí. Mi abuela se santiguaba y me decía que no debía pensar así, que eran mis padres, para a continuación soltar: Fue la perdición de tu madre y de toda la familia. Tendría que haberlo evitado cuando todavía me quedaban fuerzas. El desgraciado echó a perder a mi hija.

Yo esperaba que continuase con las confidencias, pero mi abuela no fue más allá. Miraba la imagen de Cristo colgada en la pared encima de la televisión y se santiguaba. Creer en Dios la tranquilizaba. Era una devota irreductible. Todos los domingos iba a misa, y era amiga del párroco del Corpus, al que cada año hacía un donativo, como si el párroco también fuera un familiar. Durante muchos años intentó que mi hermano y yo fuéramos buenos creyentes. Y eso pasaba por asistir a misa, algo que solo hicimos en contadas ocasiones cuando todavía éramos pequeños. En el fondo, el tema de mi madre le atormentaba. Sentía que no hizo todo lo que estuvo en sus manos y que fue ella la que en última instancia los empujó a casarse.

A veces he pensado que si mi abuela hubiese tenido la oportunidad de estudiar, quizá hubiera cuestionado la vida y el decoro que se le imponían. Esto me lleva a un aspecto significativo e ilustrativo de su forma de pensar. Miraba los libros con cautela y con una incómoda admiración. Como les ocurre a muchas personas que no han podido estudiar, hacía una nítida distinción entre los libros del colegio y los tebeos y las novelas. Los primeros eran libros buenos, y los segundos malos. Yo me reía entonces. Y ahora, cuando lo pienso, me entran ganas de llorar. Aunque ya hace años que las lágrimas no acuden a mi encuentro.

Como mi abuela eludía el pasado —para ella nombrarlo ya era un modo de tentar a la suerte y de atraer los problemas a los que la familia era proclive—, acudía a la mejor amiga de mi abuela, la vecina de abajo, a la que hacía setenta años que conocía, para hacerle las preguntas que mi abuela esquivaba.

Yo no te he dicho esto. No te he dicho nada, me decía después de que le preguntara por mi abuelo y me revelara que era bueno, excepto cuando bebía. Entonces sí le ponía la mano encima. Había que comprenderlo, no era él, era el alcohol, él era bueno, pero la bebida lo perdía, justificaba la mujer, y luego añadía que yo era demasiado joven y no lo entendía.

La vida de ahora es más complicada. Las cosas han empeorado. Mira esas mujeres que abandonan a sus maridos y destrozan los hogares acostándose con cualquiera. Eso antes no pasaba.

Efectivamente no la comprendía. Cuando yo le comentaba que la conducta de mi abuelo y la de mi padre eran similares, la vecina de mi abuela lo negaba: Tu abuelo fue una buena persona, no como el bicho de tu padre.

Justo antes de que se casaran le dio una paliza a tu madre que le puso el ojo a la virulé. Tu abuela fue en busca de tu padre al bar La Gloria, donde estaba desayunando. Le amenazó diciéndole que no se acercara más a su hija o se iba a arrepentir. Cuando la pobre volvió, vino aquí y se sentó en la silla en la que estás tú ahora. Le temblaban las manos y empezó a llorar. Tu abuela no dejó salir a tu madre durante el fin de semana. Esta lloraba cuando el cobarde venía y aporreaba la puerta. Tu madre gritaba que quería verlo, y tu abuela decía que llamaría a la policía. Cuando el lunes tu abuela fue a trabajar, tu madre se escapó y fue a verlo. Todo empezó de nuevo. Y mira lo que os han hecho...

Tanto mi abuela como su mejor amiga eran mujeres abnegadas que se resignaban a las circunstancias. Habían aguantado los maltratos de sus maridos cuando estos empinaban el codo. Si yo les cuestionaba las cosas, ellas se defendían aludiendo que era lo que les había tocado vivir.

El territorio de mi abuela se limitaba a cuatro lugares: su hogar, la casa donde trabajaba, el mercado y la farmacia. Pertenecía a una generación a la que habían extirpado la curiosidad y la ambición. Se levantaba a las cinco y media de la mañana para dirigirse a casa de don Antonio, donde trabajó más de cuarenta años de empleada del hogar. Empezaba a las siete y sus tareas —limpieza, hacer la compra y la comida, lavar, planchar, etcétera— se prolongaban hasta la tarde, cuando nos recogía a mi hermano y a mí del colegio a las cinco, o tal vez a las seis.

La última vez que mi padre y yo coincidimos fue en el velatorio de mi abuela. Estuvimos a punto de llegar a las manos. Y eso a pesar de que tratábamos de no estar nunca bajo el mismo techo. Él siempre tenía que ser el protagonista, bebía y se hacía notar hablando alto, no dejaba descansar ni a los muertos. Yo recordaba la noche que echó a mi abuela de su casa golpeándola con la correa del perro. Escupía una espuma blanca y pastosa mientras la insultaba.

Mi abuela iba a la grasienta casa donde vivíamos a limpiar como si fuera una criada. También lavaba nuestra ropa y la de mis padres, y llevaba años haciéndolo todo, independientemente de que su corazón ya no gozara de la misma fortaleza.

Mientras oía su voz en aquel triste funeral recordaba su rostro de rabia y los azotes con la correa a mi abuela por haber ido a defender a su hija. Oía su voz, y recordaba el dolor de mi cuerpo cuando me interpuse entre mi padre y mi abuela. La correa en mi espalda. Las amenazas y lamentos de mi abuela, que echó a correr hacia la puerta de entrada. Y no se me va de la cabeza la imagen de mi madre desmadejada en el suelo por la paliza y la coca sin poder hacer nada, con la mirada abatida, llena de pánico, inerte.

Oía su voz, pero recordaba su amenaza: te voy a matar, desagradecido, fuera de sí, lanzando la correa del perro contra nosotros sin acertar, tambaleándose, colocado. Gritaba y reía: puta, puta, eres una puta. Oía su voz, pero recordaba que ya en la calle, con el susto en el cuerpo y la respiración ahogada, le decía a mi abuela que llamáramos a la policía. Ella me miraba asustada y me preguntaba si pretendía que matase a su hija. Yo le respondía que quien lo iba a matar sería yo, con el dolor de la cinta en mi espalda, con la mancha de haber huido. Oía su voz, pero recordaba a mi abuela diciéndome que no debía tener esos pensamientos, que era mi padre, como si con eso tuviera todo el derecho sobre mí. Oía su voz. Y lo miré con desprecio. Y él se volvió desafiante sin bajar la mirada. Me asusté. Mi cuerpo notó la presión, el calor, y bajé la cabeza. Salí de la sala donde se velaba a mi abuela. Afuera, cuando encontré un sitio apartado, golpeé con el puño una pared. Una, dos, tres, cuatro, cinco veces, con rabia, raspé los nudillos contra el hormigón hasta que sentí la piel quemada y la sangre brotar. Era insensible a ese daño. Sin embargo, me quemaba el dolor de no haberle matado.

2

Mi padre nació el mismo día que Gary Leon Ridgway, el asesino de Green River, el hombre que, influido por un padre para el que todas las mujeres eran unas guarras, daba palizas a las mujeres que le parecían prostitutas y luego las estrangulaba y las tiraba al río. Ridgway lo aprendió de su padre, que pegaba a su esposa y después ponía a su hijo a leer la Biblia en voz alta y a rezar. Cuando terminaba, el padre le enseñaba al hijo que la muerte debía ser meticulosa. Durante veinte años estuvo matando inocentes, burlándose de la policía. Él se mostraba impertérrito en los interrogatorios. Pero un día, en 1987, escupió una gota de saliva que, al analizarse, lo involucró en el asesinato de cuatro mujeres encontradas en el fondo del río. Estaban destrozadas por la maleza, y antes de que las mataran habían sido violadas. Entonces, Ridgway confesó, y se declaró culpable del asesinato de otras cuarenta y ocho mujeres.

En cambio, mi padre es culpable y sigue en libertad, sin castigo.

Mi padre pegaba a mi madre y mientras lo hacía la llamaba puta. Yo iba anotando en una libreta las palizas, con la intención de mostrárselo a ella al cabo de un mes. En paralelo, hacía pequeños dibujos de figuras geométricas usando los cuadritos de la libreta. Sentía que de ese modo todo pararía antes. Guardaba la libreta en el cajón del escritorio junto al resto de las gomas, los lápices, los bolígrafos, el compás, la regla y los rotuladores. Transcurrían los meses y la lista de palizas crecía. Oculta. Yo era incapaz de revelársela a mi madre. Anotaba la hora, los insultos. Contaba los golpes. Los temblores. Los dibujos se convirtieron en tachones, rayas, trazos anárquicos. Y ahora siento que fue una manera inconsciente de grabármelo dentro. De seguir sintiéndolo. ¿Puede una persona convertirse en un yonqui del maltrato y del sufrimiento?

Al cabo de un año, mi padre entró en el cuarto para coger un folio y vio la libreta con la lista de las palizas. Fue un día de verano en el que habíamos ido con mi madre a la playa, el cielo azul turquesa, el agua cristalina. Cuando regresamos, las hojas de la libreta estaban arrancadas y esparcidas por la mesa del escritorio y el suelo. Desde ese día empezó a venir a mi cuarto por las noches con frecuencia.

A mi padre le pegaba mi abuelo. Lo soltaba regodeándose cada vez que podía. Lo tenía grabado a fuego en la memoria. Recuerdo las escasas visitas de mis abuelos paternos al restaurante de mi padre. Normalmente algún sábado a la hora de comer. Visitas breves que repetían un mismo patrón: mis abuelos se acomodaban en la barra y preguntaban por sus nietos; si no estábamos, nos hacían llamar; y como el restaurante se encontraba a un minuto de nuestra casa, nos acercábamos a saludar a esos familiares con los que no teníamos trato. Mi abuelo bromeaba con nosotros, mi padre le hacía carantoñas y besaba a su madre, pero se podía notar la tensión. Casi nunca se quedaban a comer. Y en cada uno de estos encuentros mi padre le decía al suyo: ¡No me has pegado veces con la correa! Para eso siempre tenías tiempo.

En otras ocasiones, si tardábamos, mis abuelos se habían marchado antes de que llegásemos. Jamás pusieron un pie en nuestra casa. Desconozco el motivo. No sé si les daba pánico entrar en ella o si se debía a una cuestión de honor, ya que mis padres tampoco iban a las reuniones familiares de los domingos en casa de mis abuelos, en las que se juntaba toda la familia.

Mi padre odiaba a su padre. Yo odio al mío. Esa es la herencia que me deja. La herencia del odio. Y la obsesión por vengar el miedo que me ha inoculado.

3

Antes de ponerme a escribir este libro no sabía que mi padre es el mayor de siete hermanos. Tampoco que el pus de los recuerdos iba a salir de esta forma. Quería comprender. Por eso me puse a indagar en la familia con la que se me negó la relación. Hablé con dos de sus hermanas (una vive en Valencia y otra en Madrid), que se prestaron a ayudarme. El resto de los hermanos de mi padre no es que no quisieran cooperar, sino que jamás quisieron saber de él por los problemas que ocasionaba.

He averiguado cosas. Nada ha cambiado, nada me ha hecho cambiar. Mi padre es un asesino y quiero matarlo.

Antes de ponerme a escribir este libro suponía que no había mucha alegría en el hogar de mi padre, ni en el de mi madre. Sin embargo, cuando he hablado con sus hermanas y con la hermana pequeña de mi madre me han ofrecido la versión opuesta, ellas coinciden en la descripción de hogares agradables, felices. Se sentían una familia. Me pregunto si es una distorsión de la memoria o si realmente fue así.

Yo nunca me he sentido hijo. Nunca me he sentido parte de una familia. Nunca me he sentido heredero de algo profundo y arraigado.

Antes de ponerme a escribir este libro pensaba que debía escribir sin rencor. Ya no estoy tan seguro. Me habría gustado saber qué pensaba mi abuelo de su hijo. Mi abuelo que empezó a trabajar con ocho años y ya no paró hasta el día de su jubilación. Comenzó como ayudante en la carnicería de su padre durante la posguerra. Su función consistía en repartir la carne a las casas de los señoritos, en una de las cuales conoció a su futura esposa, que trabajaba como niñera y asistenta. Aprendió a leer y a escribir él solo. Con catorce años alternaba el trabajo en la carnicería con el de albañil, hasta que con dieciocho entró como ayudante de mantenimiento en la fábrica de tabaco del barrio de Huelin, donde permaneció hasta el final de su vida.

Mi padre nació cuando mi abuelo ya trabajaba en la tabacalera. Mis tías dicen que mis abuelos adoraban a su hijo. Era el primero, la debilidad de mi abuela, pero que mi abuelo le transmitió todas sus inseguridades, fobias y frustraciones. La palabra que más usaba mi abuelo era «miedo». Miedo a la enfermedad, al hambre, a la muerte, a las tormentas... Mi tía de Madrid dice que mi padre siempre fue un niño problemático. Nunca paraba quieto, siempre estaba inventando alguna trastada que enfurecía a mi abuelo.

Mi tía de Valencia no recuerda tanto las palizas; sin embargo, dice que mi abuelo se arrepentía cada vez que pegaba a su hijo. Cuenta que le impresionaba mucho escuchar a su padre llorar después de aquellas palizas.

A finales de los años cincuenta, mi padre solía ir al arroyo Jaboneros a coger caña de azúcar para su familia. Cuando se le pasaba la hora en la que debía estar en su casa, y mi abuelo lo llamaba a voces una y otra vez desde la ventana y mi padre no respondía, entonces los miedos y la responsabilidad de mi abuelo afloraban con la ausencia de su hijo. Después lo buscaba por el barrio e iba a las casas de sus amigos y, como no lo encontraba, terminaba por esperarlo a la entrada de la casa, hasta que lo veía llegar despreocupado, cantando, con las cañas de azúcar en la mano; y entonces, mi abuelo se llevaba la mano al pantalón, se quitaba la correa y azotaba con saña a su hijo, mientras este lo desafiaba: Tú me puedes matar. Tú mátame si quieres.

Mis tías se escondían para que no les cayera el chaparrón, aunque me cuentan que ellas nunca sufrieron esa violencia. Esas noches, mi abuelo no cenaba. Aquellos episodios le producían unos terribles dolores de estómago. Entonces se iba al dormitorio para tener intimidad. Y allí lloraba en silencio por su incapacidad de educar al hijo.

Mi padre no lloraba, sonreía al pegarme.

Dicen mis tías que mi padre quería llamar la atención a toda costa en cualquier tesitura y lugar, como si tuviese un resorte y no lo pudiese evitar. Tu padre hacía lo que le daba la gana y aunque se juntaba con niños mayores siempre pretendía ser el capitán. Había que hacer lo que él decía. No le importaba pelearse con chicos más grandes o con varios a la vez si al final lograba su propósito. Tenía mucho nervio y cuando se peleaba parecía una culebra. Durante un tiempo lo apodaron así: el Culebra. Hasta que un día se le cruzó un cable y si alguien lo llamaba por ese apodo le lanzaba un puñetazo.

Por otro lado, también dicen que mi padre tenía buen corazón y daba a los demás todo lo que encontraba, a pesar de que le causara problemas. Como la vez que gastó la leche dándosela a los gatos y perros vagabundos de la zona. Se montó la de San Quintín cuando tus abuelos descubrieron que no había leche y que tu padre la había desperdiciado de esa forma. Tu abuelo se sacó la correa, y tu padre no trató de escapar ni esconderse, se envalentonó contra tu abuelo y hasta le levantó la mano desafiándole y le gritó que él también trabajaba y llevaba dinero a la casa, y que la leche era tan suya como de él. Tu abuelo le replicó que era un vulgar ladrón que le robaba a su propia familia, un perdido, mientras tu abuela rezaba y le pedía a Dios por su pequeño y por su marido, para que todo aquello acabara cuanto antes y no se repitiera más, que su hijo se enderezara de una vez. Esa noche los correazos se escucharon más fuertes que ninguna otra. Fue la última vez que recuerdo que le pegara. Tu padre tendría diez u once años.

Mis tías se acuerdan de muchas cosas que me ayudan a reconstruir la infancia de mi padre. A conocer el ambiente donde creció, a comprender qué lo hizo ser de esa manera con su familia. Me pregunto qué pensará él de su padre, cuando no le hizo apenas nada de lo que él me hizo a mí. Como aquella mañana, después de haber salido de la cárcel, en la que me encontró en la ducha. Aquella mañana que aún no estoy seguro de si quiero revivir.

Mi padre empezó a llevar correa, y cuando se peleaba con otros niños se la quitaba y se la enroscaba en la mano para pegar con ella. En el invierno del 59 iba con sus amigos a una cueva del monte, a la que le habían prohibido ir, a fumar a escondidas los cigarros Bisonte que robaba a mi abuelo. Se decía que allí habían muerto varios niños al trepar al algarrobo que posibilitaba la entrada a la gruta. Una tarde de ese año se topó allí con otra pandilla que había ido a lo mismo. Mi padre les ordenó que se fueran. Los del otro grupo se negaron, y a mi padre se le hincharon los ojos, la nariz, se sacó la correa y comenzó a golpear con ella al que había hablado, que se defendía como podía, cubriéndose la cara con los brazos mientras sus amigos le suplicaban que parara, que lo iba a matar. Mi padre no escuchaba, estaba poseído por la violencia del momento, hasta que logró que los chavales del otro grupo bajaran del árbol. Los amigos de mi padre lo vitorearon. Estaban en plena euforia cuando el niño al que había pegado mi padre recibió un codazo de uno de su propio grupo, y ese golpe le hizo perder el equilibrio mientras bajaba y al caer se rompió la nariz. Mi padre y sus colegas celebraron que la sangre le saliera a borbotones, y que fuera uno de los suyos quien le hubiera hecho aquel destrozo.

Esa noche, el padre del niño de la nariz rota se presentó en casa de mis abuelos. Les contó lo sucedido entre gritos y amenazas, haciendo responsable de todo a mi padre. La cara de mi abuelo se descomponía por segundos, se disculpaba e intentaba calmar al desconocido asegurándole que le daría un escarmiento a su hijo, que no volvería a pasar, que contara con él para cualquier cosa que estuviese en sus manos. Su voz se quebraba al hablar. Cuando cerró la puerta, pensábamos que se sacaría la correa. Mi padre lo había oído todo, pero no se movió ni dijo nada. Esperaba a mi abuelo, que había apoyado la frente en la puerta. Tardó en entrar al salón donde lo único que se oía era una radionovela que disimulaba las respiraciones nerviosas de mis tías y mi abuela, pues mi padre se mostraba tranquilo. Quítate la ropa o te la quito yo, ordenó mi abuelo a su hijo, que curiosamente obedeció y se quedó desnudo, impasible, desafiante, al tiempo que mi abuela rompió a llorar entre sollozos. Mi abuelo le dijo que se pusiera los calzoncillos y que fuese hacia la puerta. Esta vez mi padre no obedeció y mi abuelo tuvo que arrastrarlo a la fuerza hacia la calle, dejándolo en el frío del invierno durante horas, con el llanto de su mujer, que padecía por que su hijo no cogiera una pulmonía. Todo eso me contaron mis tías, que aseguran que aquella noche nadie pegó ojo. Dormían en la misma habitación y se notaba que todos estaban alerta a los ruidos de la madrugada, a los golpecitos y saltos que mi padre efectuaba en la calle, al rasgamiento de sus uñas contra las paredes o contra la puerta, a sus carreras alrededor de la casa, a sus silbidos, a los refregones que con las manos se daba por el cuerpo para entrar en calor. Me confiesa mi tía de Valencia que esa noche se estaba haciendo pipí, y que aguantó porque le daba pavor levantarse, así que terminó mojando la cama. Al amanecer, mi abuelo se levantó el primero, se preparó el desayuno y después dejó pasar a su hijo. No hablaron. Luego se marchó al trabajo, entonces mi abuela abrazó a su hijo mientras no dejaba de llorar y él de consolarla.

Mis tías no saben que lo que me cuentan me trae malos recuerdos, que yo viví experiencias semejantes.

4

Estoy en el 80. No he dormido en toda la noche. He llorado y sentido miedo, frío, he deseado huir. Pero corro en círculos dentro de una habitación de espejos picados por la humedad. Huyo hacia ningún lugar. Huyo lo más lejos posible de mi padre. Deseo distanciarme de su aliento a alcohol y Ducados, de sus amenazas que anudan las tripas, del olor a sordidez. Alejarme de aquella cocina con la nevera abollada por los golpes. Dejar atrás los vasos con huellas grasientas, de la suciedad que sirve de hogar a las moscas que pululan por la hornilla, del salón con el televisor encima de una silla, del sofá desvencijado, la mesa coja con restos de hilos de nicotina y hachís, y el cenicero repleto de colillas. He mirado cómics de Los Vengadores, Batman, Superman, Daredevil, La Patrulla X, Iron Man, ellos son valientes, y yo quiero ser como ellos. Me he levantado cuando los gritos ya llevaban tiempo inertes, metiéndome los bajos del pijama dentro de los calcetines para no pisármelos y caerme, como cuando antes regresé a mi cuarto lanzado por mi padre. He vuelto a abrir las dos puertas del pasillo, con cuidado de no hacer ningún ruido, y de nuevo estoy a unos metros de su habitación, cuya puerta está entreabierta. Mi madre ronca, el aire que emana del dormitorio es espeso. Tengo pánico de acercarme, y eso me da rabia. No me quito de la cabeza a mi padre viniendo hacia mí. Permanezco al borde del pasillo escuchando sus respiraciones, hipnotizado, tenso. Tras unos minutos me voy al salón y veo las botellas, los vasos, las colillas, las cosas rotas por el suelo. Me pongo delante de la tele y la enciendo, le quito el sonido. La imagen no se detiene, se ve cortada por la mitad, cruzada por una línea negra de arriba hacia abajo. Golpeo la tele, sigue igual. Me quedo sentado frente a la pantalla, muy cerca, viendo los dibujos animados hasta que horas más tarde mi madre se levanta y me dice que qué hago y que no debería levantarme por la noche y asustarlos de esa manera. Entonces no se lo digo, solo lo pienso. Pienso que me quiero ir, que tengo que huir, que ella también debe irse, y mi hermano, todos. Huir de mi padre. Huir de esa casa. Huir de esa habitación de espejos sucios donde estoy atrapado. Pienso que mi padre no es como Batman ni como Daredevil ni como ninguno de los superhéroes que leo en las viñetas de los tebeos. Eso lo pienso en 1980 y luego lo olvido hasta este momento en el que escribo.

5

En la entrevista con mis tías, les pregunto si hubo alguna ocasión en que mi abuelo tuviera con mi padre una conversación padre-hijo. No supieron qué decirme, recuerdan que con ellas sí hablaba. Y afirman, en todo caso, que estaba pendiente de él, que le apoyó y le animó para que estudiara y que con siete años le buscó su primer trabajo.

No solo porque hiciera falta llevar dinero a casa, sino también porque tu abuelo creyó que de ese modo su hijo se encauzaría un poco, comenta mi tía de Valencia.

Mi padre entró como aprendiz de monaguillo en la iglesia del Corpus Christi de Pedregalejo. Tuvo que cumplir con los compromisos iniciales que le exigía ese trabajo frente a Dios: prometer que sería fiel y cariñoso y amaría a Jesús, aunque le importaba un bledo todo lo relacionado con la religión y ya a esa edad se mofaba de los curas y de las monjas y simulaba que rezaba. Vio que podía sacar algo. Era muy largo, dice mi tía de Madrid.

La misa empezaba a las siete de la mañana. Mi padre debía estar media hora antes para prepararse y rezar, le daban un bocadillo, que se comía tras el oficio, y un duro, que no le entregaban a él, sino a mi abuelo. No era la única moneda que obtenía. Cuando comenzaba la misa ayudaba al sacerdote en el altar con diligencia, haciendo sus funciones con la mayor devoción, para que nadie sospechara de él. Al finalizar pasaba un cuenco ante los feligreses, que depositaban sus donativos. Del cuenco, casi siempre desaparecía una moneda que mi padre se guardaba en la boca, con la que compraba alguna gominola, que solía repartir con sus hermanas, y aún le quedaba para sus cosas. Después iba al colegio Francisco Franco, donde no pasaba un día sin pelearse. A veces convencía a otros compañeros de saltarse las clases e ir a las rocas a fumar, o a jugar a los billares con el dinero robado de los donativos, o a recoger envases de vidrio por los que conseguían algunas pesetas. Mi padre apenas estudiaba, no prestaba ninguna atención en las clases, sin embargo, lograba aprobar los exámenes por su prodigiosa memoria. Mi tía de Valencia dice que aún le resuenan las palabras de mi abuelo: Tengo rotos los nervios, sentado en una silla del salón, mirando a su mujer, como si esperase una respuesta que se resistía.

Del colegio, pronto le llegarían a mi abuelo notificaciones de las ausencias de mi padre, y cerca de año y medio después dejó lo de monaguillo para trabajar en el cine de verano Los Galanes, vendiendo refrescos y golosinas.

Fue allí donde vio por primera vez a mi madre. Y, según me cuentan mis tías, dijo, nada más verla con su larga melena morena y sus ojos de ovni, que esa niña alguna vez sería suya. No sé si creerme esto. Solo que mi padre era un perturbado, un obsesivo egoísta que arrasaba con todo lo que se pusiera en su camino. Mi padre siempre lograba sus propósitos. Si se le metía una cosa entre ceja y ceja iba a por ello sin medir las consecuencias.

Mi padre fue a por mi madre, se metió en su cabeza, en su alma, hasta que se la arrancó, hasta que dejó de ser ella. Una mujer que según todas las personas con las que he hablado están de acuerdo en calificar como especial, atractiva, sexual, capaz de encandilar a cualquiera. Lo cierto es que yo no conocí a esa persona de la que hablan. La recuerdo escribiendo y haciendo las tareas con la mano izquierda. De pequeño sentía curiosidad por saber por qué ella era zurda y yo diestro. Incluso traté de escribir con la izquierda; no hubo manera. Le pedía que escribiera, que cogiera esto o aquello para comprobar con mis propios ojos aquel misterio que no me cansaba de observar, pero mi madre se aburría pronto, protestaba, jamás tuvo paciencia con sus hijos.

Eso sí lo recuerdo.

Mi abuela me contaba que su hija era muy presumida, coqueta, siempre arreglándose, con un afán de gustar a los hombres que la llevó a la perdición, poseída por una inquietud que le impedía avistar el peligro.

Mi hija no era así. Tu padre la cambió, repetía mi abuela arrellanada en su mecedora mientras esperaba a que comenzara la telenovela.

Mi madre estudió en el Colegio Barcenillas, el de las niñas pobres, que no solo condicionaba el recorrido de la educación, también la ropa y otras cosas que a mi madre le importaban. Mi tía la del Opus cuenta que su hermana deseaba asistir al colegio de las niñas ricas, Nuestra Señora de la Asunción, vestir como ellas, frecuentar sus fiestas, no se conformaba con lo que tenía, me confesó. Mi madre fue una buena estudiante, se afanaba en destacar, en sobresalir a toda costa y en imponer su criterio. Su voz clara y rotunda hacía que las monjas la escogieran para leer en misa, también en las obras de teatro o en los actos públicos en los que seleccionaban a las alumnas más llamativas. Desde los cinco años fue compañera de pupitre de mi tía de Valencia, con la que solo se llevaba seis meses. Desde ese momento, mi tía de Valencia y mi madre lo hicieron todo juntas, la catequesis, la Primera Comunión con ocho años (con vestidos prestados por las monjas), los bailes regionales que aprendían de mala gana, los juegos, los deberes después del colegio en la biblioteca. En verano, como premio por ser buenas estudiantes, las enviaban a las colonias en las Ventas de Zafarraya, donde al parecer únicamente iban las elegidas y las mal nutridas. Allí hacían excursiones, les enseñaban a cocinar, a coser y hasta bailes modernos como el twist o la yenka. Las monjas le decían a mi abuela que su hija haría carrera y que era muy buena niña, pese al genio y talante rebelde que le salía de vez en cuando.

Mi madre era una muchacha difícil, de semblante serio y risa forzada, que se preocupaba por gustarles a los hombres, aunque no permitía que la dominaran. Era así cuando todavía no había irrumpido mi padre en su vida. Aún era una niña que peinaba muñecas y aspiraba a ser modelo. Un sueño que la vida le puso a sus pies y tuvo poco recorrido porque fue abortado por su novio, su futuro marido, mi padre.

En el verano del 60 se montó un gran revuelo en el barrio con la filmación de una película de vaqueros. El equipo de producción buscaba niños que salieran de extras en una escena. Se les exigía ir vestidos con pantalón marrón oscuro, camisa blanca, chaqueta negra y sombrero. Mi padre convenció a su madre para que comprara telas y le hiciera el traje sin que su propio padre lo supiera, ya que no lo aprobaría por las estrecheces que soportaban.

Mi padre acudía todos los días al rodaje para ayudar en lo que fuese, sorteaba cables, transportaba cajas..., emocionado ante los focos y el frenético movimiento de los técnicos. Luego, frente a los colegas, se pavoneaba con que sería él el niño al que eligieran, que se había hecho amigo hasta del director. Esos días ni siquiera asomaba el pelo por el colegio, mientras su madre cosía a destajo, mañana, tarde y noche, engañando a su marido para terminar la tarea a tiempo. Desconocía que el papel principal de ese chico que acompañaba al vaquero ya estaba decidido, que solo necesitaban unos cuantos niños para salir de figurantes en el fondo del plano de una escena como cortejo fúnebre. Cuando mi abuela le enseñó a mi padre la ropa, no dijo nada, solo se rio, imaginándose junto al protagonista de la película, viendo pasar su nombre en una gran pantalla de cine. La sonrisa se le dobló cuando el día en cuestión vio aparecer a todos esos niños con sus trajes impecables, más acordes que el suyo para la escena. Sin venir a cuento, mi padre se peleó con uno de esos hijos de papá, al que arrastró hacia un callejón para tratar de quitarle la ropa. Los dos se revolcaron por el suelo y a su alrededor un coro los jaleaba como si formara parte de una secuencia en un *saloon* del Oeste hasta que varios adultos los separaron. Se creó un momento de confusión, con más insultos y amenazas. Y, como mi padre intuía su destino, se marchó gritando que él era el mejor y que se fueran todos a tomar por culo. Al llegar a la casa le dijo a su madre que tirara la ropa, que los condenados le habían dicho que no valía y le habían dado su papel a uno de los hijos de los señoritingos. Esto no lo saben mis tías de primera mano, ese día ellas estaban en el colegio, lo saben por terceros, por los rumores y comentarios que comenzaron a circular por el barrio. Mi abuelo no dijo ni hizo nada, tal vez consideró que su hijo ya había tenido suficiente escarmiento. Se equivocaba.

Entre los años 1959 y 1961 mi padre trabajó en el cine Los Galanes durante el verano y en el Lope de Vega en invierno, que eran del mismo dueño y se encontraban apenas a un minuto uno del otro. En ambos sitios desempeñaba el mismo trabajo: se encargaba del bar. Vendía refrescos, chocolatinas, palomitas, recargaba las cámaras frigoríficas, ordenaba el almacén y anotaba los pedidos de los productos que faltaban. La mitad del sueldo se lo entregaba a sus padres. En el Lope de Vega, a veces, hacía de acomodador. Yo vi mis primeras películas en aquellos cines que hoy ya no existen, y me resulta curioso cómo hollamos el trayecto de los progenitores. En Los Galanes, el bar se situaba al fondo, y mi padre reunía allí a sus compinches, a los que de vez en cuando invitaba. También invitó a mi madre en alguna ocasión, aunque ella no le hacía ningún caso.

En verano se pasaba el día en la playa de Pedregalejo con los amigos, con los que nadaba hasta las rocas para cascársela o tirarse de una tabla que habían encajado entre dos piedras para saltar. No dudaba en pisar a todo el mundo, incluso a sus amigos; si no, se sentía inferior. Vomitaba una permanente actitud desafiante contra el mundo, una constante disposición a la adrenalina.

Así se le ocurrió ir, junto con algunos amigos, a las playas de El Palo para robar a los bañistas sus bolsos y comprar con lo hurtado cervezas y tabaco. Caminaban por la orilla hasta que escogían a su víctima. Entonces se tiraban en la arena, cerca de ella, y hacían un círculo. Aprovechaban su baño para montar una pelea ficticia y acercarse a su objetivo. Con la bronca en marcha, uno de ellos metía la mano en el bolso del incauto, se agenciaba la cartera o el monedero, se la escondía en el bañador y desaparecían todos corriendo por las calles de las casitas de pescadores. Ya lejos, miraban el botín, cogían el dinero y arrojaban la cartera o el monedero a una papelera. Resultaba sencillo, mejor que recoger cascos de botellas de vidrio. Bebían y fumaban y se masturbaban en las rocas con cómics porno que uno de ellos había cogido a su padre. A las siete mi padre se iba a Los Galanes.

Una tarde de agosto del 60 sonó el timbre en la casa de mis abuelos. Mi tía de Madrid abrió y se topó con dos policías que preguntaban si ese era el domicilio donde vivía su hermano mayor. No dijo nada. Se asustó tanto que ni siquiera pudo llamar a su madre. Mi abuelo debía de estar haciendo una chapuza en alguna casa. Los policías pasaron y le explicaron a mi abuela el problema. Habían reconocido a su hijo robando a unos bañistas. Mi padre, que se estaba cambiando para ir al trabajo, lo negaba, gritaba y juraba que era mentira. Al ser menor de edad, la cosa no fue a mayores, también porque mi abuela les entregó a los policías la suma del último hurto. Cuenta mi tía de Madrid que mi padre se puso hecho un basilisco, prometiéndole a su madre que él no había robado nada, que habían sido sus amigos. Luego, mi abuela le dijo a su hijo que se fuera a trabajar, que llegaba tarde, e, inmediatamente, fue a las casas de las vecinas a suplicar que no dijeran nada a su marido de la visita de la policía, ya que la curiosidad había hecho que se arremolinaran a husmear en el patio, y temía las represalias que mi abuelo pudiera emprender contra él. Todo esto me lo confiesa mi tía de Madrid, a la que su madre también le hizo prometer que jamás lo contaría.

6

En 1965 a la familia de mi padre le dieron el pequeño piso de protección oficial en el mismo bloque de tres plantas donde vivía mi abuela materna con sus hijos. Mi madre vivía en el tercero y mi padre en el primero. Mi tía de Valencia y mi madre celebraron la suerte. Si por las mañanas compartían las horas lectivas en el colegio, el recreo, los estudios en la biblioteca, desde el 65 también se divertían por las tardes en el patio del bloque, bailando con el tocadiscos que mi abuelo había comprado. La presencia de mi padre empezó a hacerse más constante, alardeando frente a ella cada vez que se le presentaba una oportunidad. Esa forma de actuar no impresionaba a mi madre, en principio ella ignoraba las poses arrogantes, chulescas, machistas. Por lo demás, numerosos pretendientes revoloteaban a su alrededor, que era lo que realmente la complacía. Nunca le gustó jugar con muñecas ni a esos juegos propios de niñas como la comba. Ella prefería bailar, salir sin hora cuando la adolescencia comenzó a aflorar, conocer hombres y que estos la adularan y se rindieran a sus pies. Desde niña había oído como le pronosticaban a mi abuela: Esta niña vale para modelo, y, a medida que crecía, con mayor frecuencia le repetían lo guapa que era.

Aparte del sueño de ser modelo, mi madre aspiraba a estudiar bachillerato, otra vía para salir de la senda de los menesterosos e identificarse con las niñas pudientes. Por eso, cuando terminó el colegio y las monjas anunciaron que a las dieciocho alumnas con los mejores expedientes (entre las que se encontraban mi madre y mi tía de Valencia) se les propondría estudiar bachillerato, con el sacrificio de que pasarían todo el verano preparándose el examen, no le importó. Mi tía de Valencia y mi madre cogían un autobús a las nueve de la mañana que las llevaba al centro de Málaga, toda una odisea para ellas. No abandonaban las clases hasta la hora de comer, momento en el que bajaban a una tienda y compraban el bocadillo más barato, el de anchoas. Se lo comían mirando los escaparates de las tiendas de ropa de la calle Larios, antes de regresar a las clases. A las seis volvían al barrio andando, y cuando llegaban se daban un baño en la playa o se ponían a estudiar. Por la noche se sentaban en las escaleras del bloque para combatir el calor, comían pipas, en casos excepcionales polos de naranja, y hablaban de las ilusiones cada vez más próximas. A veces se les unían las madres y las abuelas, colocaban sillas en círculo en el patio, mientras, un poco más separados, los hombres desplegaban una mesa para jugar al dominó o a las cartas, cuando no iban al bar a beber. Algunas noches aparecían por allí los muchachos del barrio, haciéndose notar, insectos que revoloteaban nerviosamente, y que se posaban de un sitio a otro, grillos en las acaloradas noches con el insistente canto metálico para atraer a las hembras. Había uno al que mi madre escuchaba más atenta que a los demás, con el que salió unos meses más tarde.

Aquel verano fue uno de los más tristes de nuestra vida. Nos creamos muchas expectativas y nos llevamos una decepción. Tu madre no entendía que habiendo aprobado el acceso a bachillerato con buena nota, la enviaran a estudiar formación profesional. Se consideraba engañada, y tuvo una bronca monumental con una monja de voz chillona que ejercía de tutora, revela mi tía de Valencia, que continúa: Se encaró con la monja y la llamó de todo. Nos hizo sentirnos orgullosas, aunque ninguna levantó la voz, todas callamos por temor a la reprimenda. Al principio, la monja intentaba explicarle que no solo dependía de las calificaciones, que los recursos económicos eran la otra parte del pastel, pero luego, cuando comprobó que tu madre no se atenía a razones, la envió a la superiora y la amenazó con la ira de Dios y cosas semejantes, de las que tu madre se jactaba.

En septiembre de 1966 mi madre comenzó un curso de formación profesional en la rama de textil con desgana. Estudiar ya no era divertido porque no servía a sus propósitos. Las fábricas buscaban continuamente aprendices, mano de obra barata, y trabajar y ayudar con ingresos extras nunca se despreciaba, así que mi madre decidió acudir a las entrevistas para trabajar en Cortefiel. Mi abuela hubiese querido que finalizara el curso, pero tampoco se podía rechazar un trabajo. Mi madre detestaba coser todo el santo día. Era una labor que la aburría, a la que no le encontraba el menor sentido. Se las apañó para que la colocaran de dependienta en una de las sucursales de la firma, al margen de la sordidez de la fábrica en la que pespuntaba camisas.

Se iba con sus compañeras mayores al bar, a tomar un café, o incluso un licor que las calentara de la humedad de aquella nave, porque ella había elaborado un plan; uno que le salió bien a medias. Siempre he oído que mi madre se aficionó pronto a la bebida. Quizá ahí empezara todo, en aquella cantina a la que acudía mi madre para quitarse el desengaño del cuerpo. Lo cierto es que yo la recuerdo con su copa de vino ya por la mañana. El alcohol era el protagonista de su vida, incluso bautizó a nuestro perro, un caniche, con el nombre de *Rioja*, y lo aficionó a beber vino. En los descansos acudía al bar, y con su labia pronto se hizo amiga de las que controlaban la fábrica, y así le presentaron a la jefa, una mujer lesbiana que la invitaba a licor y tabaco, y que terminó por trasladarla a una de las tiendas del grupo. Su hermana me dice que durante una semana la jefa estuvo apareciendo en la moto por el barrio para recoger a mi madre. Los vecinos comenzaron a murmurar, y mi abuela le advirtió que la gente no regalaba nada si no quería algo a cambio. Días después, cuando la jefa se quiso cobrar el favor y fue rechazada, mi madre fue despedida. Sin embargo, apenas tardó en encontrar otro trabajo de dependienta en calzados Scholl, tras un breve curso de aprendizaje.

El invierno de 1966 fue lluvioso. Los fines de semana solía pasarlos en los Tele Club que organizaba la iglesia del Corpus. Tenían un local en el que se podía ver el fútbol en la televisión y también bailar en pareja al ritmo de la música que reproducía un tocadiscos, todo bajo la vigilancia de los adultos. Allí se ennovió mi madre por primera vez. Un chico que le regalaba flores y escribía poemas, que la iba a recoger después del trabajo a la tienda de zapatos, que la cogía de la mano en los paseos que daban por las calles de los chalets, soñando que ellos también tendrían una de esas casas, un chico que solo le había robado algún beso furtivo, pero mi madre ansiaba más, azuzada por una curiosidad que impulsaba su excitación. Rara vez acudía mi padre a aquellos Tele Club. Trabajaba de pinche de cocina en un restaurante, Casa Matías, desde el 63, y había comenzado a internarse en la vida nocturna de Torremolinos. Aunque esto no le impedía que, de tanto en tanto, dejara alguna señal a mi madre, que ella tibiamente rechazaba.

Pero cuando un domingo de enero del 67 mi padre descubrió a mi madre con su chico bailando una canción lenta, su afán de posesión debió de activarse. Intentó acercarse a ella sin fortuna, y a la hora del fútbol, se sentó junto al novio de mi madre con la mala uva de buscarle las cosquillas. Quería provocarlo de cualquier modo, que saltara, y así salir a la calle y arreglarlo de la única manera que sabía: los puños. Para su sorpresa, el chico lo ignoraba, no caía en su juego, lo que lo enfureció aún más. En la otra estancia, el tocadiscos seguía girando, y las muchachas y los jóvenes que no veían el fútbol seguían bailando. Entonces, mi padre cambió de estrategia y se fue a revolotear alrededor de mi madre, que bailaba con mi tía de Valencia y otras amigas. Y se plantó allí con la mejor de las sonrisas, un encantador de serpientes que accionaba su mejor verborrea, a contarle peripecias de la noche, sus ambiciones, ensalzando sus inexistentes logros, prometiéndole que le regalaría una pulsera e incitándola a fumar en la calle, detrás de la iglesia. Y cuando ya la tenía convencida apareció el novio de tu madre, que se puso delante, tu padre lo empujó, y si las miradas mataran..., pero no sucedió nada, tu padre se fue lanzándole un beso a tu madre; sabía que peleándose no la conquistaría, relata mi tía de Valencia. En aquella época me hacía gracia que mi hermano y mi mejor amiga salieran juntos y le hablaba a ella de él, le contaba cosas buenas y era la portadora de cartas que tu padre me entregaba para ella. Nunca en la vida me he arrepentido tanto de ninguna otra cosa como de esta. Le tendría que haber dicho la verdad. Creo que no la aconsejé muy bien, ni cuando se separaron estando casados, concluye, y me pide un respiro, porque todos estos recuerdos la asfixian, me dice. A mí me ocurre lo mismo, le digo.

7

A mediados del 67, en calzados Scholl, mi madre atendía a un cliente, y este se fijó en ella y le preguntó si le interesaba posar como modelo. Eres fotogénica, tienes potencial, oía de la boca del hombre esas palabras que extendieron su sonrisa igual que las alas de una mariposa blanca. Resultó que el hombre llevaba una agencia, y le dio una tarjeta con la dirección y le explicó que estaba cerca, a escasos diez minutos de donde se encontraban.

Aquella tarde subió las escaleras de los bloques de dos en dos, contenta, emocionada, con el empuje de los nervios de contárselo a mi abuela. Mi madre gesticulaba y no dejaba de moverse mientras hablaba con su fantasía habitual, un atractivo que fue desapareciendo en los años de convivencia con mi padre, me explica mi tía del Opus. Por lo visto, mi abuela le puso reparos, muchos, inquieta y contrariada (imagino que por los prejuicios de la época), y le advirtió que ni se le ocurriera abandonar el trabajo. Aquella advertencia, lejos de amedrentar a mi madre, solo consiguió reafirmarla en su aspiración, en aquel sueño que se le había presentado de repente. Como si ella misma lo hubiera provocado con su pensamiento, e incluso, tal vez, pensara que ella era una de las «elegidas», como frecuentemente imaginaba.

Así comenzó su fugaz carrera de modelo. Los fotógrafos,

encantados con ella, le recomendaban que tratara de no frecuentar malas compañías, de ser disciplinada, de esa forma se le abrirían las puertas de las grandes firmas.

Fotos, fotos y más fotos que mi madre no dejaba de mirar. Hipnotizada. Le fascinaba mirarse, recrearse en ellas; como cuando de niña se plantaba frente al espejo y fantaseaba con que posaba en una sesión fotográfica. La primera campaña publicitaria en la que participó fue de ropa de baño. Mi padre contempló las fotos en las páginas de una revista con una sonrisa templada. No es tu novia, le dijo mi tía. ¿Y qué?, me molesta. Además, no lleva la pulsera, replicó a su hermana. Habían roto cuando mi padre le regaló la pulsera que le había prometido, y mi madre, lejos de oír las súplicas del otro muchacho, siguió llevando el regalo de mi padre hasta que el chico se hartó y lo dejaron.

Mi madre iba con la revista a todas partes. Y cuando se encontró a mi padre le enseñó las fotos que él ya había visto. Le preguntó si no le daba vergüenza que todo el mundo la viera así. Y mi madre, con una sonrisa, le preguntó si eso eran celos. Él le dijo: No, solo decepción. Y le preguntó por la pulsera mientras la cogía de las muñecas bronceadas. Mi madre le respondió: Me la pongo cuando me apetece, y mi padre se quedó con la palabra en la boca, escupiendo en el suelo. A los pocos días empezó a salir con otro muchacho, y cuando mi padre se cruzó con ella en las escaleras, le soltó que era como todas, una buscona. Al día siguiente, supuestamente arrepentido, le hizo llegar flores a través de mi tía de Valencia, que le dijo que su hermano lo sentía y que le había pedido que fueran a las rocas a bañarse la mañana del domingo. A lo que mi madre contestó: Ya veremos.

8

A los trece años mi padre abandonó los estudios y se puso a trabajar de pinche en Casa Matías. Mi abuelo intentó hacerlo recapacitar. Le dijo que si quería labrarse un futuro provechoso y hacer carrera era fundamental la formación, que se arrepentiría si no lo hacía, que él no había siquiera tenido esa oportunidad. No hubo forma de convencerlo.

Había tomado su decisión, que lo dejara tranquilo, además, ¿no había sido él quien lo había puesto a trabajar con los curas y en los cines? Si se preocupaba por el dinero, que no lo hiciera, que le seguiría dando la mitad de lo que ganase para mantener la casa. Este era mi progenitor, aprovechaba cualquier resquicio para crear mala sangre.

Tu padre consideraba que él era quien más aportaba en la casa, más incluso que tu abuelo. Es verdad que fue generoso, que nos regaló juegos, como el de la Señorita Pepis, y que nos compraba chucherías y que fue emprendedor, pero tu abuelo, la familia, siempre lo ayudó en todo, cuando montó el primer restaurante, o incluso cuando estuvo en la cárcel, me dijo mi tía de Madrid.

En Casa Matías estuvo hasta los quince años, después estudió un año hostelería, y cuando terminó, le ofrecieron trabajo en La Pampa, un restaurante de Torremolinos. Fue entonces cuando empezó a internarse en la noche, a trabajar en discotecas de camarero para sacarse un dinero extra.

Aún servía en Casa Matías cuando mi padre comenzó a no llegar a dormir algunas noches. Con el tiempo se convirtió en un hábito. Esto generaba tensión que se traducía en discusiones con mi abuelo. A pesar de que ya no le ponía la mano encima, mi padre le incitaba, riéndose con malicia, replicándole que si era lo bastante mayor para trabajar y aportar dinero, lo era para llegar cuando le viniera en gana. Nada deseaba más que mi abuelo le buscara bronca, que se atreviera a levantarle la mano o realizara el ademán de quitarse la correa y enzarzarse con él en una pelea. Suerte que mi abuela siempre estaba vigilante y alisaba la tirantez del ambiente. Mis tías coinciden en que padre e hijo nunca estuvieron de acuerdo excepto en una ocasión, uno de los peores días de su adolescencia, recuerdan: cuando por las estrecheces económicas mi abuela se puso a trabajar sin que mi abuelo ni mi padre lo supieran, y los dos lo descubrieron, la amenazaron y le dejaron bien claro que los pantalones los llevaban ellos, los hombres de la casa. Ellas lo recuerdan como un día nefasto.

En aquella época, había veces en que mi padre no aparecía por casa de mis abuelos durante días, en los que se preguntaban, con el corazón en un puño, dónde estaría. Y cuando llegaba, lo hacía por la mañana, cansado, dejando una bolsa de ropa sucia para que se la lavara su madre y tirándose en la cama de sus padres a dormir por unas horas. La mayoría de las ocasiones solía levantarse antes de que llegara mi abuelo.

Mi padre lo evitaba desde el día en que mi abuelo se presentó en la discoteca Bossanova en el turno de mi padre. Este debió de clavarle los ojos como navajas e inmediatamente pasaría a ignorarlo. Imagino a mi abuelo acodado en la barra, bebiendo una cerveza con incomodidad, mientras observaba a su hijo con traje, diligente, rápido, hablándose sin palabras en el local espeso de humo y música, con mi padre sintiéndose superior, empequeñeciendo a su propio padre. Seguramente los clientes y los compañeros lo llamaban por su nombre mientras servía las bebidas y, supongo, mi abuelo también lo hizo al pedirle otra cerveza, pero sospecho que mi padre lo ignoró, y lo represento brindando con una chica, riendo, dando una calada a un Ducados y volviendo a mirar a mi abuelo con una mirada de las que se hincan.

Algunos días después, cuando mi abuelo regresó del trabajo, se lo encontró durmiendo en su cama, y se puso a pensar en que la vida que llevaba su hijo no era sana.

Siento que estoy allí, junto a mi abuelo, puedo verlo fumar y echar la ceniza en su mano. Cuando se consume el cigarrillo, coge el paquete de Celtas, está vacío. Va a la cocina y lo tira. En el perchero del salón ve la chaqueta de su hijo y busca tabaco en los bolsillos. Nicotina que calme su inquietud, pero lo que encuentra en su lugar es una china de grifa. Furioso, sube las persianas del cuarto. La luz inunda la cama. Mi abuelo le lanza la china a la cara y le grita que despierte. ¿Qué coño haces?, dice mi padre. Mi abuelo le señala la piedra de hachís y mi padre le contesta que si ahora se dedica a robar, que lo deje en paz de una puta vez. Con las voces aparece mi abuela.

Mi abuelo le grita que se vaya de casa, le dice que las drogas no caben en esa familia. Mi abuela, mis tías y mi madre no acaban de creerse lo que pasa, mientras mi padre recoge sus cosas y fanfarronea con que volverá a por su novia.

Esto me explica mi tía de Madrid, y agacha la cabeza al final de su relato, sus ojos apagados, y me revela algo que debería dejarme estupefacto, sin embargo, no lo hace. Lo que nunca he contado a nadie —nunca tuve el valor suficiente— es que tu padre intentó forzarme una noche.

Tercera parte
Madre

1

Esta pareja nunca va a ser feliz, decían mis abuelos paternos. Y era algo que veían todos los que conocieron a mis padres. Las broncas continuas por nimiedades, los celos enfermizos de él.

Esta pareja nunca va a ser feliz.

No necesito anotar esta frase. Nunca fueron felices, independientemente de lo que sea la felicidad.

Estaba escrito, comenta la hermana de mi madre, que recuerda que las dos familias se oponían a la boda. Se casaron por el qué dirán después del incidente de las Acacias, dice mi tía de Valencia, que matiza: yo era la única que los apoyaba, que creía en ellos, la que estaba presente en muchas de sus peleas y reconciliaciones.

Lo cierto es que no tienen idea de lo que mi hermano y yo vivimos, nuestra incomprensión de que siguieran juntos, las vilezas y vejaciones casi diarias, y luego, como si nada hubiera sucedido, esa práctica del sexo con violencia que a mis padres parecía excitarles. Animales con sus respiraciones y jadeos que traspasaban paredes, parásitos mutuos, parásitos de los seres que les rodeaban, incapaces de vivir el uno sin el otro, y, a la vez, animales voraces con el entorno y sus presas, limando nuestra cordura, inyectando una infelicidad que se adhería como el moho, haciendo que deseara con todas mis fuerzas que se murieran.

Mi padre tenía el ADN de un depredador.

Rezaba por las noches para que alguien nos liberase de su presencia. Amanecía con el pensamiento de que quizá esa sería la mañana en que me iría de esa casa, o con la esperanza de que Dios haría justicia y mandaría a mi padre al infierno.

Jamás llegó ese día.

Me cago en Dios, abre la maldita puerta o la echo abajo, quién coño te crees que eres, estás en mi casa, basura, te voy a reventar como no abras, y los trompazos que no daba en la puerta de mi habitación, ya abollada, sino en mi cabeza, o así lo sentía yo, escondido debajo de las mantas, con el miedo dentro, muy dentro de mí, tanto que notaba cómo roía el corazón, la garganta, el pecho, las sienes, el estómago. Miraba cómo los candados que había puesto en la puerta de mi cuarto cedían paulatinamente a sus embestidas. Vas a querer no haber nacido, mamón; venga, cariño, déjalo, no ves que...; cállate, puta. Y mi hermano ¿dónde estaba? El pomo destrozado. La puerta a punto de ceder. Cobarde de mierda, abre si eres hombre.

La puerta cedía, una abertura vislumbraba sus ojos enrabietados, su cuerpo desnudo, sudoroso. Entonces mi madre volvía a decirle que se calmara, que se fueran al dormitorio, y mi padre le lanzaba un revés con la palma de la mano, sus manos de morcillas aplastadas se cebaban con ella, y luego los moratones no tardaban en salir. Pero yo continuaba quieto en la cama, una piedra que no podía moverse, puta, vaga, igual que tu hijo, un desagradecido, hasta que mi cabeza no aguantaba más, y agitado metía la llave en el candado y abría la puerta. Su sonrisa chirriaba, espuma blanca en los bordes de la boca. La pestilencia de su aliento, sus puños en mi cuerpo, el dolor al que me acostumbraba golpe a golpe.

Y mi madre suplicaba que me dejara, sus pelos pegados en la cara, como la sangre, mi padre gritando que mi abuelo le había enseñado cómo educar, y que yo no parecía hijo suyo, sino un perro apaleado, un *cagao,* un trozo de mierda.

No vales para nada, no vales para nada, no vales para nada. Y yo respiraba con hipos, con el dolor que anulaba el dolor, con su frustración marcándose en mi cuerpo. Y el miedo burbujeaba y me hacía mentir, defenderme, he llamado a la policía. Te vas a enterar, basura, ¿no te gusta la cama?, escupía, pateando a mi madre cuando pasaba a su lado, rompiendo lo poco que quedaba en el cuarto. Y yo trataba de levantar a mi madre, que sangraba por la nariz, por el labio, que me dejes, todo esto es por tu culpa, no te podías estar quieto, tenías que dar la nota, poner un candado, te lo tienes merecido, cabrón. Mis ojos como orillas, la flema en la garganta, mocos en la nariz que sorbía o sonaba con mi mano, limpiándome en las mantas, la culpa, siempre mía. Retrasado, no habrás llamado a la policía, ¿nos quieres buscar la ruina?, sería lo que nos faltaba, con todo lo que ya tenemos encima, y tú nos quieres buscar la ruina.

Y yo: Mamá, por favor; y ella: Por tu culpa, todo es por tu culpa. Y mi padre que abría y cerraba cajones y de repente se marchaba, y yo aprovechaba para ponerme los pantalones y huir. Ni siquiera me los había abrochado cuando regresa a mi cuarto con una caja de cerillas en la mano, y empieza a tirarme fósforos encendidos. ¿Estás loco?, ¿ese es el respeto que le tienes a tu padre?, más cerillas encendidas sobre las sábanas, hasta que una prendió, pánico en mi cara, la suya ida, disfrutaba, entonces yo le pido perdón a mi padre para que se vaya de una vez, y él responde meando sobre el pequeño fuego, riendo con desquicio, hasta que de pronto su sonrisa se apaga a la vez que el fuego y me ordena que lo abrace.

Asco me daba, mi padre gritando que lo abrazara, me agarraba a la fuerza, sollozando. Y su cuerpo temblaba contra el mío, y desprendía un olor que me repugnaba.

Qué año fue cuando sucedió esto, qué año. Y la única manera que tenía de vivir era matándolo.

2

Unos meses después del funeral de mi madre llamé a mi hermano para ver si estaba dispuesto a hablar. Silencio. Le apremié y se excusó con que tenía mucho que hacer. Le insistí, me dijo que no merecía la pena, que solo me iba a hacer más daño. En algún punto de la conversación nos quedamos callados. Durante esos segundos recordé una frase que había leído en un libro de Alberto Fuguet: «El dolor, lo sé, se disipa, la vergüenza o el mal rato también; las historias no contadas supuran, se infectan, contaminan». Le pregunté si había encontrado la autopsia de mi madre. De nuevo el mutismo se apoderó de la conversación, hasta que me confesó: No la tengo. La tiene papá. Se la llevó, ¿qué iba a hacer?

Lancé pestes por la boca y colgué el teléfono de mala hostia.

La rabia me invadía. Bajé al garaje corriendo. Arranqué la moto y me dirigí a casa de mi padre. Farfullaba insultos que morían en el aire, sacudido por la excitación y el deseo de matarlo mientras me preguntaba: ¿por qué quiere la autopsia? Un pensamiento se cruzó por mi mente rabiosa: mi hermano siempre le dará una oportunidad a mi padre.

Él lo reconoce.

Yo reniego.

A lo mejor mi hermano sufre una especie de síndrome de

Estocolmo, pensé mientras aparqué la moto en la calle de la iglesia del Corpus. Crucé la carretera para alcanzar el edificio Cumana, en el número 64 de Juan Sebastián Elcano. Frente al telefonillo mis pulsaciones se aceleraron descontroladas. Sudaba, tragué saliva, me costaba respirar, noté un leve mareo. Me sequé el sudor pringoso con la camiseta.

Quería llamar, matarlo, que esto se acabara de una vez. Pero era incapaz de presionar el botón del timbre. El miedo me empequeñecía. El miedo había sido un compañero fiel de la familia. Me sentía igual que el niño desvalido que fui. Medroso, corrí hacia la moto, subí y aceleré, aceleré, adelanté coches, con el viento en la cara las lágrimas salieron por el viento o por la impotencia. Me quería morir para que el dolor se extinguiese. Un vehículo me pitó y lo mandé a la mierda, la misma que merecía por no tener el valor de llamar al piso de mi padre.

Al regreso anoté: Tengo la sensación de que mi padre se salva y que yo estoy condenado por él.

¿Necesito escribir para dejar constancia de lo incómodo y agotador que fue siempre nuestro vínculo? Porque lo que no asumo, lo que me cuesta asumir, lo que me duele y aplasta es que, pese a que lo rechace, siempre tendré un vínculo con mi padre. Y esta simple evidencia me provoca arcadas, una sensación viscosa, desagradable, una opresión en el pecho para la que no encuentro ninguna palabra precisa.

3

Me paso horas en la oscuridad esperando a que vuelvan las imágenes que expulsé cuando era adolescente, cuando me ovillaba en el rincón de aquella habitación con el afán de borrar los gritos y peleas de mis padres. Las heridas psíquicas que me causaban. Las heridas físicas que yo me infligía al golpear la pared con mis puños, al abrasar con mis nudillos la pared de gotelé ennegrecida hasta que la sangre brotaba. Me pegaba a mí mismo para aplacar la ira, el desafecto, la desorientación que me carcomía las entrañas. La humillación que sentía: una culebra que había entrado dentro de mí para hurgar desde el interior.

Ansiaba el dolor, necesitaba soportarlo, estar preparado para cuando mi padre me pegara y así no sufrir tanto.

Quería vencerlo.

Pero las ocasiones que estuve frente a él en aquellas noches de terror, escapé presa del miedo. Igual que ahora, cuando he sido incapaz de tocar el telefonillo.

El miedo es el mismo.

Las imágenes llegan desordenadas. Las cicatrices de la redada en octubre o noviembre de 1991, cuando mi padre acabó en la cárcel. El encierro que nos impuso justo cuando teníamos los exámenes finales en el colegio, hacia el 84 o el 85, y que nos obligó a repetir curso. Aquella tarde del 89 que lo pillé follándose a la mujer de su socio en la segunda planta del restaurante que regentaba en la playa de Pedregalejo. Las mañanas que lo hallaba en el portal del piso durmiendo la mona. El permanente alardeo de su inmensa polla, pavoneándose desnudo, sin reparo, orgulloso de ella, por la casa. La miasma que desprendían las paredes del edificio Cumana donde viví muchos años.

Estoy en la oscuridad, siento temblores, y noto cómo la culebra se desliza dentro de mi cuerpo. También aguardo a que supuren las imágenes que durante tanto tiempo me afané por arrinconar. Pienso que mi memoria está hecha de rencor. Llevo décadas encerrado en aquella habitación oscura, sin airear. Sospecho que conservo las frustraciones de mi padre. La avidez destructora y las debilidades son parte de su herencia. Sé que la escritura no rectificará el pasado. Pero tengo la certeza de que si me detengo ahora, lo lamentaré. Sé que si no reconstruyo su historia, nunca me reconciliaré con la mía.

4

En 1969 mi padre había alquilado un piso en Torremolinos con otros compañeros de la discoteca, y apenas pasaba por casa de sus padres. Al menos, una vez por semana, iba a visitar a mi madre y le prometía que pronto se irían a vivir juntos. Por aquella época, mi madre seguía con la aventura de modelo, pese a que no le hacía ninguna gracia a mi abuela y le causaba broncas constantes con mi padre, que la presionaba para que dejara de posar y la amenazaba con la ruptura. Mi madre resistió hasta que poco a poco fue cayendo, debilitada por la enfermiza red de celos de su novio. Bastaba que paseando por la calle algún chico se fijara en ella para que mi padre se la liase, acusándola de que ella incitaba a los hombres. Lo peor es que las cosas no terminaban ahí. Mi padre se quedaba rumiando sus fantasmas y luego los sacaba por las buenas, en situaciones inesperadas.

Una tarde mi padre había ido a casa de mis abuelos a que le lavaran la ropa y a ver a mi madre. Esta bajó rápidamente desde su piso y se sentó junto a él, contenta de verlo. Le preguntó por los famosos que habían pasado por la nueva discoteca en la que trabajaba, Tiffany's, donde decía que ganaba más que en Bossanova, y mi padre, haciéndose el interesante, alardeando, le decía que esa noche había saludado a Marujita Díaz, a José Luis López Vázquez, a Luis Miguel Dominguín y a Massiel. La pareja estaba sentada alrededor de la mesa mientras comía, en un ambiente relajado. Mi bisabuela miraba a los novios embobada: sonreían, se hacían carantoñas y, de repente, sin venir a cuento, mi padre dio un manotazo en la mesa y empezó a insultarla, mi madre le replicó, se levantó en el momento en que entraba mi abuelo y preguntaba qué había pasado.

A ver si se casan de una vez y se quitan el celo, dijo. Pero lo que quedó en el aire como impreso fue el comentario de mi bisabuela: Van a ser unos desgraciados.

Después de una pelea se reconciliaban como si la vida dependiera del sexo. Los buenos momentos de mis padres se asociaban al sexo y a la noche. Visto desde ahora, creo que fueron adictos. O quizá era un modo de escapar de la insatisfacción constante que todo les provocaba. Mi tía de Valencia me revela que en público mis padres se cogían de la mano y comenzaban a jugar con los dedos en las palmas de sus manos, entre risas de picardía. Usaban ese lenguaje para decirse cosas vinculadas al sexo. Los dos se esfumaban cuando hacían ese juego de manos. Más tarde se lo preguntó a mi madre y ella misma se lo confirmó. Necesitaban follar como si el celo fuese su estado natural.

Desde que mi madre empezó a salir con él, iba con mi tía de Valencia a la discoteca Bossanova los sábados, mientras él cumplía con su turno de trabajo. Las dos se pasaban la tarde y la noche bailando con desenfreno, encima de las tarimas, igual que si fuesen gogós, con mi padre detrás de la barra, vigilándolas. En Bossanova no cabía un alfiler. Las chicas con sus faldas cortas y sus botas altas bebían y fumaban imitando a las turistas nórdicas. Mi madre se sentía hechizada por su forma de vestir, por su comportamiento desinhibido. Torremolinos fue una fiesta permanente, sin medida, que anticipó la apertura de la Transición. Pero mi madre y mi tía tenían la obligación de volver a su casa a las doce. En ocasiones desobedecían y se saltaban el horario. Les daba lo mismo el castigo. Sobre todo a mi madre, que después se las ingeniaba para escaparse.

Hasta que pasó el incidente de las Acacias. Un episodio que cambiaría la relación de las familias.

En la discoteca se dejaban invitar por unos y por otros, hasta que llegaba el turno de descanso de mi padre y compartían un rato con él bebiendo y fumando los primeros cigarrillos.

Mi padre avisaba a mi madre del peligroso tonteo con los hombres. Ella lo miraba con sus ojos de ovni y le hacía enfurecer, contándole que este o aquel la había invitado y que sabía protegerse sin su ayuda. En alguna ocasión, cuando una chica pasaba y le removía los pelos a mi padre, los papeles se invertían, entonces era mi madre quien preguntaba qué pasaba con esa. Más de una vez los dos le decían a mi tía que iban a bailar, para perderse de su vista y regresar con sendas sonrisas en sus caras. Cada vez que se despedían, mi padre chantajeaba a mi madre con cortar si no dejaba el trabajo de modelo. Ella lo desafiaba, indiferente, y le contestaba con vehemencia que se fuera buscando a otra.

5

Mis tías no pueden decirme si mi padre ya traficaba con drogas. Solo recuerdan aquella vez que mi abuelo descubrió marihuana en su chaqueta. Ni siquiera lo vieron fumar porros en esa época. Sabían que las hierbas y las anfetaminas eran habituales en los ambientes en los que se movía. Mis abuelos paternos, notando que cada día se distanciaba más de ellos, se esforzaban por acercarse a él. Incluso mi abuelo le permitió libertades que antes hubiese censurado, como cuando mi padre, que gastaba a manos rotas, llegaba ostentando con regalos innecesarios para sus hermanas y su madre. En el fondo, competía con su padre y despreciaba lo que mi abuelo había logrado.

Recuerdo las caras de superioridad de mi padre cuando veía al suyo, las facciones que se reconcentraban hacia dentro, emanando rencor, colocándose alerta para dejarlo en evidencia en cuanto se le presentara la mínima oportunidad.

A mí eso jamás me sucedió. Yo quise admirar a mi padre. Supongo que él se obsesionó con ser admirado. Con ser alguien importante a la mayor de las velocidades. Y la droga potenciaba esa sensación. Le otorgaba la apariencia de seguridad y poder que tanto anhelaba, y también debilidades, los fantasmas lo devoraban.

Mis tías lo llaman generosidad. A mí me parece manipulación, estrategias para conseguir sus fines. Mi padre les llevaba regalos a mi madre y a mi abuela materna con frecuencia, y se hacía el suavón para seducirlas. Él era consciente de que todo aquello no le gustaba a mi abuela. Y menos desde que su hija salía de noche, se saltaba la hora de llegada, se escapaba cuando le imponía un castigo, o la pillaba fumando a escondidas. Mi abuela le recriminaba que la estaba pervirtiendo. Sin embargo, lo que más le preocupaba eran las peleas y la conducta que la pareja tenía en público, con mi padre faltándole el respeto, amenazándola continuamente, levantándole la mano a mi madre en plena calle.

Un día de verano del 69, mi abuela le dijo a mi padre que como volviera a levantarle la mano a su hija se arrepentiría. Mi madre se enfureció, insultó a mi abuela y le dijo que se metiera en sus asuntos.

A pesar de estas tensiones, las familias seguían teniendo una relación cordial, de hecho, mi madre continuaba yendo a casa de mi abuelo paterno a sentarse a conversar con él. Se sentía protegida a su lado, la hacía reír, y ella se comportaba como si fuera el padre que siempre había añorado. Esto no se lo contaba a su novio, pues sabía que lo enervaba. Si mi madre no estaba con mis tías, con las que compartía el día a día, buscaba a mi abuelo. De tanto en tanto, este hacía girar las charlas alrededor de su hijo. Le preguntaba a mi madre cómo le iba, le recomendaba que lo convenciese para que dejara la noche y se buscara un trabajo decente; y a ella misma le aconsejaba que pensara en formar una familia y se olvidase de ser modelo. En sus palabras, siempre comedidas, se mezclaba una tristeza y un reproche subterráneos. Esto daría un giro de ciento ochenta grados tras el incidente de las Acacias. A partir de ese día, ni mi madre ni mi abuelo volvieron a sentarse juntos a hacerse compañía.

6

He estado un mes sin escribir. Durante este tiempo he investigado como si fuese un historiador e incluso un detective, en el caso de que un historiador no sea un detective de cosas enterradas en el pasado. Me propuse encontrar a alguna persona que conociera a mi padre de su etapa nocturna en Torremolinos. A través de un perfil de Facebook di con un tipo que lo conoció y lo recordaba, pero apenas me contó hechos relevantes. Me dio otros nombres. Indagué sin fortuna. En una página de internet dedicada a la Costa del Sol de los años sesenta y setenta, me topo con una foto de mi padre en una tarjeta de la discoteca Bossanova, es una postal de Navidad de 1968. Mi padre aparece con otros dos camareros y el encargado del club. Anoto sus nombres en una hoja para surfear por el ciberespacio. Antes observo la foto. Mi progenitor es el que está más erguido. Se le nota orgulloso de ser quien es. Esboza una leve sonrisa. Uno de esos gestos cuya prepotencia, estoy convencido, oculta debilidad. A excepción del mánager, él y sus compañeros visten igual: camisa blanca, corbata oscura y chaleco gris. Mi padre logra diferenciarse de los demás al ser el único que no mira directamente a cámara. Este detalle define su carácter, la obsesión de ser alguien, su absurda creencia de que era mejor que el resto.

A la vez, pienso que es una forma de omitir cada una de las carencias que atesoraba, de enterrarlas en un lugar profundo, mientras el alcohol y las drogas le inducían a vivir o construían un sueño inconsistente.

Lo que me aterra es mi primera impresión al descubrir la foto: mi parecido físico con él.

Este parecido duele, asusta, coloca del revés la certeza de que mi hermano menor se parecía a mi padre y yo a mi madre.

Continúo sin apartar los ojos de la foto en la que soy mi padre.

La imagen permanece mientras transcurren los días en los que busco a las personas que aparecen en la tarjeta. Nada en internet ni en las redes sociales. Nada en la guía telefónica. Nada. Consigo otros posibles nombres. Envío mensajes a sus perfiles de Facebook. Sigo indagando, permanezco con la imagen de la que pretendo escapar. La imagen se impone cuando me levanto, a lo largo del día, al acostarme.

Físicamente soy el vivo retrato de mi padre y eso me derrumba, me convierte en una ciudad devastada por la guerra, mi propia guerra.

Cuando ya pienso que nadie me va a responder, descubro un mensaje en la bandeja de entrada. Me cruzo varios correos electrónicos con alguien que afirma ser el mánager de una discoteca donde trabajó mi padre. Tras varios mensajes me da su número de teléfono. De inmediato lo llamo. Escucho su voz cascada, un altavoz antiguo que suena a lata. Me habla bien de mi progenitor. Se lo pasaban en grande.

En esa época había una permisividad absoluta. Carecíamos de referentes. Ahora todo es más lineal.

Habla del pasado como un paraíso perdido.

Vivíamos al día, para nosotros mismos, despreocupados de cualquier responsabilidad, solo existía la diversión, me dice con esa voz quebrada que parece la de una máquina sin lubricar. Le pido que no obvie las cosas chungas, y le pregunto si conoció a mi madre. Claro que la conocí. Una mujer guapísima que muchos deseábamos, pero estaba encoñada con tu padre. Estuvo trabajando en la discoteca, primero encargándose del guardarropa, y luego de relaciones públicas. Se le daba bien y atraía a los tíos y a las tías, aunque a tu padre no le hacía ninguna gracia. Lo que me sorprendió fue que se casaran. No por ella, sino por él.

No acaba de decirme con exactitud las razones. Solo me cuenta que en esa época el sexo era bestial. Follaban todos con todos. Y tu padre se hartaba de follar, con españolas y con guiris. Tampoco es que lo viese cada noche. Lo sabía y punto. Esto no quiere decir que no estuviese por tu madre. Se trataba de otra cosa.

Lo atajo y le pregunto si mi madre intuía algo.

No se enteraba de nada. Aquello fue al principio. Cuando todavía su relación no era seria. Después, cuando se fue a vivir a Pedregalejo con ella, tu padre cambió. Puso el restaurante y formó una familia. A partir de ese momento le perdí la pista. Lo volví a ver cuando inauguró el restaurante, y un par de veces más que fui a comer. Se comía de cojones. El mánager de la discoteca en la que trabajó mi padre comienza a desbarrar de él y de su propia familia. Me confiesa que los excesos desembocaban en broncas. Le pregunto en qué cambió mi padre y si por esa época ya vendía drogas.

Todos lo hacíamos. Tu padre tenía alquilado un piso con otro camarero donde después de cerrar la discoteca nos íbamos a jugar al póquer y a drogarnos. Nos pasábamos días y noches enteras jugando a las cartas, metiéndonos lo que pillábamos, empalmando las jornadas sin dormir. El piso exudaba vicio. Las paredes olían a coño húmedo. Aquello nos reconfortaba. El piso funcionaba de picadero en el que se hacían toda clase de favores sexuales, y también la gente acudía a comprar hachís. Lo que ganábamos lo gastábamos en drogas y en divertirnos. En eso consistía nuestra vida. Aquello era la hostia. Apenas parábamos un instante. Follábamos tíos con tíos; tías con tías; todos juntos.

Le pregunto si mi padre se prestaba a esos juegos.

Todos lo hacíamos. Tu padre el que más.

La polla gorda de mi padre, escribo.

Y al escribirlo la siento.

La polla gorda de mi padre escarba en las rajas de la memoria.

Humilla. Desgarra. Mi padre, al que le gustaba pasearse desnudo por las distintas habitaciones de nuestra casa, exhibiendo aquello de lo que se sentía más orgulloso. Esa polla que me enseñaba igual que si fuese un trofeo. Sus manazas de morcillas aplastadas agarraban el miembro carnoso de venas como un garrote.

¿Qué más puede contarme?, le digo al mánager de la discoteca en la que trabajó mi padre.

Permanece en silencio unos segundos.

Me acuerdo de una noche en la que él descansaba. En vez de pasarla con tu madre, como solía hacer, se acercó a la discoteca. Tu padre bebía a diario, pero esa noche bebió con un ansia voraz. Empezamos a tomarnos chupitos y no te extrañe que alguna cosa más. En mitad de la noche tu padre se llevó a una guiri al almacén para follársela. Tanto la guiri como tu padre estaban muy borrachos. En otro momento igual hasta me habría unido. En alguna ocasión nos tiramos a la misma tía. El caso es que al rato escuché follón en el almacén. Me asomé y encontré a tu padre enculando a la guiri con violencia y a esta tratando de desprenderse de él. Intervine, aquello podría haber acabado mal. Calmé a la guiri, que quería denunciarlo. O eso creo. Después quise llevar a tu padre al piso. En lugar de eso seguimos bebiendo hasta el cierre. Por la mañana terminamos en su piso. A tu padre le costaba sostenerse en pie. Lo metí en su cuarto, donde había fotos rotas de tu madre en ropa interior, desperdigadas por el suelo y la cama. Tu padre cogió las fotos y como si fuese un perro rabioso me las puso a un palmo de la cara y continuó rompiéndolas mientras llamaba a tu madre puta. Luego se tiró en el sofá, pero seguía con los balbuceos y los insultos. No recuerdo si le dije que eran solo fotos, que tenía suerte de estar con una modelo. Quizá no le dije nada o le di la razón. Lo dejé allí con su neura.

7

Sigo buscando información. Les cuento a mis tías lo del mánager. Tengo que conseguir que mi tía de Madrid me cuente lo del intento de violación. Mi tía de Valencia dice: La campaña en ropa interior de tu madre trajo cola. Se montó un gran revuelo en el barrio. Todos hablaban de las fotos en las que aparecía tu madre. Y la verdad es que no había nada malo en ellas. Lo malo fueron las habladurías. A tu abuela le hicieron mucho daño y qué te voy a decir de mi hermano, que montó en cólera. Sí, las fotos desprendían sensualidad y sexualidad, simplemente porque tu madre la derrochaba de un modo innato. Hoy en día ya me contarás lo que significan unas fotos en bragas y sujetador. Pero aquella era otra época.

Mis tías coinciden en que durante un tiempo dejaron de hablarse, e incluso les parece que cortaron durante una semana.

Mi hermano se desquició. No soportaba las bromas que le hacían a costa de las fotos, comenta mi tía de Madrid.

Claro, nadie —y menos él mismo— le cuestionaba que se follara a cualquiera cuando le venían las ganas. Algo que hizo siempre, incluso después de casarse.

Ambas convienen en que a raíz de esa campaña publicitaria mi padre consiguió que su novia abandonara el trabajo de modelo.

Que abandonara la felicidad, las risas, la inocencia de una niña que perseguía sus sueños. Eso es al menos lo que deduzco de lo que me cuentan mis tías. Se la veía feliz. Seguía siendo una niña inocente. Imaginaba que ese mundo le permitiría lograr sus propósitos. No tiene nada que ver con esto que te cuento, pero yo la recuerdo jugando en el mar, saltando por encima de las olas, riendo, con una sonrisa amplia en la cara. Así la recuerdo hasta lo de las fotos y lo de las Acacias, comenta mi tía de Valencia.

Me hubiera gustado conocer a esa persona. Haber visto a mi madre reírse a carcajadas. Desprendiendo encanto. La recuerdo con el semblante serio. Casi nunca la vi sonreír —igual no tuvo motivos o no le sobraban—, quizá perdió la alegría en aquella época en la que su propia madre, su hermano mayor, su novio, el padre de su novio, todos, le recriminaban por perseguir un sueño.

Pienso en la deformación de la memoria. En lo que añadimos y en lo que borramos. ¿Hasta qué punto es real lo que cuento y enfrento a lo que me revelan mis tías?

Aquella noche en la que mi padre borracho destroza las fotografías de mi madre. La autoridad que sentían los demás para juzgar las decisiones propias. Unas fotos que sirven para marcar, para estigmatizar, para pisotear.

Romper las fotos. Quebrar los deseos de una mujer. Si antes había dejado de estudiar por necesidad económica, ahora le iban a frustrar la ilusión de ser modelo. Y luego ya no tendría escapatoria. Tal vez tampoco la buscó. Tal vez aceptó lo que le vino. Aunque no estuviera preparada para ello. Una niña con el cuerpo de una mujer, que quería llevar la vida de los triunfadores. Una niña con el cuerpo de una mujer que enmascaró sus frustraciones y bañó sus sueños en alcohol y drogas.

8

La primera vez que fui consciente de que aquel matrimonio no podía educar a dos hijos…, se detiene, da rodeos, divaga. Sé que me lo contará. Los que dudan suelen ser buenos contadores de historias, y suelen ofrecer lo que guardan y almacenan porque les quema y quieren compartirlo con otros. Y si esos otros son parte de la historia, mejor. Mi tía me repite que no sabe si me hará bien. Pero al mismo tiempo que me dice eso comienza a narrar, como si lo anterior hubiese sido solo un calentamiento. Me dice: Recuerdo la situación. Los hechos no son precisos. Estaba ayudando a tu madre, tú debías de tener tres o cuatro años, y no sé qué sucedió que tu hermano se cayó y se dio un golpe en la cabeza y tus padres, en vez de calmar a tu hermano, comenzaron a gritarse echándose la culpa el uno al otro. Entonces, en un momento determinado, cuando parecía que la tormenta había pasado, tu padre le soltó un guantazo a tu madre y le dijo que así no lo mirara. Tú estabas en brazos de tu madre y comenzaste a llorar, a verbalizar o a señalar que tu padre le había pegado a tu madre, y él fue a pegarte o a pegarle de nuevo a tu madre, no estoy segura, y tu madre te soltó, creo, resulta confuso, los dos llorabais desconsolados, cada vez más fuerte, y yo no sabía qué hacer, quieta, con mi hermano desquiciado, despotricando contra su mujer, contra vosotros, contra mí, tiró el cenicero y lo que pilló contra el suelo, entonces no recuerdo si fui yo quien os sacó de allí o tu padre me gritó que desapareciéramos de su vista. Imagino que la cosa fue a mayores. Pero yo no quería presenciarlo. Al día siguiente, cuando le pregunté a tu madre me dijo que no contase nada, que se había caído y que no necesitaba mi ayuda. Y no lo conté. Todos lo sabíamos a pesar de que mirásemos para otro lado. Sin embargo, aquellos días, cuando alguien me preguntaba por vosotros le mentía, le decía que estabais bien, pero era mentira, no podían cuidar de vosotros, ni de ellos mismos.

Es un hecho que no tengo registrado. O lo tengo debajo de otros y me cuesta desenterrarlo de donde se encuentre. La revelación de mi tía constata que el vuelo de Superman que recuerdo como la primera vez que soy consciente de la violencia no es el primero. Que hay otros episodios antes, a pesar de que los haya olvidado o sea incapaz de sacarlos a la luz. Hay otros. ¿Cuántos? Me pregunto si mi tía explica el suceso tal y como ocurrió o lo minimiza sabedora de que pretendo escribir sobre ello.

9

Mis tías me dan una caja de zapatos llena de fotos antiguas. La abro. Cojo las fotos con cuidado y siento el peso de los años, polvo en mis dedos. Una capa más. Las reviso. Les voy dando la vuelta para ver si llevan fecha. A ellas no les resulta complicado saber de cuándo son. Me comentan que buscarán más. Que otras más recientes me las enviarán por correo electrónico. En mi cabeza espera la palabra «Acacias». Un cohete en su cuenta atrás.

Pienso que ayudarme es su manera de purgar la culpa. Aquella distancia comprensible que fijaron con mis padres y con nosotros, sus sobrinos. Solo sentimos el cariño de mi abuela materna. El resto de la familia dejó de tener interés en lo que nos sucedía.

Las familias forman callos por el roce, durezas que ya solo se podrían suavizar con piedra pómez, egoísmos que se camuflan con disfraces de saldo, y al mismo tiempo funcionan como un libro abierto que quiere ser leído. Un libro al que arrancaron las páginas esenciales de la historia. Tal vez por eso también escribo este libro. Por reconstruir lo que se ha ido. Lo que nadie parece haber registrado y yo quiero recuperar.

Mis tías hablan de las fotos mientras las paso con rapidez, porque mirarlas me parece un acto impúdico. Las fotos me agitan. Intento que no se me note. Digo para mí que ya las miraré con calma, y apenas escucho a mi tía de Valencia cuando dice que de mi madre solo recuerda lo bueno, el cariño hacia su madre y su hermana, su apasionamiento por la vida, siempre haciendo planes, la cabeza llena de ideas, la devoción por mi abuelo paterno hasta el remolino que se formó por el vestido el día de las Acacias.

No las escucho. Estoy lejos. Estoy cerca. Estoy dentro. En aquel baño con los grifos oxidados y el espejo oculto por el vaho. El agua caliente corre. Y vuelvo a sentirme un niño perdido. Un niño fuera de su tiempo y espacio. Un niño humillado.

10

La memoria reformula el dolor. Lo vuelve maleable, lo justifica, lo hace respirable incluso, si lo que se cuenta es terrible. Sin ser sincera del todo, la memoria es la única herramienta que tenemos.

La única.

La memoria sabe adaptarse al lenguaje de las circunstancias.

La memoria marca el cuerpo, lo que somos.

He escuchado de mis tías la narración de las Acacias. Un relato de aquella época. Hoy tendría una lectura distinta. Las palabras no solucionan nada. O apenas lo hacen. La escritura escarba y escarba sabedora de que jamás encontrará lo que busca. Cuando crea que ha dado con algún recuerdo revelador descubrirá que es otra cosa y, entonces, vuelta a empezar. Así una y otra vez.

Pienso en todo esto cuando me siento a la mesa a ordenar los apuntes de mis tías. Contar para abrir la herida. Para convocar lo que todos ocultan. Traer al presente a unos niños que se escondían. Escribir para que sea real.

11

Lo primero que oí fue: ¡Se han llevado a la novia!, dice mi tía de Valencia, que toma aire como si verbalizarlo no fuese adecuado, como si hubiera ocurrido hace apenas unos minutos. ¡Se han llevado a la novia!, gritaba la vecina de al lado, a la que se unieron otras: ¡Se han llevado a la novia! Aquel runrún iba a acompañar la vida de mis padres para siempre. Un runrún venenoso, insalubre, sórdido.

Yo no sabía a qué se referían. Me asomé al patio, y en la cocina encontré a mi hermano que se afanaba en lavar ropa manchada. Dejó el lebrillo sin agua intentando quitar la sangre. Lo vi con mis ojos. Le pregunté qué había pasado. Me miró sin responderme, sin dejar de frotar el pantalón con fuerza. Las manos oscuras. Imagina si no me voy a acordar de aquello, mi hermano estaba como ido; frotaba la ropa manchada de sangre y de fuera se colaba el remolino de ese runrún que poco a poco crecía.

Mi tía de Madrid se alegra de que todas esas imágenes se hayan vuelto difusas. El qué dirán. Eso es lo que prevalecía y prevalece, comenta, igual no hemos cambiado mucho con los años. Tus padres ya eran la comidilla del barrio y aquello solo hizo crecer las habladurías.

Fue en junio. A principios de mes. El día estaba nublado. Uno de esos días de verano con el cielo cubierto y el bochorno, un traje invisible que se te pega al cuerpo. Tu madre se había puesto un vestido blanco de organza que tenía de cuando trabajaba de modelo. Era la primera vez que se lo ponía. La favorecía mucho. Tan morena, con esa melena negra tan larga y aquella mirada penetrante que contrastaba con el vestido inmaculado. Mi hermano libraba y se fueron a pasear en dirección a las Acacias. Allí iban las parejas que querían estar tranquilas. Lo normal es que diesen un rodeo para evitar que los demás los pudieran ver, por eso que decía mi hermana del qué dirán. En verano la vida se hacía en la calle. Parecía que a la gente le faltaban horas para sacar los muebles de la casa a la acera. Sin embargo, a tu padre no le importaba que lo viesen dirigirse hacia las Acacias. Estoy convencida de que hasta le gustaba que lo vieran. En todo caso, aquello lo veo como un momento de ruptura.

Una fractura con la infancia, con la juventud, que pasábamos de sopetón de la infancia al mundo adulto, con las insidias y las máscaras.

Todos la vieron llegar de aquella manera. En aquel estado. Y se fue formando una bola más y más grande. El ambiente se fue calentando hasta el horror. Ten en cuenta que hablamos de otra época. Las cosas no son como ahora, cuando se habla de algo y se olvida al cabo de unos días; no, antes un hecho así no se olvidaba, era un estigma.

Creo que hasta se disfrutaba con aquello.

Llegados a esta parte del relato mis tías se quitan la palabra.

¿Qué ha pasado?, volví a preguntar a mi hermano. Y él me dijo que subiera al piso de tu madre. Solo eso, y no me dijo nada más, pero por la cara que tenía subí corriendo.

Aún no habían aparecido los padres de ninguno de los dos. Subí las escaleras espoleada con aquel runrún. Yo no sabía lo que sucedía. Cuando llamé, tu madre no quería abrir la puerta. Escuché sus sollozos. Volví a golpear con los nudillos y le supliqué que me dejara entrar, que estaba sola. Todavía tardó unos segundos en decidirse a dejarme entrar. Al abrir di un chillido. Del patio llegaban frases que ascendían: es una desgracia, estaba escrito, la cantinela de se han llevado a la novia, y yo me acordé del vaticinio de mi abuela cuando los vio pelearse.

Tu madre abrió la puerta, escondiéndose, estaba en sujetador y bragas. Me dejó pasar con titubeos. Sin decirnos una palabra la seguí al baño. Tenía las piernas con sangre reseca, y de restregárselas, tenía hilos y arena pegada, las manos rojas, la cara descompuesta, el maquillaje corrido del llanto. No sabía qué decir. El vestido blanco estaba rojo. Pensé que los habían atacado. Luego que mi hermano le había pegado. Sí, también lo pensé. Que se habían peleado y la cosa se calentó y fue a mayores. Quería asaltarla a preguntas, pero no me salió ninguna. Las cosas iban deprisa. Muy deprisa. Tu abuela tuvo que pasar por el corrillo de vecinas antes de llegar a casa y ver a tu madre. Creo también que alguien fue a llamar a mis padres. En el lavabo tu madre frotaba el vestido ya sin convicción. Ella misma parecía un trapo. La pila se había teñido de rojo, igual que el vestido. Tu abuela apareció, y sin mediar palabra alguna con tu madre le cruzó la cara, y ella no replicó, juraría que hasta dejó de llorar. Tampoco recuerdo si me quité de en medio o me quedé allí. Pero estoy casi convencida de que le siguió pegando a la vez que gritaba: ¿Qué has hecho?, perdida, no eres decente, no eres mi hija, yo no te eduqué así. Y ese tipo de cosas.

¿Dónde estabas?, me preguntó mi padre al verme. Desde hoy te prohíbo que subas arriba. Aquí somos decentes. Al segundo yo ya no existía. Escúchalo, rogó mi madre, refiriéndose a su hijo. ¿Que lo escuche?, dijo mi padre con ira. ¿Que lo escuche? Canalla, granuja, malnacido. Empezó a amenazarlo. Que le había buscado la ruina y que no era bienvenido en su casa. Yo pensaba que se iban a enzarzar en una pelea en la que ya no hubiese vuelta atrás. Desde hacía un tiempo tenía ese miedo, confiesa mi tía de Valencia.

Luego mi tía de Madrid la interrumpe y le dice que mamá siempre protegió a nuestro hermano, siempre estaba ahí para calmar a papá, que aunque fuese el hombre quien mandara y quien gritara, mamá intentaba desviar los líos de nuestro hermano, quitarle hierro e incluso exculparlo. Lo hizo durante toda su vida. Y en un asunto así, pues todavía más. Por ese motivo no se pelearon. Por eso y porque papá ya sabía que nuestro hermano le podía. Creo que hasta le tenía miedo.

Miedo.

Encadenado al ADN de la familia. Desconozco qué lazo invisible se establece, qué extraño nudo se crea entre padres e hijos que genera en estos últimos cierto estado de servidumbre.

El relato de mis tías se funde con el mío. No derriba la condena de mi padre. Al contrario, la junta como perros tras haber copulado.

Miedo.

Esa es la base de mi educación. No el afecto. Miedo e indefensión. Lo que me revelan mis tías lo asocio a cuando las puertas se abrían y se cerraban atropelladamente, y los gritos e insultos entrecortados se unían a mi insomnio. En más de una ocasión pensé en llamar a la policía. No lo hice. Me podía el miedo a mi padre. Él no tuvo jamás escrúpulos en arruinar la inocencia.

Tal vez disfrutaba cuando lo hacía. Tal vez era lo que

había aprendido. Tal vez es lo que nos ha transmitido a mi hermano y a mí.

Ese es el miedo. Lo que late. Tictac, tictac, tictac. Incansable. Lo que no me permite estar relajado. Quiero preguntar a mis tías por esas huellas que atraviesan las familias, bacterias que atacan los huesos, la sangre, el corazón.

«¿Basta el miedo para callar?», se pregunta Delphine de Vigan en *Nada se opone a la noche*.

Lo recuerdo y me acuerdo. De lo vivido y lo leído. De las implosiones que sufrí.

¿Callan mis tías parte de la verdad? ¿Y yo?

Tu madre se llevó la peor parte, afirma mi tía de Valencia. Eran otros tiempos, comenta mi tía de Madrid. Pero eso no significa nada, replico. Mi tía de Valencia mueve la cabeza, ignoro si para negar o lo contrario.

Dice: Todos pensaban que se había quedado embarazada. Ahí fue cuando constaté que creían que tu padre y tu madre no lo habían hecho antes. Mi tía de Madrid sonríe, si parecía que estaban perpetuamente en celo. Se hace raro imaginar que nuestros padres no quisieran verlo. A lo mejor es que hoy no se ve la importancia que entonces se le daba. Antes tenías que pasar por la iglesia, de blanco, y cualquier atisbo de duda se pagaba.

Mi tía de Valencia estuvo más cerca de mi madre, se hacían confidencias y gastaban los días y las noches hasta lo de las Acacias. Después del incidente la relación no volvió a ser la misma. Las alegrías y los llantos de mi madre no encontraron el hombro de mi tía. Dice: A tus padres el celo les podía. Ya te he dicho que sus problemas los llevaban a la cama. No para solucionarlos, solo para aplacarlos. Ese día tu madre estaba con la regla. Según me dijo tu madre, al principio se negó, hasta que los dos empezaron con el calentón y la situación se les descontroló.

Lo que sucedió después creo que fue un error, porque como nadie explicó qué había sucedido, las habladurías crecieron en el barrio. Entre ellas, la que más se oía era que tu madre estaba embarazada y había tenido un aborto. Sin embargo, lo peor estaba por llegar. El mal rollo entre las familias. Las acusaciones y las rencillas que ya estuvieron siempre en el aire. Eso fue las Acacias.

Algún tiempo después tu abuela materna bajó a nuestra casa a hablar con mis padres. Fíjate cómo es la cosa, que cada uno defendió a su hijo. La madre de tu madre y mi padre eran personas joviales, risueñas, y se llevaban bien. Pero aquello los separó.

Mi tía de Valencia toma aire. Habrá imaginado más de una vez que las cosas podrían haber sido diferentes. Su mejor amiga, su hermano, ¿qué podría ir mal? Son pensamientos razonables.

Recuerdo aquello y me entran ganas de reír, dice mi tía de Madrid, pese a que su rostro está tenso. Decencia. Los vecinos pronunciaban esa palabra, mis padres y tu abuela también; que si mi hijo era decente, que si mi hija era decente. Mira qué engañados estaban. Qué ridiculez. Hoy día las cosas hubiesen ido por otros derroteros. Al menos eso quiero pensar.

Nunca se sabe, replica mi tía de Valencia, nunca se sabe, repite.

Si no se hubiera hablado tanto de decencia, seguramente estaríamos hablando de otra cosa o ni siquiera estaríamos hablando de esto. Cuando tu abuela bajó a nuestra casa, nuestros padres acusaron a tu madre de lo que había pasado.

Es curioso porque tu abuela también lo pensaba. La mentalidad de la época era esa, que la mujer tenía la culpa, dice mi tía de Madrid.

Y su hermana completa el relato: Tu abuela exigió que tus padres tenían que casarse. Esa era la única forma de arreglar el desaguisado. Pero mi padre se negó en redondo, exaltado.

12

Dos semanas después de las Acacias la situación entre las familias seguía enconada. Mi madre apenas ponía un pie en la calle por vergüenza. Además, mi tío, el hermano mayor de mi madre, con quien ella siempre tuvo muchos roces, también la vigilaba. Las pocas veces que salió, en esos días en que el calor de junio brotó para quedarse definitivamente durante el verano, iba con la cabeza agachada. Imagino lo duro que debió de ser para ella, con lo que le gustaba ser admirada, tener que hacerse invisible. Le hubiera gustado dar marcha atrás en el tiempo, pintar el rojo de blanco. Aunque seguro que me engaño, que no fue así, que mi madre siguió adelante sin medir demasiado las consecuencias de sus actos.

A mi padre apenas se le vio por el barrio. Él tenía su trabajo en Torremolinos. Su vía de escape. Sus borracheras. Sus coños.

Él se creía Dios. Eso pienso.

Algunas noches, cuando todos se enfrascaban en el patio alrededor de lo que echaban en televisión, subía al piso de tu madre sin que nadie me viese. Yo era el hombro donde ella lloraba. Y lloró mucho. Me preguntaba por mi hermano. Y qué le iba a decir, ¿que estaba desaparecido? No, le conté mentiras que yo misma me creía, confiesa mi tía de Valencia.

No se quedaba mucho tiempo por temor a ser descubierta. Ya no jugaban con muñecas, que cogían polvo en las estanterías, sino que mi tía hurtaba algún cigarrillo que fumaban juntas a escondidas. Hablaban de lo único de lo que podían hablar. Ficciones. Mentiras que pensaban que se cumplirían. Narraban el futuro como si de un cuento se tratara, sin sospechar que los finales felices no existen. Que la vida en una familia trabajadora era solo medir el grado de desgracia que a uno le caía encima y averiguar cuál era la forma de enmascararla.

Y acaso correr, sin mirar hacia atrás.

En esto me reconozco.

Hasta hoy.

Mi abuela materna no cejaba en su empeño de que su hija debía casarse para limpiar su nombre. Cada día, cuando regresaba del trabajo, pasaba por el piso de mis abuelos paternos. Mi abuelo continuaba en sus trece, pero las mujeres poco a poco iban limando su resistencia. Cuando, finalmente, la primera semana de junio del 71, con más de treinta grados, mi abuelo terminó cediendo, se encontraron con otro problema: ni mi padre ni mi madre querían casarse.

Una de las cosas que más afectó a tu madre fue la distancia que nuestro padre estableció con ella, leo en las anotaciones que tomé de mi tía de Madrid. Mi madre apenas había conocido a su padre y consideró que mi abuelo podría suplir esa carencia. Mis tías piensan que desde el incidente de las Acacias su padre, mi abuelo, cambió la relación con mi madre.

Pero quizá viniera de antes.

Tal vez fue algo más sutil.

Se olvidan de que las fotos en ropa interior causaron un gran revuelo. Se olvidan de un hecho anecdótico que ellos elevaron a rascacielos: la escena de los sujetadores. Se olvidan de que mis abuelos paternos pensaban que su hijo necesitaba una mujer tranquila que lo quitara de la noche, y que mi madre, lejos de eso, era como él, o incluso peor que él, porque si no a cuento de qué lo de ir de fiesta, lo de la rebeldía innata que aflorara de ella.

La distancia entre mi abuelo y mi madre se fue fraguando poco a poco, a medida que ella fue tomando decisiones.

Mis padres llevaban semanas sin verse. Mi madre llevaba mal la ausencia de mi padre. Como en esos amores románticos que consumen, apenas comía, se dejaba arrastrar por la tristeza, perdida en sus pensamientos recreaba un paraíso ficticio.

Puede que mi madre en realidad no fuera la mujer que todos creían ver, que con sus ojos de ovni y su sonrisa, como otras mujeres de la época, se sintiera protegida por la posesión que ejercía un hombre sobre ella. Y, a pesar de este sometimiento, las disputas internas de mi madre continuaron: porque cuando mi abuela le exigió que se casaran, ella se negó, como si intuyera algo, como si su naturaleza le advirtiera del volcán dormido que despertaría.

Y luego, año tras año, con lentitud, la lava quemó la carne, la cordura, los sentimientos.

Los arrasó.

13

A mis abuelos paternos y a mi abuela materna no les importó que sus hijos se negaran a casarse. Me pregunto cuánta responsabilidad les corresponde de la desgracia que llegó después. Actuaron en función de los tiempos e incluso pensaban que hacían lo correcto, aunque a mi abuelo esa boda jamás le agradó. Entre él y mi abuela materna las tensiones se mantenían latentes. Las acusaciones iban y venían a través de terceros. El runrún ya no paró desde las Acacias. Las relaciones habían perdido la naturalidad y se habían sustituido por las miserias humanas.

Y pese a la tirantez de la situación, mi abuela materna acudía cada tarde a casa de sus futuros consuegros para asegurarse de que el enlace seguía su curso al margen de los casaderos. Ella ya había cerrado los pormenores de la ceremonia con el cura del Corpus Christi. El cura era amigo íntimo suyo y estaba al tanto de lo ocurrido. Le aseguró que en cuanto contrajeran matrimonio las aguas volverían a su cauce.

Acudo a las notas de mi tía de Valencia: Tu madre aceptó casarse por tu abuela, a la que no quería hacer sufrir más, ya que llevaba muy mal las habladurías. También creo que accedió porque de ese modo tu madre se liberaba de las miradas y el encierro.

Con todo, a una semana de la fecha de la boda, mi padre seguía sin aparecer. Mi abuelo paterno había ido de nuevo a buscarlo a la discoteca en la que trabajaba, con escaso éxito.

España estaba en plena fase de cambio. En aquel bullicio de Torremolinos, mi padre, en contacto directo con la mentalidad más abierta de los extranjeros, era consciente de la transformación. Aunque tengo mis dudas de que estuviera preparado para digerir bien tantas novedades. Vivió el turismo y el proceso de metamorfosis social desde la Costa del Sol. Y de alguna manera todo aquello le influyó. Quizá sin saberlo se abrió a la modernidad en el desfallecimiento del franquismo y el desenfreno que supuso la década de los ochenta.

No he averiguado qué hizo cambiar de parecer a mi padre respecto a la idea de casarse.

Mi hermano me repite una y otra vez que lo deje estar. Noto su disgusto creciente cuando hablamos de mis padres. La aureola invisible que emana a su alrededor. Identifico el dolor; su no entendimiento. Durante meses dejo aparcado el libro, porque estoy convencido de que la escritura únicamente constata la derrota de enfrentarme a mi padre. La imposibilidad de llamar al telefonillo de su casa y mirarle a la cara e intentar rellenar los huecos de la historia pese a que mienta y, sobre todo, decirle que todavía escucho aquella frase de cuando salió de la cárcel, escucho su respiración, sus jadeos, dentro, profundo, rasgando mi carne. Un fracaso del que intenta resarcirme la escritura, si fuera capaz de decirle que el relato lo puede matar a él, igual que él mató a nuestra madre. Quiero creer que es así mientras espero. Aunque ya no estoy seguro. Cómo estarlo. Se impone el enigma a medida que aumenta la voz cavernosa de mi padre, sus resuellos, el agua, los cristales, la sangre. La sangre que estuvo en mi madre, en mi hermano y en mí. La sangre.

Ese rojo que lo tiñe todo.

14

En el proceso de escritura de este libro, con el que llevo tres años, afloran preguntas que no sé responder. Cuestiones que duelen. ¿Absorbimos mi hermano y yo el sufrimiento de mis padres? ¿Necesitamos una escafandra para mantenerlo a recaudo? E incluso más adecuado, ¿un mono ignífugo para resistir el calor de esa lava? ¿Les podemos transmitir ese sufrimiento a nuestros hijos?

He detenido la escritura justo cuando mis padres se iban a casar, como si yo no quisiera ser concebido en estas páginas.

Cuando retomé el relato, empecé a releer todas las notas que había escrito y cogí la caja de zapatos con las fotos que me habían entregado mis tías. Puse la caja encima del escritorio, aunque fui incapaz de abrirla para enfrentarme a las imágenes. No es un recurso retórico ni un intento de generar un suspense que no busco. Simplemente, aún no me veía con las suficientes fuerzas.

La escritura abre zanjas. Galerías subterráneas, igual que una topera. Las recorro buscando —¿buscándome?—. Me doy cuenta de que aquella vida con mis padres no me pertenecía. Sentía que yo no era yo. Que no empecé a vivir hasta los diecisiete años. Antes era una especie de autómata sin decisión ni voluntad, un estúpido, un esclavo, un vómito. Cuando vomité comencé a ser yo, a formarme desde la deformación. Quería arrancarme a mí mismo fuese como fuera.

Hasta los diecisiete o dieciocho años tuve esa fuerte sensación de que no había vivido mi propia vida.

No tengo apenas recuerdos.

O me he obligado a desterrarlos.

Mi toma de conciencia coincide con el encarcelamiento de mi padre y me pregunto si tiene alguna relación. A partir de esa edad empecé —por lo menos de esa manera lo sentí— a liberarme de unas cadenas que me impedían ser protagonista de mi propia vida, como si fuera un secundario o, incluso peor, como si estuviese fuera de la escena donde se representaba mi día a día. Hoy pienso que esa anulación de mí mismo fue otra manera de rechazar a la familia.

Cuando reanudo el relato, mi madre está embarazada.

Yo voy a ser padre dentro de unos meses.

Me he cortado el dedo gordo y he chupado la sangre. Metálica.

15

La caja con las fotos encima de la mesa del escritorio todavía sin abrir. Una serie de novelas y ensayos dispuestos en horizontal. Libretas y hojas con anotaciones dispersas. Un vaso con lápices y bolígrafos con el escudo de Superman que me hizo mi hija Carlota para el día del padre. Una piedra blanca llegada de Bleturge sobre un posavasos de corcho.

Durante un tiempo detuve la narración del libro. Rascaba en la memoria y solo hallaba imágenes rotas, inconexas.

Me asfixié.

Escribí esas dos palabras para que fueran tangibles.

Notaba que volvía a ser otro. Empecé a tener pesadillas.

16

El 2 de julio de 1971 mis padres se casaron en la parroquia del Corpus Christi. Fue deseo de mis abuelos, que siguieron yendo a misa cada domingo para contarle a Dios las desgracias de sus hijos. Creo que mis padres no volvieron a pisar una iglesia hasta nuestro bautizo.

En muy poco tiempo las cosas cambiaron para mis padres. Yo necesitaba comprender las causas de que aceptaran pasar por el altar, cuando parecía clara la reticencia de ambos. Entiendo que mi madre viese en aquella salida la libertad soñada, incapaz de atisbar lo que vendría, o quizá confiara en que disponía de los instrumentos necesarios para transformar la dinámica que habían compartido hasta ese momento. Pero ¿y mi padre? Nunca fue una persona fácil de doblegar, y menos aún por su propio padre. Solo por negarle la satisfacción jamás hubiese accedido. No me trago lo del encoñamiento o el amor por el que aboga mi tía de Valencia. Ellas solo saben que unos días antes de la boda mi padre volvió a dormir en casa de mis abuelos, y, durante un tiempo, no fue a trabajar por las noches a Torremolinos.

Un día, al acudir al entierro de la madre de Luis, un amigo de mi infancia, se cruza el azar y circunstancias con las que no contaba. El padre de Luis conoció a mi padre y fue policía nacional, aunque lleva años jubilado. Está sentado en una silla junto al ataúd cerrado de la difunta mientras un ventilador se mueve de izquierda y derecha negando la escena; como si el aparato con el movimiento quisiera contrariar la evidencia. Los sudores de los asistentes se combinan con las flores pomposas que invaden la estancia como público cautivo. Me meto entre los familiares para darle el pésame. Él me agarra las manos e inesperadamente también me da el pésame por la muerte de mi madre. Al hacerlo, sin saber bien los motivos, me siento incómodo. Me cuenta que estuvo en el entierro, que entiende que no acudiese. Le explico que estaba fuera. Suena a justificación. Sus manos siguen en las mías unos segundos más. Mira la caja caoba. Dice algo hacia el ataúd que no acierto a escuchar. Mira sin ver la madera, las flores, el ventilador, las personas que le ponen la mano en el hombro y se lo frotan a modo de consuelo.

Sin venir a cuento, me dice que de vez en cuando ve a mi padre jugar al dominó en un bar. Sin que yo le pregunte, me confiesa que mi padre está mejor, que le ha dicho que está orgulloso de mí y que me lee en el periódico. Me lo dice como si me importase, pero él y todos los que me conocen saben que no me importa. Lo único que siento es que no se hubiera muerto hace tiempo.

Lo he deseado.

Lo deseo.

Le digo que sé que no es el momento. Me disculpo mientras organizo y busco las palabras idóneas en mi cabeza. Como no las encuentro, me dejo de rodeos y le comento que estoy con un libro, con uno todavía sin título, que aborda mi relación con el padre, aunque en realidad es sobre la familia, que he hablado con mis tíos, con gente que conoció a mi padre de la época de Torremolinos, que lo trató durante ese periodo y que si podría hablar unos minutos con él porque igual puede ayudarme y ofrecerme otra perspectiva.

Me dice que sí.

Y se queda en silencio.

Entonces llega un familiar, se levanta y se abrazan con lentitud y lloran y la mujer susurra: Qué pena, con lo bien que se encontraba y lo feliz que estaba ahora con los nietos. Permanecen un rato abrazados. Los movimientos y los gestos se ralentizan. Luego se vuelve a sentar abatido. Los asistentes van y vienen.

Ven mañana a mi casa, me dice, con lágrimas en los ojos.

Salgo del cementerio sin visitar el nicho de mi madre. Recuerdo su cara hinchada. El olor a whisky DYC que desprendía al hablar. Los ojos de ovni estrellados. Recuerdo el asco que sentía al verla. Las veces que deseé que muriera, porque de esa forma pensaba que se borraría para siempre de mis pensamientos. Me equivocaba. Su cara hinchada y su respiración intermitente siguen cerca. Acompasan los latidos de mi corazón. La cara hinchada es lo último que recuerdo de mi madre.

17

Tardo varios días en visitar al padre de mi amigo Luis. Lo encuentro en su terraza, sentado en una silla de mimbre. Nos saludamos. Siempre fue un hombre tranquilo, reservado, discreto, nunca lo veíamos de uniforme, con una sonrisa tímida y una expresión amistosa que nos permitía confiar en él. El murmullo del paseo marítimo sube hasta la terraza. Después de hablar un rato de cómo se transformó Pedregalejo, de su hijo y nietos, y de que también yo voy a ser padre, le pido que me cuente lo que recuerde, pero le hago hincapié en lo de la boda, porque aparece de refilón en una de las fotos que me dieron mis tías.

El padre de Luis conocía al mío del barrio, pero al ser siete años mayor apenas lo trató. Lo de asistir a la boda fue más bien por tu abuelo, pues se sintió en deuda conmigo, a pesar de que yo no hice nada, acababa de entrar en el Cuerpo. Sigue un silencio de unos segundos en el que los dos permanecemos contemplando el mar desde la terraza. El mar llevándose los nombres y las vivencias y los sueños.

La última semana de junio del 71 fue una locura. El gobernador de Málaga decretó el cierre de varias salas de fiestas y bares de Torremolinos. Me acuerdo perfectamente de esos días, 24 y 25 de junio, en los que hicimos distintas redadas después de unos meses de vigilancia. Es una sensación extraña, recordar aquello, como si fuese la primera vez, y olvidar lo que hice hace unos días. En aquella época, Torremolinos parecía otro planeta. Los políticos trataron de controlar la apertura imparable que ya estaba en marcha. La libertad iba a suplantar la moral católica cacareada por los dirigentes. En las redadas intervinieron inspectores de Policía, integrantes de la Policía Armada y de la Policía Municipal. Fueron operaciones rápidas e intensas en locales frecuentados por personas de vida desordenada, que supusieran una amenaza para la moral franquista. Eso es lo que nos decían. Tu padre llevaba un tiempo trabajando de barman en discotecas de Torremolinos. Le digo que lo sé. Bien. En las redadas, detuvimos a más de cien personas. Prostitutas, drogadictos, extranjeros, homosexuales y personas que considerábamos sospechosas por algún motivo. Tu padre fue detenido. Entonces, su padre habló con el mío para ver qué podía hacer yo para interceder por él. Eso fue justo antes de la boda. En realidad, no tuve que hacer nada porque a las veinticuatro horas todos, excepto un par de alemanes, fueron puestos en libertad, aunque quedaron a disposición de la autoridad gubernativa. Durante esos dos días se cerraron once locales. Se pretendía dar un toque de atención. Y quizá sirvió en el momento. Se intentaba controlar el tráfico y consumo de drogas y la prostitución, pero las acciones sirvieron para poco, pues en apenas un mes la situación era la misma, e iría a más. Para tu padre fue una advertencia.

El padre de mi amigo Luis me explica otros recuerdos dispersos que anoto en la libreta. Nadie me había contado que mi padre había sido detenido. ¿Tal vez lo mantuvieron en secreto? ¿O sus hermanos no lo sabían? Pensaba que aquella vez que la policía lo arrestó en el 92, en plena Ley Corcuera, había sido la primera vez. Mientras el padre de

Luis me lo contaba me llegaron flashes de aquella mañana, la conmoción que representó para mí.

Para todos.

Conjeturo que a mi padre la experiencia de que lo detuviesen, aunque fuera veinticuatro horas, le hizo reflexionar. De ahí que regresara a casa de mis abuelos. Se quitó de en medio. Y al hacerlo se encontró de nuevo con mi madre.

El encoñamiento.

El deseo.

Las ganas de posesión que sentía.

Escarbar tiene estas cosas. La boda se dibujaba como la salvación para uno y otra, y también para las familias. Me pregunto: ¿cómo podían estar tan equivocados? La caja de zapatos con las fotos aguarda. Está a la derecha, encima del escritorio. Aún cerrada. A pesar de que las fotos parecen emitir sonidos. Crujen. Se quejan.

Cada vez me cuesta más dormir. Soltar los recuerdos. Llegan por la noche, mezclados. Avanzo hacia el futuro. Y en ese hipotético futuro en el que mi hija ya ha nacido y la veo crecer, me asalta el miedo que se me ha pegado al cuerpo como una babosa que repta dejándome las babas, el miedo a parecerme a mi padre, a cometer los errores que él cometió, a comportarme de un modo similar al suyo. Y en paralelo retrocedo al pasado. Siento los dedos de morcillas aplastadas presionando mi cintura, los reproches de mi madre diciéndome que es por mi culpa, las risas de superioridad de mi padre, los boquetes en la puerta de mi cuarto, el miedo a que se haga de noche, a dormir, alerta, siempre alerta, con los ojos cerrados y el cuerpo abierto.

Intento escribir en presente.

Déjalo estar, dice mi hermano.

No puedo.

Y pienso o quiero pensar que lo hago por él.

Por mi padre.

Por mi madre.

Por mí.

Por el miedo.

El miedo sentado en una platea vacía mientras desde el escenario alguien al que no se le distingue el rostro lee estas páginas.

Alguien que no quiere nacer. Alguien que tiene mis rasgos pero que no soy yo.

18

Busco dentro de la memoria un abrazo de mi padre.

Sin suerte.

Pero en alguna ocasión debió de abrazarme. He buscado una foto en la que mi padre me tuviese en brazos.

Sin suerte.

Que no recuerde ninguna muestra de cariño —tampoco de mi madre hasta que estuvo desquiciada— no significa que no las hubiese. Pienso que a pesar de que apenas se produjeron tuvo que haber alguna, por mínima que fuese, y que quizá yo la he borrado. Solo reproduzco las mismas vivencias, potenciándolas una y otra vez, en bucle, porque son las que duelen.

Las que desgarran.

Las que humillan.

Las que me hacen sangrar.

Me acuerdo de la tensión de estar en guardia, a la defensiva, cada vez que estaba a mi lado, o las pocas veces que se quedaba en casa y lo escuchaba venir por las noches en las que el insomnio ya no era un invitado ocasional. Pero ninguna fue como aquella vez en el baño. De día. El vaho en el espejo. Los cristales rotos. El rojo sobre la porcelana blanca. El vestido blanco de mi madre manchado de sangre.

Muy pronto tuve insomnio.

Muy pronto puse candados en mi cuarto.

Muy pronto las noches se parecieron a una trinchera en las que aguardaba el regreso del enemigo.

Macarrones con tomate frito tirados en las sábanas de mi cama. Cerillas que encendía y tiraba encima de la colcha.

Cierra la puerta y no la abras. Concilia el sueño. Soy incapaz de dormir con las puertas abiertas.

El sueño no llega todavía.

No consigo desprenderme de la inseguridad.

Cada noche el miedo traspasa las puertas.

19

De las fotos que me dieron mis tías, hay una de la boda en la que aparecen mis padres sonrientes, luminosos, y que había visto en casa de mi abuela materna cortada por la mitad. El efecto que hacía en el marco en el que mi abuela la tenía colocada en el mueble del salón era extraño. Se notaba que eran dos fotos distintas cortadas y puestas en el marco, con un pequeño hueco negro entre las dos. En la de la izquierda aparecía mi madre y en la de la derecha su hermano, ambas imágenes de las bodas de una y otro. Mi abuela materna había decidido que ni mi padre ni la mujer de su hijo habían sido buenas personas y las había eliminado de un modo literal de las fotos, dejando solo a sus hijos. De ahí la extrañeza cuando veo la foto del día de la boda de mis padres.

Los rostros bronceados brillan, las dentaduras blancas brillan, parece como si fueran a proyectarse fuera de sí mismos, parece que se han tragado el sol.

Los observo durante minutos y el estómago se me revuelve y me detengo y apenas respiro, ¿qué tiene esta foto? Mis padres se cogen de la mano, ella vestida de blanco, con velo, una flor roja en la mano derecha, la izquierda sosteniendo la derecha de mi padre, la melena morena descendiendo ondulada por los hombros, a la derecha de mi madre, su hermana pequeña la agarra levemente del codo, está partida, pero la distingo con facilidad, mi padre vestido con traje, pajarita, un clavel rojo en la solapa, la cabeza inclinada ligeramente hacia la que se acaba de convertir en su mujer, el lunar en la mejilla, como el mío, los hoyuelos de los dos al sonreír, como los míos. ¿Qué tiene esta foto? Entonces, después de minutos en los que más que traspasarla me traspasa a mí, percibo la diferencia con las otras fotos que mis tías me dieron de la boda. La foto no tiene fondo. Se impone una oscuridad que parece que va a tragarse a mis padres, una oscuridad que avanza hacia ellos, o como si mis padres no fuesen reales, estuvieran puestos allí por otra persona, como si la negritud y sus sonrisas brillantes camuflaran un mal que ya estaba presente y se estuviera apoderando de ellos.

Para reafirmarme en esta teoría, aparto el ordenador y pongo sobre la mesa del escritorio todas las fotos de la boda. En todas, excepto en una, mi madre posa con familiares y amigos, y se distinguen los lugares en las que fueron tomadas. La foto de mis padres parece capturada por una premonición o por una profecía.

Aparte de las fotos en las que mi madre posa con mi abuelo paterno, ambos sonrientes, en las escaleras de los bloques de protección oficial donde vivían, o con familiares que no conozco, o amigas de aquella época, o vecinos que se agolpan para fotografiarse con la novia, las que de verdad revelan cosas son las de aquellas personas retratadas al margen del posado.

En una foto en la que mi madre está con mis tías de Madrid y Valencia, broncíneas, mis tías riendo como si se tratase del final del curso, mi madre más rígida, aparece de fondo mi abuela materna, seria, mirando fuera de foco, preocupada, incluso estimo que abatida, o eso me parece.

Luego, también hay una foto que le toman a mi madre por sorpresa desde atrás. El velo en escorzo y su imagen reflejada en un espejo vertical y sucio de un armario, un espejo que reconozco porque es el de la casa de mi abuela materna. En el espejo de ese armario, con manchas negras de moho en los laterales, me miré muchas veces al vestirme o al hacer el tonto, para comprobar quién era yo. Frente a ese espejo mi hermano y yo nos pintamos el uno al otro con rotulador. Frente a ese espejo poníamos el abdomen duro y comprobábamos quién estaba más fuerte. Frente a ese espejo me refugié cuando no quería saber nada de nadie.

En esta foto de mi madre delante del espejo sacada antes de la boda, la expresión de su cara es distinta a esa sonrisa desmedida que muestra junto a mi padre. Los ojos de ovni de mi madre están en otro lugar, anhelan algo. Estar en un sitio sin estar verdaderamente en él. Una expresión fronteriza. Eso es lo que capta la instantánea.

De la celebración en sí, mis tías no revelan hechos diferentes a otros convites. Tampoco conservan más fotos, ni recuerdan la boda más allá de los tópicos.

Nadie se percató del fondo negro de la foto.

De que esas sonrisas eran irreales.

De que la boda era un agujero negro del que ya sería imposible escapar.

20

A partir de este momento debería tener más claro lo que quiero escribir, pero no lo tengo. Desde que he llegado a 1971, el colon irritable que padezco se ha activado. Como si solo el hecho de pensar que mis padres vuelvan a concebirme, aunque sea en este papel, fuera un episodio que requiere un esfuerzo para el que no estoy preparado.

El próximo nacimiento de mi hija se mezcla con el mío. Me pregunto si mi padre acompañó a mi madre a la primera ecografía —si es que por aquella época ya se hacían en Málaga—, si escuchó los latidos de mi corazón y se emocionó ante aquella mancha borrosa y apenas perceptible que era yo. Me gustaría poder pensar que sí, que también hubo ternura. Pero mi madre no quería ser madre y mi padre no quería ser padre. Eran jóvenes y siempre quisieron serlo. Mis padres decían estar completamente seguros de la fecha en la que me concibieron: domingo 13 de febrero de 1972. Solían contármelo repetidas veces, como si eso los hiciera especiales, y a mí por extensión. Ese mismo día Paquito Fernández Ochoa se coronaba en Sapporo. Contra todo pronóstico fue el más rápido en las dos mangas. Ese domingo, delante del televisor o con este de fondo, no lo sé, mi madre se quedó embarazada. Me imagino que la emoción de ver a un joven de veintidós años ganar la medalla de oro en unos Juegos de Invierno, cuando no tenía demasiadas opciones, debió de emocionar a mi padre, que seguía todos los deportes. El esquiador se convirtió en un héroe nacional. En aquella época no era frecuente, como lo es ahora, que un deportista español ganase un premio internacional. Tienes la estrella de Paquito, decían, como si la alegría de aquel deportista fuera a contagiar toda mi infancia.

Recuerdo que cuando era niño y encontraba a mi padre en el salón, lo que sucedió en pocas ocasiones, lo miraba con asombro y trataba de hacerle ver que yo estaba allí. Tampoco sabría decir qué buscaba. Seguro que una muestra de cariño, pienso ahora. En esa imagen que recuerdo, el valor de hacerme visible apenas era como la fragilidad de una pompa de jabón que sale para desaparecer con rapidez. La mía se desintegraba incluso antes de comenzar. Un niño que soplaba, pero no era capaz de hacer pompas. Permanece en mi memoria la sensación de intranquilidad, de querer irme de aquella casa. Una sensación extraña para un niño, sentirse inseguro en su propia casa. Llamar la atención de sus padres cuando estos solo querían que los dejaran en paz. Persiste el olor a Ducados que me revolvía el estómago, el miedo a llamar a mi padre, a pronunciar la palabra «papá». Tal vez mi miedo sea atávico. Quizá mi miedo sea aquel vacío.

El vacío.

21

Como forma de controlar a su hijo, mis abuelos paternos decidieron que mi tía de Madrid se fuera a vivir con mis padres después de que se casaran. Fue una pesadilla, me dijo mi tía.

Tras la boda, durante el verano del 71, mi padre volvió a trabajar en las discotecas de Torremolinos con el objetivo de ahorrar y poder poner un restaurante propio. Mis abuelos intentaron convencerlo de que se buscase algo en Málaga, pero mi padre les dijo que ganaba más por la noche, y que no se preocuparan y confiaran en él. Tanto mi abuela como mi abuelo estaban convencidos de que la boda lo había cambiado para bien.

Mi madre quería trabajar con él, como ya había hecho anteriormente, se negaba a quedarse sola en el piso, pero como todavía estaba caliente el episodio de las Acacias, accedió a no remover las aguas. Para que no se quedara sola, mis abuelos propusieron que mi tía se fuera al piso que habían alquilado en Pedregalejo. Mi padre solía regresar al amanecer, a veces al día siguiente, pero había ocasiones en que estaba fuera dos o tres días. Tenía entre ceja y ceja ser dueño de un restaurante. Supo conseguir dinero y buscarse un socio que se llamaba como él. Su padre también le dio los ahorros que tenía. Una forma de sacarlo de la noche, de que comenzara su propio negocio. Al menos eso creía.

Unos meses antes de que comenzara las obras del restaurante, tuvo lugar un incidente que demostraba que mi padre era un depredador voraz.

No se me ocurre otra forma más precisa de llamarlo.

Carroñero.

Lo he escrito en un folio en el que anoto ideas para el libro.

Carroñero.

Leer la palabra escrita en el folio me parece más real que escribirla en el ordenador.

Esto lo he pensado durante muchos años. No me gusta que mi padre lo sea y no es la rabia lo que me lleva a esta conclusión. El desapego que siento por él me ayuda a tener una idea de los hechos, al menos eso creo. A lo largo de su vida despedazó a las personas que trató. Y la familia fue su primera presa.

En el piso alquilado en Pedregalejo, mi tía de Madrid y mi madre dormían juntas por la noche. Cuando llegaba mi padre se metía en la cama con ellas. Entonces, normalmente, mi tía de Madrid se despertaba y se iba a otro cuarto donde había una cama individual. De hecho, en muchas ocasiones, a ninguno de los dos les importaba que ella estuviese allí para ponerse a follar. Nunca tuvieron demasiado recato. Yo mismo pillé a mi padre follándose a la mujer de uno de sus amigos en la parte de arriba del restaurante que montó en la playa a finales de los ochenta, cuando el declive ya era imparable.

Me cuesta mucho contar esto. Siempre lo he tenido a buen recaudo y hasta he llegado a creer que no pasó, dice mi tía. Repaso las notas. Son frases cortas que reflejan el dolor de revelar algo que uno no termina de creerse. Creo que mi tía aún hoy no acaba de creerse lo que me desveló entre sonrisas de aflicción. Le pregunto que por qué ahora. Se queda unos segundos callada, luego me dice que para pedirme perdón por no estar y por el daño que me infligieron mis padres.

¿Se sienten las hermanas de mi padre culpables por mirar hacia otro lado?

La noche en cuestión unas amigas habían visitado a mi madre y luego se habían animado a dar una vuelta. Por aquella época a mi madre la habían vuelto a contactar para que posara de modelo, aunque después de la boda fue ella misma quien renunció al trabajo. Aquel atardecer de agosto del 71, mi madre se marchó con las amigas y mi tía se quedó sola. Su hermano llegó de madrugada y se metió en la cama. Iba bebido y drogado, como casi siempre que trabajaba de noche, y no se dio cuenta de que la que dormía a su lado no era su mujer, era su hermana. Empezó a meterle mano y esta le detuvo. Fue cuando tu padre se volvió loco preguntando por tu madre, dice mi tía.

Me habla de una violencia que conozco perfectamente. La tensión que generaba su voz, su cuerpo, sus manos de morcillas aplastadas es un registro que tengo marcado en mi carne, herrado como simple ganado. Un tatuaje emocional y físico que nadie ve, pero que yo sé que está ahí para siempre, que quisiera arrancarme, que me hace sentirme una babosa, un vómito, una persona limitada y deforme.

Al parecer, mi padre estaba desnudo, empalmado, e intentó forzar a su propia hermana. Estaba fuera de sí, dice, y lo repite una vez más, estaba fuera de sí, anclada en aquel instante, sin encontrar palabras para aquel suceso, como si después de todos estos años aún estuviera reviviendo una pesadilla vaga, sin contornos precisos, con los ojos fuera de órbita.

Entre mis anotaciones he señalado que ella se coge las manos y luego dirige la mirada hacia el mueble en el que tiene dispuestas las fotos de sus hijos y sus nietos. Me doy cuenta de que después de la revelación le ha llegado el arrepentimiento. Me pide que no lo escriba, que me lo está diciendo pero que por favor no lo cuente en el libro, que solo es para mí y que pasó hace mucho tiempo y se quedó en eso, en un susto, comenta. Entonces, ¿por qué me lo dices?, le pregunto. Porque te lo debo.

Tu madre me salvó. Ella llegó y tu padre la asaltó, y se enfrascaron en una pelea que acabó en sexo feroz. Yo me volví a casa de mis padres al día siguiente. Creí que iban a negarse y a preguntarme qué había pasado, pero no lo hicieron. Luego me fui a estudiar a Madrid y perdí el contacto. En realidad, me aparté de ellos, aunque en realidad tus padres ya se habían distanciado de la familia.

Quiero pedirle más detalles a fin de apuntalar la cronología y los hechos, pero comprendo la perturbación, el desagrado, el terror profundo de una circunstancia como la que me ha revelado mi tía, porque a mí me quedó para siempre la insondable humillación de la cobardía cuando la vida me puso una prueba donde debía demostrar de lo que era capaz.

22

Durante un tiempo, no puedo abstraerme ni olvidarme de las palabras de mi tía de Madrid. Su eco sobrevuela mis días y mis noches. Estoy en marzo de 2012. Mi hija va a nacer en una semana. Me siento atrapado en un remolino de contradicciones. Vuelvo a preguntarme qué legado me han dejado mis padres. Siento que apenas me he desprendido de las secuelas del miedo, la inseguridad, los recelos, el odio.

El inminente nacimiento de mi primera hija me pone alerta. Me cuestiono si es justo para ella que conozca mi pasado, si la escritura de este libro de algún modo puede dañarla, robarle algo. La honda sensación de que no quiero nacer en este libro me causa desasosiego. Quizá sea una excusa para no escarbar más. La cobardía es un traje muy pesado. La memoria funciona de un modo caprichoso. A veces vuelve perdonable la dureza de la vida, la atempera para acomodar sus golpes inesperados. Ese poder simulador de la memoria no actuó en mi caso, pues no sentí ninguna rebaja del dolor del pasado, jamás me confortó encubriendo ni disfrazando las circunstancias que viví con mis padres. Yo me sentía en carne viva. Una herida que no cicatrizó. Me acostumbré al daño, y creo que hasta llegué a considerar esa angustia como mi estado natural. Tal vez sea esta una de las razones que me llevan a creer de un modo ingenuo y absurdo que si no nazco en este libro lograré desprenderme del estigma de mis progenitores. Aunque también puede tratarse del miedo profundamente arraigado en mí. De la desesperación que me acompaña desde niño al negárseme ese pilar fundamental, el de la familia como un lugar seguro, creer con convicción y confianza en mi padre y mi madre, en todo lo que hacían y decían.

Para defenderme de estas certezas llegué a convencerme de que de la etapa de la infancia uno apenas recordaba un par de anécdotas. Yo pensaba así hasta que comencé a escribir este libro. Pensaba que la memoria no habría archivado determinadas experiencias o a lo mejor las habría encubierto, hasta que la escritura comenzó a hurgar, a revelarlas con una docilidad que alarmó mis sentidos y me abatió con la tristeza desconsolada de un niño. Entonces me hizo percibir de nuevo aquel contacto, mi resistencia, las manos que resbalan, la asincronía de los movimientos en el cuarto de baño de la casa de mis padres, los cortes que afloran nítidos, como si al escribir resucitara el dolor, aquel tormento que nunca se fue del todo, oculto en alguna parte de mí.

Y soy consciente en el momento del alumbramiento de mi hija, desazonado por la escritura y el sufrimiento que revivo, y me digo que qué sentido tiene, que qué injusto para ella, que de alguna manera le podré contagiar algo de aquel envilecimiento. Y siento un escalofrío y me entran ganas de llorar, aunque no brota ninguna lágrima, se quedan dentro, pus que infecta. Lágrimas que se pegan a las venas, a los huesos, a la carne, como si fueran resina.

El miedo nunca estuvo aplacado. Una bola en la garganta. A medida que transcurrían las semanas, la cosa empeoró. Había aparcado el libro justo cuando mis padres se iban a casar. Luego llegaría mi nacimiento. Era como si, inconscientemente, en la recuperación que hacía de la familia rehusara ese momento. Me negaba a heredar las cargas, la transmisión de los comportamientos. Me negaba porque no quería que en el futuro mi hija heredara mis culpas. Hipotecar una nueva vida con la mía cuando yo ni siquiera me aceptaba.

Y de repente sucedieron dos cosas.

Una, recibí un correo electrónico de mi tía de Valencia. Lo reproduzco:

Hola, sobrino. Te quiero comentar algo que no consigo quitarme de la cabeza y que nunca he comentado con nadie. Se refiere a la muerte de tu madre. En efecto, hay cosas que se me escapan. El otro día hablando con mi hermano pequeño —ya sabes que se lo cuento todo, y él a mí— volvió a salir el tema y le pregunté por la familia, por si tenía más información, porque fue él quien me llamó y me dijo que tu madre se había ahogado en su propio vómito, según le dijo tu hermano. Entonces, en cuanto le colgué, me quedé con el runrún en la cabeza. Mi primer impulso fue llamar a tu padre y preguntarle, pero, como lo había invitado a que pasara unos días en las Fallas, decidí que le abordaría cuando estuviese por aquí. He estado dándole vueltas a si vale la pena contarte esto o no. No sé si te hace bien. Si nos hace bien. Tiempo después, cuando tu padre vino a Valencia le saqué el tema y me dijo que tu madre había muerto de un infarto como tu abuelo. Entonces yo le dije: Pero ¿no se atragantó? y él soltó, textualmente: sí, yo le miré la garganta y tenía un trozo de melocotón de la cena, intenté sacárselo y no pude. ¿Estabas borracho? le pregunté. «No, no, me emborraché después. Cogí una botella de DYC y me la bebí entera antes de que llegara la policía.» Mi duda es si no sería otra de sus muchas peleas y se le fue la mano. No me quito de la cabeza que hay algo turbio, y que todo fue demasiado rápido. Pero luego me digo que si hubiesen encontrado algún indicio, habrían hecho más averiguaciones, y la autopsia las revelaría, ¿verdad? Con todo, no me lo quito de la cabeza.

Dos, entendí que debía continuar costase lo que costase para volver a recuperar mi sombra, coserla a mis talones. Para que cada vez que alguien dijese que me parecía a mi madre o a mi padre, no me sintiese agraviado; y que el mundo, el mío, dejase de desmoronarse.

Me resistía a nacer otra vez.

Cuarta parte
Hijas

1

Estoy sentado en la cama de mi hija mayor velando su fiebre. Le tengo cogida la mano. Me invaden la fragilidad y la fortaleza a un tiempo. Han pasado tres años desde que nació, el 18 de marzo de 2012. En el dormitorio, en una cuna colocada junto a la cama de matrimonio, duerme su hermana, que nació el 3 de octubre de 2014. Han sido años de insomnios y emociones, años de cambios, en los que el cuerpo parece acoplarse a la paternidad, como si dejase de pertenecerte, como si uno pudiera verse a sí mismo en pedazos. Y no todas las fracciones que vislumbro de mí son positivas. Permanece el temblor, los temores más hondos, la bruma, el desamparo, los recelos y la sombra de mi padre.

Continúo con la mano de mi hija agarrada. Esa mano diminuta que siento que me protege más a mí que yo a ella.

Me han preguntado con frecuencia a quién se parecen mis hijas. Cada vez que lo hacían el estómago se me retorcía, por si alguien encontraba algún rasgo afín a mis progenitores. Mientras velo la fiebre de mi hija, me azora de nuevo mi parecido con él, como esa fotografía que descubrí en la que estaba detrás de la barra de una discoteca cuando era joven. Es algo que llega de tanto en tanto. Como si fuese la migración estacional de un ave rapaz. Cuando lo pienso noto la sensación física de malestar en mi cuerpo.

Los fragmentos.

El miedo.

El desasosiego a que alguno de sus genes se despierte en mí.

Mi padre aún vive, pero no quiero que conozca a mis hijas. Por el contrario, mi hermano sí ha permitido que él se relacione con sus hijos. Me cuenta que está más tranquilo. No lo creo. Entonces, quizá como para justificarse, me dice que nuestro padre no va a cambiar, pero que la edad lo ha calmado y ya no bebe ni se droga como antes, que si percibe mínimamente que lo ha hecho, no van a visitarlo, pero que es cariñoso con sus hijos.

Le digo que me da lo mismo. Yo sigo sin hablar con él. No lo invité a mi boda. No le permito que se acerque a mis hijas. Sé que mató a mi madre, aunque tampoco puse demasiado empeño en demostrarlo. Detuve la redacción del libro justo cuando iban a alumbrarme. Esa dolorosa taquicardia que aprecio cada vez que voy a nacer en el papel. Esa fuerte sensación física de ahogo cuando miro hacia atrás en el tiempo. Esa turbación que siento junto a mi hija por si brota algún rasgo que me recuerde a él.

Durante toda mi vida me he empeñado en una cosa, en una única cosa: despegarme de todo lo que era él. Supongo que si sigo pensando tanto en ello significa que no lo he conseguido por completo. Y esto me hace rumiar si ese alejamiento concienzudo que he realizado puede ser de algún modo el reverso de la misma moneda. Si yo con mi actitud opuesta soy la otra parte de él y, por tanto, lo estoy imitando por oposición. Me azoro con estos pensamientos cuando mi hermano, en la cena de la Nochevieja de 2015, me cuenta que nuestro padre compró unas muñecas para mis hijas que le dejó para que me las diera. No quise cogerlas cuando mi hermano me las dio: era como si tocar algo que venía de mi padre pudiera contagiar a mi familia.

Ese miedo primitivo y atávico a sus genes.

También me negué a compartir la cena si él iba.

Está solo y me da pena, me dijo mi hermano. A mí, ninguna, él se lo ha buscado, además lo que te cuente es mentira, siempre nos ha engañado, siempre, le respondí. Deja de pensar con rencor, es nuestro padre, me dijo, y me acordé de lo que decía mi abuela, de lo que suele pensar la mayoría de la gente, como es tu padre se lo permites, pero al mismo tiempo era consciente del reverso, de ese otro lado perverso, esa zona en que se lo permites al hijo. Esa mutable condena de negación y afirmación que no se puede separar ni disolver.

Me propuse hablar de mi padre, de lo que supuso para la familia, de los destrozos que hizo, del veneno que sembró en cada uno de nosotros. Un veneno que se extendió. Que contaminó las relaciones. Quiero a mi hermano, pero no sé quién es. Nos comunicamos siempre desde una distancia prudente y rígida. Nuestra relación funciona siempre pendiente de una alarma a punto de sonar.

Entonces comprendí que no solo hablaba de él, ni de sus miserias, de las ignominias que generó conducido por su drogadicción y alcoholismo, sino que hablaba de cosas más hondas que se enquistaron y pudrieron y había que limpiar de alguna manera. Y eso pasaba por la finalización del libro pesase a quien pesase. Porque si no lo hacía no dejaría de sentirme incompleto, cercenado, violado una y otra vez.

Creo que desde principios de diciembre de 2015 estas ideas ya rondaban mi cabeza. Retomar ese libro que hablaba de la familia. Un libro que escocería si alguna vez viese la luz. Ya era consciente de que no podría contar con mi hermano para enfrentar mi memoria a la suya. Y, con seguridad, la reticencia que me había mostrado desde el inicio de la redacción, que comencé en 2009, me había hecho vacilar. Sí había construido una especie de arqueología familiar, sin embargo, era, o al menos yo lo percibía así, una escritura fluctuante y, sobre todo, se correspondía con un pasado en el que ninguno, ni mi hermano ni yo, habíamos nacido.

Yo había detenido la escritura en marzo de 2012, pero en realidad, durante esos tres años en los que mi vida no se detuvo, con el nacimiento de mis dos hijas, diversos proyectos personales en marcha, un trabajo ingente en el festival de cine y otros muchos asuntos, el libro no se me había ido de la cabeza, latía e hibernaba con pulsiones inquebrantables, como las experiencias que tuve con mis padres que me acechan y agitan con frecuencia. Y tampoco era del todo cierto que había estado sin escribir nada, pues no había dejado de tomar notas en libretas u hojas sueltas, de anotar ideas en los márgenes de las novelas que leía, o de abrir un documento de Word para plasmar las emociones de un determinado momento, para no olvidar un recuerdo que me había llegado sin avisar, con la intención de comentárselo a mi hermano o, según el recuerdo, compartirlo con un amigo, aunque luego el impulso inicial se desinflara y no lo hiciera. Había tomado cientos de notas, párrafos largos o breves que reiteraban el conflicto entre mi padre y yo. A lo largo de esos años, aquello no había dejado de arañarme. Unos días antes de la Nochevieja de 2015, intenté recuperar esos escritos. No los encontré todos, ni mucho menos. Al leerlos me pudo el desánimo. Notaba que el estómago se me encogía. La oscuridad regresaba; o quizá nunca me había abandonado.

Entonces, cuando mi hermano me habló de las muñecas que mi padre les había comprado a mis hijas, ese mecanismo se activó de nuevo. No sabría decir el motivo. Fue como un símbolo. Retornar a la infancia, con mi padre llevándome a una juguetería. Y el agotamiento que había experimentado en 2012 se evaporó.

Seguía abrumado.

Seguía el miedo.

Pero a la vez sentía, o al menos lo creí en ese instante, que el estigma de no nacer me impediría ser un hombre confiado y que la perdurable inseguridad que sentía en mi piel se la transmitiría a mis hijas.

Pensaba esto mientras en enero de 2016 le cogía la mano a mi hija de tres años. Le había dado Apiretal para que le bajase la fiebre. Mi pareja estaba con la otra pequeña en el dormitorio. Mi hija mayor me pidió que le leyera un cuento. Tomé uno que le gustaba mucho y se lo leí. Cuando terminé, me pidió que le escribiera un libro que ella pudiera leer en el aprendizaje de la lectura. Y tampoco sé la razón insondable de cómo actuó aquella petición inesperada de mi hija. Solo sé que cuando se durmió, desde el cuarto de al lado donde tengo el ordenador, empecé a leer lo que había escrito y tuve la certeza de que, tardase lo que tardase, finalizaría dos libros. El que me había pedido mi hija y el que me habían pedido esas fuerzas invisibles y extrañas. Tenía que terminar este libro para poder empezar a olvidar o, al menos, intentarlo, y para que mis hijas no tuvieran que hacer un viaje siniestro, como yo hago, para saber quién era su padre.

2

Comencé a releer lo que había escrito desde aquel lejano verano de 2009 en el que inicié la redacción del libro. Deseché las notas dispersas que había tomado a lo largo del parón. En paralelo, me embarqué en cientos de lecturas infantiles para analizar sus recursos narrativos. Durante aquel 2016, me propuse retomar el libro del padre y empezar uno que mi hija pudiese leer en unos años.

Me di cuenta de la complejidad del propósito. Escribir sobre mis padres hacía aflorar una inquietud que no controlaba. Regresaba el lacerante sentimiento de culpa, la ansiedad, la más abominable de las percepciones, el desasosiego de encontrarme de adulto con el niño que fui, de resucitar y revivir mis súplicas y vergüenzas, todo lo que no se quiere contar, lo que se ha guardado tan celosamente desde niño, los disfraces que uno mismo se pone para seguir adelante.

Recordé un pensamiento recurrente de mi niñez y adolescencia. Desde muy chico fantaseé con haber nacido en otra familia y en otro país. Se lo decía a mi abuela materna, y yo, en mi cuarto, tumbado en la cama, lo imaginaba con todas mis fuerzas, porque creía con ingenuidad que si lo proyectaba de un modo u otro terminaría por cumplirse.

La descomposición con la que viví la juventud no fue una simulación más, ni mucho menos, estuvo plagada de hechos con fechas: el año 1983 en el que mi padre nos prohibió ir al colegio, encerrándonos en la casa durante los exámenes; el año 1992, el de la Ley Corcuera, en el que la policía irrumpió en nuestra casa; la canción de REM «Everybody Hurts» que no dejaba de escuchar por aquella época; el año 1994, cuando mi padre salió de la cárcel y me pilló en el cuarto de baño. Pero tenía que nacer, empezar por el principio, por lo que había interrumpido, porque a pesar de que mi padre no estuviera presente y ni siquiera conociese mi propósito con el libro, él estaba ahí cada día, a mi lado, y eso era lo más dañino para mí. Como si su mano invisible de dedos de morcillas aplastadas me siguiese agarrando del cuello con rudeza. Una acción que me obligaba a doblarme, mientras oía sus gritos amenazantes y mis súplicas y ruegos.

Y retomé la redacción del libro.

Los hijos nos vemos obligados a saldar las deudas que dejan los padres cuando mueren; aunque sus pecados no terminan nunca por olvidarse. Estos pecados nos persiguen. Tal vez lo hagan con el mismo titubeo de un niño cuando comienza a andar. Pero están ahí. Yo lo advertí en los otros cuando me miraban.

Creían reconocer la sombra del padre en el hijo. Y eso los asustaba. No distinguían al hijo del padre. Me pregunto si los pecados de uno los reproducirá de la misma forma el otro, si yo les transferiré a mis hijas los míos, y también, si ellas percibirán en mí un refugio cuando lo necesiten, o por el contrario harán igual que yo, que desde muy joven evité el de mis padres, y quise abandonarlos, ellos no fueron un alivio para mí, cada vez que me acerqué a mis padres sufrí, aunque durante mi niñez, por contradictorio que suene, busqué sus manos, su abrigo, su cobijo. Sentí que vagaba por la inmensidad del espacio, sin escafandra, con la idea de que paulatinamente fuese polvo, arenisca, desintegrándome cada vez que pedía una pequeña muestra de cariño y encontraba una mala cara, indiferencia, como si hacer y provocar daño fuese su estado normal e incluso les hiciera bien, estar a gusto, fuese su modo de experimentar placer.

3

En todas las fotos que he recuperado de mi infancia, estoy con mi abuela materna o con mi tía de Madrid. Solo en dos estoy con mi madre y en ninguna con mi padre. No existe ningún registro de este tipo. No hay ninguna imagen. Solo he encontrado el recordatorio de la Primera Comunión. La constancia de que no era importante fijar el nacimiento y el crecimiento de su hijo. Sus cambios físicos, sus logros y fracasos, sus esperanzas y anhelos, los amigos a los que frecuentaba; y menos todavía registrar cualquier celebración de cumpleaños, los partidos de baloncesto, las fiestas, las navidades, los viajes de verano..., porque no los hubo.

Yo había llegado sin avisar. No contaban con un bebé. Mis padres daban lo mejor de ellos mismos a los demás. Al menos esa era la impresión que tuve de niño. Pero al llegar a casa, el bajón de las drogas y el alcohol los transformaba, los volvía violentos, empezaban a discutir, a romper cosas, y sus hijos lloraban y éramos otra molestia que había que gestionar. Recuerdo mejor que ningún otro espacio la casa de mis padres, aquellas paredes blancas de gotelé en las que se distinguía la grasa, la mugre, el olor a tabaco y vicio que se aposentó con los años en la casa como un inquilino más. Recuerdo lo trivial y lo hondo de aquellas situaciones que impregnaron mi carácter. El silencio de las mañanas roto por sus fuertes respiraciones. Era como si quisieran convertir la casa en una noche eterna. Como si de una manera que no sé dilucidar, todavía siguiese allí, encerrado, roto, haciéndome daño a mí mismo.

No puedo evitar preguntarme una y otra vez: ¿merece la pena hablar con él después de tanto tiempo?, ¿tenerlo de nuevo frente a frente por este libro?

Pasan los días, las semanas, pero las preguntas permanecen. En cierto modo no salir de ellas es no ponerse en peligro, porque en el centro de la diana está el miedo a perder el finísimo equilibrio que he logrado.

Nunca tuve claro qué significa tener un lugar en el mundo. Sé que he adolecido de ese territorio que confiere seguridad. Un pulcro legado de mis padres. Incluso hoy, habiéndome convertido en padre, me cuesta hallarlo. ¿Acaso por esa razón siento tan acusadamente que mi vida no me pertenece? Escapo, huyo, me pierdo en sitios porque me siento condenado por mi progenitor a vagar, a perseguir algo que ya no existe, que él se encargó de quemar, de arrasar, de aniquilar. Me hice la idea, más bien la estrategia, de que debía aprender a vivir de ese modo, sin un hogar, con la tendencia burbujeante de evaporarme cada cierto tiempo. Pero eso ya no funciona, ni es posible. Escribir es lo contrario a huir. Requiere voluntad, perseverancia, esfuerzo y haber encontrado el mundo. También habitarlo.

Con el nacimiento de mis hijas me di cuenta de las enormes carencias de mi padre, de los agravios que sufrimos mi hermano y yo, de la ausencia absoluta de su amor hacia nosotros. Y mientras lo escribo no quiero caer en ningún sentimentalismo, que detesto, pero noto cómo la garganta se me cierra y percibo cómo mi vida adoleció de la ternura, del cariño que trato de volcar en ellas. No sé si siempre de la forma más sana, porque también sé que las faltas de mi padre pueden estar en mí, me pertenecen, y que las debo soportar para protegerlas. El odio íntimo que respiro, mi imposibilidad para perdonar, la rabia con la que escribo... Y, luego, cuando aparcaba la redacción del libro de la familia y me ponía a leer cuentos infantiles, me sentía reconfortado, como protegido por esas lecturas bañadas de ilustraciones, como si sintiera las emociones que experimenté en mi cuarto, cuando me sentía protegido de mi padre, de sus manos de morcillas aplastadas, de su olor a Ducados, de su voracidad animal, del miedo intenso, insondable, que insuflaba en mí.

4

Reviso las fotografías que me entregaron mis tías. Me detengo en dos de ellas separadas por veintidós años. La distancia entre esos retratos fija con esmero la decadencia de mi madre y, por extensión, de mi familia. Son dos instantáneas relevantes por lo que relatan pese a que en apariencia sean dos fotos anodinas.

Solo la imagen más actual tiene escrita la fecha y el lugar donde se tomó, las Dunas de Maspalomas, en Gran Canaria, el 29 de enero de 1995. Es una foto horizontal, y en el centro aparece mi madre con una sudadera roja de Smirnoff, una sudadera de propaganda, una prenda que en su juventud hubiera rechazado con vehemencia. Tiene el pelo en la cara por el viento, pero también por el abandono inducido por los años de alcohol y drogas, está sin maquillar, la cara desgastada e hinchada por los excesos, los ojos derrumbados, su gesto característico, entre rebelde y de hastío, aún continúa en el lado izquierdo de la boca, pero en el fondo, como si todavía creyese que fuera posible una buena vida, se intuye un leve atisbo de un futuro brillante, algo que apenas es perceptible si no se conoce a la persona, y, por los demás, acentúa la melancolía y tristeza potenciada por los colores verdosos y azules del horizonte. La foto más antigua es vertical, y no tiene nada escrito al dorso, pero me resulta fácil de datar. En ella mi madre me tiene cogido en brazos, yo aún no había cumplido un año. La vestimenta indica que es verano, junio, julio o agosto. Y la foto fue sacada en casa de mi abuela materna. La reconozco por la puerta y el papel pintado de las paredes. Yo tengo un chupete, visto un peto azul marino y una camisa amarilla. No miro a la persona que nos retrata, sino a alguien, seguramente mi abuela, que debe de estar haciéndome señales para que mire hacia el objetivo de la cámara, aunque yo no lo hago, de hecho, mi brazo izquierdo está levantado hacia esa dirección. Por lo que sé, la debió de sacar mi padre, pues solían dejarme en casa de mi abuela para que ella me cuidase mientras ellos trabajaban o se iban de marcha. El contraste entre las imágenes de mi madre es la vida que refleja su cara. En la que me coge en brazos, sin una actitud demasiado maternal, pues es verdad que nunca la tuvo, se le ve por completo su rostro, está iluminado, viste una minifalda escocesa plisada y una camiseta mostaza ajustada, lleva la alianza de recién casada, pronto se la quitará, y se la ve sonriente, despreocupada, y su mueca del labio izquierdo es juguetón.

Estas dos fotos ejemplifican la inocencia y la bajeza moral. Un recorrido rápido, imperceptible, que anegó nuestras arterias de depravación.

En algún momento, mi hija entra en el estudio para que le ayude a montar un juguete. Me pregunta qué hago. Escribir, le digo. ¿Mi cuento? No, otro, pero no me olvido del tuyo, le digo. Entonces, al ver las fotos en la mesa del escritorio me pregunta quiénes son. Soy yo. Qué lindo, dice. ¿Y esta es tu mamá? Sí. ¿Está muerta? Asiento. Qué pena. Llama la atención que no se fije en absoluto en la foto en la que mi madre posa en las Dunas de Maspalomas. Como si no existiera. Cuando le pregunto a ella quién es la de la foto, mi hija la mira, pero no dice nada. Es esta, le digo, señalando a mi madre en la imagen antigua. Ah, dice, sin prestarle cuidado; en cambio, repara que la foto está anotada por detrás, pero no presta atención a la mujer de la imagen, que no parece la misma persona, vampirizada, más allá de la vida, fulminada de cualquier alivio, negada de la felicidad soñada, incluso cuando se cumplía uno de sus sueños.

Esto sucede tal como lo describo. No busco ningún recurso de ficción. Sucedió así. Y me limito a describir el momento al instante. Sin mostrar mis sentimientos.

Mi madre siempre le echó en cara a mi padre que no tuvieran luna de miel. Fue una de las reivindicaciones que siempre le oí. Su deseo de haber tenido un viaje a una isla tropical, con la arena blanca, el agua tibia y cristalina. Uno de esos sitios que la hicieran sentirse especial, además de subirse a un avión y viajar fuera de España, otro de sus deseos.

Ella fue una mujer fantasiosa, influenciable, que deseaba tener la vida de personaje de una película romántica, solo que desde el noviazgo la relación entre ellos se construyó a base de discusiones, borracheras, porros, cocaína, medicamentos, y una violencia creciente que necesitaban retorcer, ampliar la apuesta, quizá para no aburrirse, como si estuvieran dentro de un círculo del que no pudieran salir, y hubiesen confundido los sentimientos con esas experiencias guiadas por el alcohol y las drogas que les fueron llevando a la barbarie.

Desde muy chico oí cómo mi madre le recriminaba cosas a mi padre. Promesas que le había hecho pero que él no cumplió. Todas relacionadas con el engaño, con la mentira, con el fraude en el que mi padre convirtió sus vidas. Al parecer él había prometido que con sus ahorros se irían de luna de miel al Caribe. Nunca lo hicieron. Ese dinero lo invirtieron en el restaurante que montó mi padre en la calle

Varela. Lo máximo que consiguió mi madre fue un viaje a Almería y el viaje en enero de 1995 a Gran Canaria, después de que él saliese de la cárcel. Dos escapadas en veintidós años. A eso se redujeron sus vacaciones. Aunque se puede considerar que sus vidas fueron un desfase sin límites.

Hay otras dos fotos de ese patético viaje a las islas Canarias que definen perfectamente a la pareja que formaban mis padres, y me revuelven más de lo que yo quisiera. En una mi padre está tumbado sobre una toalla en el césped del hotel en el que se alojaron. A su lado, un platillo lleno de colillas, varios periódicos desperdigados (se distinguen el *AS* y *El País),* tabaco y casi imperceptible lo que debe de ser una botella de cerveza o algo similar. En la siguiente, de noche, mis padres están sentados en sillas de plástico blanco, sonrientes, colocados, con ese color rosado en las caras de lo que llevarían en el cuerpo, esa alucinada percepción no muy distinta a la de la boda. En la mesa, también de plástico blanco, se distinguen dos whiskies con hielo, un paquete de Fortuna, que es lo que fumaba mi madre, uno de Coronas con un mechero encima, que es lo que fumaba entonces mi padre, y un cenicero a rebosar de colillas. Por mucho que puedan parecer estampas comunes, exponen la decadencia precipitada de las personas que me concibieron.

Duele hundirse en los recuerdos. Quizá, durante la infancia, los echamos de menos y buscamos con desesperación su cariño, su voz, sus manos, aunque después, o muy pronto, nos asquearan. Quizá, nos acostumbramos a sufrir y, de una manera invisible, también buscamos la perspectiva insana, furiosa y enfermiza de la memoria para no perder el contacto con ellos. Lo pienso al avanzar en la escritura. El pensamiento se esfuma en cuanto recuerdo el dolor de aquellos cristales en el baño. Puede ser que la reconstrucción de todas las familias caiga en el relato de la memoria, que no sea la absoluta verdad ni tampoco pura ficción, sino un espacio intermedio que revela una visión honda y vulnerable de los impulsos que abrigamos fuera de toda fábula. Un acontecimiento en el que uno se rompe y siente que todo estuvo siempre hecho añicos.

5

La inestabilidad me define. Frágil, bamboleante, en una vacilación tenaz, como si intentara hacer funambulismo frente a mis padres, cuando esas personas eran un problema para mí, alcohólicas, iracundas, drogadictas, paranoicas, violentas, despreocupadas, negligentes, hedonistas... Su actitud me debilitaba, me sumergía en un océano de culpa del que aún no he conseguido alcanzar tierra firme, una experiencia que empañó mi carácter, mi comportamiento, porque cómo negar que la naturaleza de un padre caló de alguna manera en un niño en formación.

¿Se puede erradicar lo que empapó en mí durante la infancia aunque fuera un padre ausente? ¿He escapado de su influencia?

Pero el niño que era no lo veía así. Aunque me duela escribirlo, iba en busca de su reconocimiento, y si alguna vez me dedicaba su atención, me reconfortaba.

Todo esto lo pienso en el otoño de 2016, mientras los meses avanzan con rapidez y energía y la redacción del libro con parsimonia y tristeza. Soy incapaz de evadirme de las fluctuaciones anímicas y físicas que experimento mientras escribo. Los inesperados impulsos que me sacan de mis casillas por nimiedades y que vuelco contra mi familia, algo que me carcome, madera podrida. Rabia. Rencor. Resentimiento.

Me pregunto si las drogas convirtieron a mi padre en el que conocí o en él ya había una semilla propensa a ello que facilitó su entrada en la oscuridad. Un abismo negro que nos engulló durante décadas. Ninguno de los dos me contó de su boca lo que los marcó en la infancia. Mi madre ya no puede. Pero ¿tiene algún sentido que me enfrente al relato de mi padre? ¿A qué le da él importancia? ¿Qué piensa de los años que llevamos sin hablarnos? ¿Cómo son los pasadizos de su memoria? ¿Negaría lo que me hizo?

Pienso que volvería a quedar impune. Que su confesión carecerá de franqueza, que tengo mi visión y la de otros para reconstruir la suya. Admito que me da miedo estar junto a él. Que me mire. Que me toque. Que su olor vuelva a impregnarlo todo.

6

Después de que mi tía de Madrid se marchara del piso que mis padres alquilaron, llegó la noticia del embarazo de mi madre y la obsesión de mi padre por montar el restaurante. Junto a un socio que se llamaba como él, y que había conocido en las discotecas, buscaron un sitio en Pedregalejo, que hallaron en calle Pereda, perpendicular a Juan Valera. Pusieron todo su empeño y energía en el proyecto. Mis tías me comentan que mi abuelo lo ayudó económicamente, viendo la oportunidad de que sentara la cabeza y abandonara la noche y el coqueteo con las drogas.

El restaurante se inauguró unos meses antes de que yo naciera. Mi abuelo estaba orgulloso de que su hijo hubiese montado su propio negocio, que implicaba que dejaba atrás la vida nocturna. Al menos los primeros años funcionó bien. Salieron algunos reportajes en los diarios locales más importantes que lo recomendaban efusivamente, y pronto se hizo con una clientela fiel que tenía poder adquisitivo y tomó el refectorio como su lugar de referencia. He preguntado a mis tías por aquellos reportajes de los que presumía mi padre, pero no los tienen. Recuerdo que él los enmarcó de forma primorosa, y que durante un tiempo estuvieron colgados, primero en el restaurante, luego en la casa. Llamo a mi hermano y le pregunto si sabe dónde pueden estar y si cuando vaya de visita a casa de mi padre podría hacerse con alguno de ellos. Me dice que se los pida yo mismo, pero que duda que los conserve, que el piso está fatal. Le suelto que con lo vanidoso y fanfarrón que es seguro que los conserva, que dudo que los haya tirado. Me pregunta que para qué los quiero. Se lo digo. ¿No lo habías dejado?, y sin esperar la respuesta, de un modo automático, dice: Tú no sabes cómo está la casa. No, no lo sé. Pero no diferirá mucho de como estaba en nuestra infancia y juventud. Está peor, mucho peor, y da por concluido el asunto. A mi hermano le incomoda el tema del libro. Rechaza hablar de lo sucedido. Me lo ha dejado muy claro.

Durante la infancia la vivienda mantenía una apariencia decente porque mi abuela materna la limpiaba. Ella decía que lo hacía por nosotros y por su hija, hasta hacía las camas. Mi abuela lo hizo también con el corazón ya débil, a pesar de que en una ocasión mi padre la echó de casa agrediéndola con la correa del perro, incluso cuando mi madre, convencida por mi padre, la engañó para que avalara con su humilde piso de protección oficial y ellos pudieran hacer frente a las deudas que empezó a generar el restaurante en los noventa, mi abuela siguió ahí, nunca abandonó a su hija. Y esto es algo que yo no entendía y que incluso llegué a reprocharle. He tenido que ser padre para comprender el comportamiento unívoco de aquella mujer bondadosa, analfabeta, que la vida volvió melancólica.

Estos recuerdos brotan en mi cabeza como si se tratase de la reproducción de un DVD defectuoso. Una señal más de tristeza, de que recordar duele, de que esas vivencias tienen su correspondencia en una actitud huidiza, en una rigidez física, y, a la vez, en la costumbre con la que asimilamos los hechos.

Y a pesar de esto, si hablo de mi infancia, la falta de amor y cariño de mis padres, la suplió de alguna manera mi abuela. Ella fue dulce y alegre con nosotros, escondía una profunda pena que no percibí hasta mucho más tarde, siempre trató de estar alegre a pesar de que no tuviera motivos, nos enseñó a mi hermano y a mí a distinguir el bien y el mal, a no ser avariciosos, ni rencorosos, a ser compasivos. Sin embargo, cuando me examino reconozco que fui un niño hostil contra mis padres, porque no sentí su amor en el día a día, no percibí que fueran jamás mis protectores, al contrario, la vida con ellos era un purgatorio. De hecho, estoy redactando estas líneas y los sigo sintiendo como un tormento.

Creo que la falta de descanso que me rodeaba de chico es la misma que experimento en este momento. El desgaste de estar alerta cada día y cada noche. Madrugadas en las que mis pensamientos se llenaban de miedos con los gritos y la sangre y la espuma blanca que salía de la boca pastosa de mi padre. Una infancia en la que anhelo que mi mamá y mi papá me miren y sonrían y sean felices, pero sobre todo que me salven de la oscuridad. Aunque cómo iban a hacerlo si ellos eran esa oscuridad, ese agujero negro en el que vagaba sin referentes.

Papi, papi, papá, oigo a mi hija llamándome, y yo pienso que no recuerdo haberlos llamado mamá y papá, pese a que seguramente tuve que hacerlo, ¿no?, porque todos los niños lo hacen alguna vez.

7

Que mi padre dejase de trabajar en la discoteca no significó que dejara de salir de noche. Todas las versiones que me han contado coinciden en que los primeros cinco años del restaurante estuvo centrado en el negocio, por lo que inevitablemente sus salidas se espaciaron. Salía a tomar algo después de cerrar, pero se obligaba a recogerse pronto. Los fines de semana sí solían descontrolarse juntos. Mi abuela me dijo que nos dejaban en su casa el viernes y no nos recogían hasta el lunes, a veces la estancia se prolongaba, y los meses de verano y las vacaciones los pasábamos con ella y apenas veíamos a nuestros padres. Estos periodos eran un descanso. Lo ignoraba en aquel momento, pero visto con el prisma de hoy era una forma de alejarnos de la tensión que se generaba en casa de mis padres; de apartarse de los golpes, los chillidos y la violencia creciente que fue en aumento.

Con los años intenté quitarle importancia al miedo que me provocaban mis padres. Y no solo ellos, también aquella casa fantasmal que notaba que expulsaba efluvios, miasmas, una sensación que me aterraba. Necesitaba convencerme de que todo pasaría cuando creciera. Recuerdo que me lo repetía a mí mismo con asiduidad en la adolescencia. Y en 2016, a punto de entrar en 2017, me doy cuenta de que era una forma rudimentaria de resistir, de hacer soportable aquel dolor lacerante que no era capaz de descifrar, y menos aún de enfrentarme a él.

Y sí, tengo que reconocerlo, sigo sin estar curado de aquellos susurros, de aquellas lágrimas, de aquellos puñetazos y patadas que mi cuerpo se acostumbró a encajar —es cierto que mi madre recibía muchos más—, ni de aquellos sobresaltos en plena noche, ni de los gritos y los insultos y los objetos rotos, ni de la peor humillación de todas, aquella que me desgarró. O la inquietud que sentía cuando no habían llegado a dormir, y sabía que esa noche o la siguiente habría bronca y tendría que defenderme, tendría que enfrentarme al infierno. Esa inquietud me devoraba, y era peor y más insana que el enfrentamiento, esa inquietud me dejaba exhausto, casi muerto, vacío. Esa sensación nunca me ha abandonado.

Por eso, cuando dormíamos en casa de mi abuela, el cuerpo se relajaba y no nos despertábamos tan a menudo en plena noche. Pero ya he advertido que mi padre, aunque más controlado porque se tomó en serio el negocio, o todo lo que él podía hacerlo, siguió saliendo. A partir del quinto aniversario del restaurante, mi padre empezó a montarse las fiestas en su propio local. Al principio, de un modo esporádico, luego cada vez con más frecuencia. Esta fue la causa de que rompiera con el socio, que también se había casado y acababa de tener un hijo, y se había quitado radicalmente de la noche y las drogas.

Mi padre se quedó solo al frente del restaurante. Había conseguido cierta fama y le sobraban clientes. Y cuando cerraba, la fiesta seguía allí mismo. Al principio alcohol y porros, luego timbas de póquer, a lo que se sumaba la cocaína, y, al final, proyección de películas porno. En algún momento la cosa se le fue de las manos, y en el local se organizaban orgías y mi padre se convirtió en camello. Y se fue despreocupando de un modo paulatino del negocio y de todo lo que había conseguido. De tener lista de espera en el restaurante, a finales de los setenta y principios de los ochenta, gradualmente, los clientes dejaron de acudir. Su desfase era tal que los encargados le engañaban y le robaban, pero él no quería verlo o le daba igual, se pasaba colocado la mayor parte del día, y siguió hacia delante, sin detenerse, considerándose el mejor, cuando su degradación era ya muy evidente.

Además de la ruptura con el socio, sucedió algo más, algo que nos afectó a nosotros, aunque no fuéramos conscientes. Mi padre no tenía fin con las drogas y el alcohol. Se fue adentrando más y más en la adicción a medida que el restaurante le iba bien y entraba en contacto con gente que tenía mucho dinero. Recuerdo las botellas vacías de whisky, ginebra, ron y vino en el salón, en su dormitorio, los ceniceros llenos de colillas, así como la acumulación de platos sin lavar, con restos de comida de días atrás. La casa olía a eso y a sexo y a violencia. Una combinación que si uno la ha mamado de niño sabe identificarla con facilidad.

El socio era quien controlaba a mi padre, quien llevaba el orden al caos en el que se movía, y al que tendía de un modo natural mi progenitor. Así, sin la gestión y control del socio, poco a poco, mi padre se dejó ir. Si los desfases se limitaban antes a los fines de semana junto a mi madre, estos pasaron a ser diarios.

Mi madre no tenía instinto maternal. A ella se le hacía duro quedarse en casa con nosotros y luego recibir las palizas de mi padre, cuando llegaba pasadísimo. Entonces se rebeló contra él y lo dejó. Fueron apenas cinco o seis meses en los que se fue a vivir a casa de mi abuela. Por lo visto, durante ese tiempo, trató de mostrar un afecto del que adolecía. Fracasó. No estaba preparada. Tampoco encontró el apoyo de su propia madre, que consideraba, por su educación y las enseñanzas religiosas, que la mujer debía estar con el marido.

Cuando pasaron algunas semanas, el depredador fue en busca de la presa. Mi padre iba a casa de mi abuela a ver a mi madre con la excusa de vernos a nosotros. Desplegaba su firmeza y su encanto para que volviese a caer en su círculo.

La rebeldía que aún atesoraba mi madre aguantó hasta que ella se cansó del esfuerzo que implicaba criar a dos niños, y se fue relajando y convenciendo de que todas las promesas con que la engatusaba mi padre, él las acabaría cumpliendo.

Con la marcha del socio, mi padre necesitaba a alguien en el restaurante que le llevara las cuentas, y le ofreció un puesto a mi madre. Así mi madre empezó a trabajar todos los días y todas las noches en el local, y, claro, se quedaba también a las fiestas que se montaban. Y el alcohol y las drogas ocuparon el centro de sus días. Apenas soportaban la vida en familia. Rechazaban lo cotidiano. Las responsabilidades los obligaban a renunciar a su vida disipada y a enfrentarse a una realidad común que no les interesaba.

Y entonces, mi memoria me empuja, retrocede, para enfrentarme a esos recuerdos que no debería haber retenido, esos recuerdos que parecen imposibles de almacenar. Pero el cuerpo, más incluso que la mente, tiene memoria, guarda las sensaciones y me obliga a escribir para que no olvide, para que reconozca el pasado, a mi perseguidor.

Creo que tendría siete años. Me levanté de la cama y empecé a recorrer las estancias de la casa sin encender las luces. Era verano. Me veo con los pies desnudos en el suelo. Las luces de la calle se cuelan por las ventanas sin cortinas. El silbido de los coches que circulan intermitentemente por la carretera rompe el silencio. Recorro los pasillos que me parecen diferentes. La casa la percibo distinta. Pero los muebles son los mismos. Estoy inquieto, aunque desconozco la razón. Me dirijo al dormitorio de mis padres. No sé qué hora es. Solo que es de noche. Una madrugada cálida. Exploro el resto de la casa, hasta salgo a la terraza, pero mis padres no están. Pienso en despertar a mi hermano. Pienso que mis padres han salido a comprar y que llegarán de un momento a otro. Pero eso no sucede. Pienso que mis padres nos han abandonado. Mi cabeza es un revoltijo de sensaciones durante esas horas inciertas, despierto, preocupado, sollozando de un modo repentino, inspeccionando los muebles sin buscar un objeto en concreto, viendo llegar las primeras luces, sin conocer por qué estoy inquieto, de dónde procede el desasosiego que me zarandea. Y de repente, el sonido del ascensor me alerta. Llegan mis padres borrachos, provocando cierto bullicio, hasta que se encierran en su cuarto, y de allí salen gemidos y luego esas respiraciones que se apoderan del espacio.

Todo esto no lo entendí hasta un tiempo después. Pero es un recuerdo vívido que conservo de aquella infancia de terrores y vaguedades. No sé qué parte puede estar modificada por la memoria. Lo que no lo está, porque fue algo que mi abuela materna me contó, es que mi madre nos dormía y nos dejaba en casa solos para luego unirse a mi padre en el restaurante, que es cierto que se encontraba a apenas un par de minutos de donde vivíamos. El piso daba a Juan Sebastián Elcano. Se cruzaba la carretera, subía por Juan Valera y la primera a la izquierda era la calle Pereda, donde estaba el restaurante. Tal vez las primeras veces iría a comprobar que estábamos bien, o pensaba que no nos despertaríamos ni que corríamos peligro. Sin embargo, después de aquello empezamos a despertarnos con frecuencia. En realidad, ni mi hermano ni yo fuimos conscientes de la negligencia de mis padres. Pero analizado con el prisma actual, y visto desde mi perspectiva de padre, su comportamiento era censurable.

Me pregunto si ya en esa experiencia crucial, yo sabía que no podía pronunciar las palabras «papá» y «mamá».

Y de ahí que les dé tanta importancia, que aún hoy la desconfianza que incubó en mí aquel momento, y que se fue desarrollando con el tiempo, conformara lo que soy y lo que representaron para mí papá y mamá. La tristeza de carecer de ellos. Y la consiguiente llegada de pesadillas y de una intranquilidad que todavía hoy me asola.

8

Durante mi infancia el estado en el que vivía era el de sobresalto. Hubiera deseado cierta monotonía, una calma línea recta, aunque me doy cuenta de que cada etapa de mi vida siempre ha sido agitada, repleta de convulsiones de angustia, intranquilidad, temblor, espanto. De todas, con diferencia, la infancia fue la más desgarradora.

O lo concibo de ese modo, como si me moviese ciego por zonas mustias, opacas, incluso incorpóreas. El contraste es todavía mayor por oposición desde que he sido padre. Mis progenitores me negaron ese amor incondicional que se les presupone por el simple hecho de ser padres. Nunca lo tuve ni los sentí cerca, supongo que sus hijos no los inducían a mostrarse cariñosos, a abrazarlos, a jugar con ellos. He intentado ser justo y concederles el mérito que debieron tener. Me he afanado en la tarea, rastreando el pasado que me persigue sin descanso. Lo hago para entenderlos y entenderme.

Rasco casi con desesperación una imagen afectiva limpia, dulce, alegre. Pero o no tengo registradas esas imágenes o se han perdido o las he borrado involuntariamente. Tal vez el peso de las palabras, los golpes y las vejaciones han eliminado por completo sus mínimas atenciones; esas pocas caricias que intento rastrear mientras escarbo en el pasado.

Creía que el pasado se manifestaría con facilidad y fluidez, que podría tensarlo a mi antojo, darle forma, ordenar los hechos para que tuvieran sentido. Pero quizá solo se puede hacer mediante la inestabilidad que caracterizó mi infancia y juventud. Desistí de hacerlo de otra forma. Dejar vencerse por lo que llega, como lo que el mar devuelve a la orilla, aunque el objeto que trae de ese viaje esté erosionado, oxidado, desgastado, y carezca de su función originaria.

Pienso en esto cuando recupero un sueño recurrente de aquel periodo de 1978 o 1979, cuando el socio se marchó y luego mi madre se separó de mi padre unos meses. Desconozco su significado, pero alguno debe de tener, por lo que le escribo un correo electrónico a mi terapeuta, a la que acudo desde hace un año y medio.

Durante mucho tiempo, tuve presente este sueño que se repetía en la infancia, con siete u ocho años. Me venía como si se tratase de una advertencia. Pensé que quería decirme algo. Luego desistí. Nunca se fue, siguió almacenado en mis recuerdos, y regresaba de tanto en tanto. En el sueño casi siempre me veía a mí mismo en lo alto de las escaleras empinadas de la casa de mi abuela materna. Verme allí arriba me daba pavor. Me daba miedo bajarlas. Al rato aparecían mis padres, en la parte de abajo, a veces yo los llamaba, otras no; jamás me veían ni me escuchaban, estaban hablando hasta que empezaban a discutir, o a follar, o a reírse, aunque fuera lo que fuera lo que terminaran haciendo, siempre era algo estridente, fuerte, desagradable. En lo alto de las escaleras comenzaba a sudar y, agarrándome a la barandilla metálica negra que daba a la calle, empezaba a bajar con mucho tiento, poniendo un pie lentamente en el escalón, después el otro, aferrado a un pasamanos frío, que contrastaba con el calor que yo emanaba. Apenas iba más allá, me caía y rebotaba en los escalones, pero no llegaba hasta ellos, sino que me quedaba rebotando en las escaleras y luego caía al vacío, donde todo empezaba a difuminarse sin perder del todo los contornos que definían las cosas. Recuerdo que me levantaba tiritando, a veces sudoroso, incluso dolorido. No sé qué habrá de trampa de la memoria en ese sueño; solo constato que era muy físico, que lo sigue siendo al recordarlo, y que se quedó registrado.

Mi terapeuta me responde que me llamará su marido, también terapeuta, que es especialista en el tema, porque según me dice para interpretar los sueños hace falta hablar con la persona. Al ver el correo me arrepiento de haberlo enviado y le vuelvo a escribir que no se moleste, que no hace falta que me llame. De pronto siento que revelar ese sueño es desprenderme de mi piel, quedarme en carne viva. Desprotegido.

9

La infancia fue una prueba diaria de supervivencia. Jamás funcionamos como familia. De ahí que tuviese miedo a la paternidad. Todavía hoy lo tengo.

Crecer con unos referentes alcohólicos, drogadictos y maltratadores para los que los hijos eran un estorbo, provocó que normalizase la disfuncionalidad y la desconfianza, que ellos nos transmitieran un cúmulo de frustraciones que nosotros acabamos mamando como si fuera leche materna. Aquello nos atrofió emocionalmente.

Lo siento ahora así, los primeros días de 2017. Me comporto por oposición a como ellos lo hicieron, entonces sé que soy demasiado protector con mis hijas y que eso les puede hacer daño sin pretenderlo. Estoy seguro de que mis padres no se plantearon jamás nada de esto. A pesar de que de niño no me diese cuenta de estas situaciones, con los años sí lo hice.

He de decir que tampoco el conjunto de esas circunstancias les corresponde, era otra época, más permisiva y laxa. Las mujeres aún llevaban el peso de lo doméstico. Mi padre jamás cambió un pañal, no se responsabilizó de ninguna de las obligaciones que como padre le hubieran correspondido. Y mi madre solo parcialmente, ahí estuvo mi abuela materna para limpiarnos la caca, para lavarnos, para hacer las papillas y dárnoslas con paciencia. Y recuerdo que durante los primeros años, mi tía de Madrid me llevaba al parque (me ha enviado algunas fotos, y reconozco la tristeza en esas imágenes desvaídas en blanco y negro). Mi padre y mi madre tenían la preocupación de que el restaurante funcionara. Los hijos restaban tiempo. Ya estaban los demás para encargarse de nosotros. Y a medida que cumplíamos años no fue distinto, sino que fue a más. Evito juzgar, ya digo que una parte debe imputarse al contexto de aquel periodo de finales de los años setenta y comienzos de los ochenta, en que España se liberó a marchas forzadas, respiró de las décadas anteriores.

Supongo que al convertirme en padre me pregunto y veo las cosas de un modo diferente. Y este cambio afecta a la redacción del libro, a las propias emociones a la hora de rememorar mi pasado. Entonces, ¿les debo agradecer que me hicieran más fuerte aunque lastraran y mutilaran los afectos e inocularan ese miedo voraz que aún me consume?

No sé si empezó la madrugada en que me desperté en casa y descubrí que estábamos mi hermano y yo solos y que ya sería así siempre; no sé si fue la vez en que fui al dormitorio de mis padres, y mi padre me sacó de allí de un trompazo; no sé si se trató de cuando llegué a casa después del colegio y mis padres todavía dormían y no había nada de comer; no sé si fue la noche en la que salí a la calle y merodeé a mi antojo por la playa; no sé si fueron las incursiones de mi padre a nuestros cuartos, en plena noche, para pegarnos por habernos levantado de la cama al oír ruidos de la bronca... En ninguno de estos momentos había cumplido los diez años. Entre los siete y los nueve se activó una alerta en mí. Y no se trataba de que nos dejaran solos en casa, ni de que fuésemos al colegio sin la compañía de un adulto, ni que llegásemos después y que no estuviera la comida lista y en la nevera no hubiese apenas nada; ni siquiera que pudiéramos hacer lo que quisiéramos sin hora. Insisto en que era otra época, con unos usos sociales que hoy causarían cierto escándalo. Se trata de lo que sucedía dentro de casa, un terror que fue expandiéndose, unas vejaciones y abusos que mi padre fue perfeccionando a medida que crecíamos. La certeza de que yo era un despojo y de que todo lo que pasaba era por mi culpa. Las consecuencias se manifestaron en forma de autolesiones, empecé a hacerme daño, me provocaba heridas, porque era mejor morir, porque en la adolescencia y la primera juventud la vida carecía de valor.

10

Al final, quedé con el marido de mi terapeuta en una cafetería del centro de la ciudad. Apenas hay prolegómenos, ni falta que hace. Me dice que le relate el sueño. Empiezo a narrárselo y siento que lo que digo apenas tiene relevancia, que estoy haciendo perder el tiempo a alguien a quien precisamente no le sobra. Se lo hago saber. Me disculpo porque tal vez lo que acabo de decir no tenga ningún interés. Él ignora mis comentarios. Se muestra atento y concentrado. Me pide que se lo cuente en primera persona. Ese matiz me hace ver que lo que acabo de describir parece que no fuese conmigo, como si fuera un personaje, alguien que no quiero ser, del que me quiero alejar.

Vuelvo al sueño y me doy cuenta de que al hacerlo en primera persona aparecen objetos y detalles que no se mostraban en la narración en tercera. Lo que revela la importancia crucial del punto de vista.

El sueño y lo que sucede en él es el mismo y al mismo tiempo no lo es. Me embarga una emoción de angustia. Esa representación en la que caigo desde las escaleras empinadas del piso de mi abuela hablan de una persona muy estresada en su día a día, me dice el psicólogo. Cuando dormía en casa de mi abuela lo hacía más relajado, y la curva del sueño se pronunciaba, se hacía más abrupta. Es un mero acto fisiológico, me dice. Otros elementos que aparecen, o que he recordado cuando lo he contado en primera persona, son unas pegatinas de discoteca. La pegatina de Piper's la veo con total nitidez. Hay otra de un rostro que no distingo. Puede ser de Bossanova, de Tiffany's, de Number One, pero no consigo enfocarla en el recuerdo. Ambas están pegadas en la ventana de mi cuarto, en casa de mi abuela, y recuerdo que yo las puse allí. La pegatina de Piper's era un coche descapotable antiguo. Las letras negras sobre fondo amarillo resaltaban el nombre. Debajo, en diagonal, aparecía la palabra «Discoteca», y en la placa de la matrícula las palabras «Bang-Bang». Un coche que recordaba al del musical de Ken Hughes, que tantas veces vi en mi niñez, en el que un inventor convertía un viejo coche en uno que podía volar y al que llamó Chitty Chitty Bang Bang.

He recordado el día que me la dio mi padre y yo, emocionado, la pegué en el cristal de la ventana a la altura de la cama, desde donde la veía cuando me acostaba. La pegatina me lo recordaba. También otras cosas que se manifiestan en el sueño. Una estantería en la que colocaba coches y motos de juguete que me había comprado mi padre cuando me llevaba a una juguetería. Es curioso que no recuerde a mi hermano. Me extraña. Sin embargo, a veces, mi padre me llevaba solo a mí. Me veo en el asiento del copiloto de su Ford Fiesta de color gris, siempre sucio, con papeles en el suelo, polvo y ese permanente olor a tabaco negro. Yo quería estar cerca de él, por mucho que este hecho me apene.

El terapeuta asevera que el sueño tiene que ver claramente con mi padre. Me indica la oscuridad patente en el sueño, que siempre es adversa, es así en todas las culturas. Algo oscuro, sucio, asqueroso, remarca. El sueño está plagado de sombras, y prevalece el negro emborronando la imagen. También indica algo siniestro la sensación de caída. Viene a ser una interpretación universal, recalca, por si tuviese alguna duda. Después añade que en el sueño parecen coexistir el miedo y la tristeza. Que no hay tanta angustia ni negación, sino que como en las fases del duelo, que es una fase de aceptación, prevalece la tristeza, seguramente por darles un espacio en el libro, me dice. Asiento y le doy las gracias al despedirnos. De repente, sin avisar, como tantas veces, al verme solo, me viene aquella sonrisa sibilina de mi padre, que valdría para una película de terror, acompañada de tres sensaciones que me acompañaron en la infancia: la bola en la garganta presionándome, ahogándome, la parálisis/rigidez que se apoderaba de mi cuerpo, y la abrasión en los ojos.

11

Pese a que a mi hermano le disgusta traer de vuelta los malos recuerdos, me dice que recuerda perfectamente el momento en que entendió que las cosas no iban bien en casa de mis padres. Es algo a lo que he dado muchas vueltas y me tiene obsesionado. La primera vez que nos dimos cuenta de que la vida con ellos no haría sino empeorar hasta estropeárnosla. Que ese suceso era solo un exponente que progresaría hasta apoderarse de nosotros, hasta anegarnos en el whisky y la ginebra que bebían, y ocultarnos en el olor a Ducados y Fortuna que no dejaban de fumar, ese olor, que se fusionaba con el sexo y la violencia, los caracterizaba, los definía, aunque para mí solo era el olor de mis padres.

Estamos en el jardín de su casa, sentados en sillas de plástico blanco, un domingo soleado, después de comer, y le he vuelto a sacar el tema. Su hijo mayor de diez años está sentado al lado leyendo un cómic, pero lo deja y nos mira, atento a lo que decimos. Pienso que mi hermano ya no hablará delante de su hijo, pero está meditabundo, últimamente ha tenido problemas de salud, le cuesta tragar la comida, le han diagnosticado una enfermedad crónica rara llamada esofagitis eosinofílica. Ya antes tuvo procesos de ansiedad, de mareos, procesos en los que se quedaba sin aire y se mareaba. Mi hermano se lo guarda todo, lo esconde. He pensado que su organismo ya aguantó suficiente y no está preparado para soportar más mientras no expulse lo que guarda. Me cuesta mirarlo directamente, y a él también le sucede lo mismo, como si fuéramos a descubrir algún matiz, algún elemento que nos negara para siempre, pero escucho con atención cuando me dice que no hay un hilo común, solo flashes, imágenes, como si fuesen fantasmas o demonios que se le aparecen cuando menos se lo espera.

Y entonces empieza:

Papá me había llevado al fútbol a ver al Málaga, fue la primera y única vez. Llevaba mucho diciéndole que me llevara con él, que era socio. Al final, por no escucharme más lo hizo. Tenía seis o siete años, era justo antes del Mundial de 1982. Ese día mamá no había salido de su cuarto. Recuerdo que en la Rosaleda me compró lo que quise, y que él estuvo bebiendo cerveza y fumando. También que se cabreó porque había perdido el Málaga. Solía enfadarse cuando perdían el Málaga y el Madrid. Cuando llegamos a casa, mamá estaba en el salón, y vi que tenía un flemón hinchado. Le pregunté qué le había pasado y me respondió que le había picado un bicho, un abejorro, creo que me dijo. Pero incluso un niño podía saber que eso no era la picadura de un insecto. Esa fue la primera vez que tengo grabada, me acuerdo porque me impresionó mucho ver a mamá con la cara hinchada, los ojos tristes, abotargada, y me vino a la cabeza mucho después. Y también porque en casa se empezó a respirar de otra forma.

¿Y yo dónde estaba?, le pregunto. No lo recuerdo. No sé, tampoco a ti te gustaba el fútbol. Mi hermano mira el césped y después se levanta. Entonces, cuando su hijo y yo nos hemos quedado solos, me pregunta: Y eso, tito, ¿por qué lo hacía? Pero no tengo ninguna respuesta que ofrecerle.

Me siento mal porque mi sobrino haya oído nuestra conversación. Busco alguna frase que me rescate, pero no doy con ella. Solo me sale preguntarle si él lo conoció. Dice que sí, que lo vio unas pocas veces, aunque apenas se acuerda de nada. Y lo llama por su nombre, no abuelo. Fue simpático contigo, ¿verdad?, insisto. Sí, me dice, pero noto que su cabeza sigue procesando lo que ha oído.

12

Después de hablar con mi hermano me invade la necesidad de hacerlo con mi padre, aunque sea para decirle que es un hijo de puta, que nos jodió la vida, que mató a mi madre, que abusó de todos. Este impulso llega acompañado de miedo.

El miedo ha sustituido a mi sombra y se ha pegado a mis talones.

El miedo que tengo a los afectos, a recibir regalos, a encariñarme con las personas.

El miedo atroz a que me hagan daño, a que hieran a los que quiero.

El miedo irracional a las puertas abiertas cuando duermo.

Me recuerdo como un niño miedoso, débil, inseguro. Como si hubiera nacido así, agarrado a la esperanza de que de adulto ese miedo desaparecería de un modo gradual. Creía que los mayores jamás tenían miedo, que mi padre no lo tenía, con su verborrea, su seguridad, presumiendo de esto y aquello, paseando la desnudez por la casa, como si él mismo fuera una escultura expuesta en un museo.

Estos pensamientos me abaten porque sé que no me atreveré a ponerme ante él.

Siento vergüenza. Una similar a la que me invadía el primer día de colegio cuando el profesor nos pedía que nos presentáramos y nos preguntaba por la profesión de nuestros padres. Era una situación terrorífica para mí. Y lo fue hasta los doce o trece años; aún hoy recuerdo los nervios que me provocaba ese momento, el malestar en todo el cuerpo, y cómo este se impregnaba de sudor. Mientras los demás niños decían con normalidad, o incluso de forma risueña, que sus padres eran médicos, empresarios, ingenieros, camioneros, abogados, tenderos, pescaderos..., a mí me avergonzaba decir que el mío era cocinero, se me pegaba a la lengua esa palabra, la notaba pastosa, apenas me salía la voz, hasta me mareaba ligeramente, y ese día acababa agotado, dándole vueltas y vueltas a esa insignificante situación. No porque no fuese un oficio digno el de mi padre, por supuesto no tenía nada que ver con el prestigio actual de los chefs de moda, sino porque él vivía en y para el restaurante, allí encontraba lo que necesitaba, representó, hasta que se convirtió en un camello, su verdadero mundo, más que su mujer y sus hijos, porque a mi madre, con el tiempo también la desechó, sumisa hasta unos niveles que todavía hoy me cuesta comprender.

Cómo no me voy a acordar que más de una noche le pedí —le pedimos mi hermano y yo— que fuera más tarde al restaurante para que así nos pudiera acostar antes de volver al trabajo.

Pero nunca lo hizo.

Ese simple acto de acostar a un hijo y leerle un cuento mis padres no lo hicieron jamás. Por eso, cuando en una determinada etapa de mi vida, con más presión por el trabajo, he querido que mi hija se duerma pronto, pero no lo ha hecho y me he puesto de mal humor, me he dicho que qué sentido tiene que yo recrimine el comportamiento de mis padres, que me enfurezca por las ausencias, cuando yo mismo repito sus errores. Poco o nada importa que le esté escribiendo un cuento infantil. Ser padre significa oír el corazón de tus hijos.

13

Mi padre me transmitió la rabia.

Me infectó.

Me venían náuseas, vómitos, continuos cambios de ánimo. Era un animal herido que ignora cómo sobrevivió en aquella casa en una atmósfera saturada, una atmósfera que fue espesándose con los años hasta hacerse irrespirable.

Noto el espesor de aquella casa en mi organismo.

A pesar de que el recuerdo es intenso, me hubiera gustado conservar algunas fotografías de la casa. Comparar la memoria con la imagen nítida de una foto.

Llamo a Alejandro, un amigo de la infancia, y hablamos de otros conocidos, de gente que vive en el extranjero, de las bodas a las que hemos asistido recientemente, de nuestras hijas. Él ya conoce el proyecto del libro, y no tengo que demorarme en explicaciones. Su madre fue diputada del PSOE y montó el primer Instituto de la Mujer. Provenía de un entorno amable, aunque sus padres estuvieran separados. Su madre estaba volcada en él y en la hermana, y su padre, a su manera, también. Me cuenta que recuerda algunas cosas, y que alguna frase que oyó de mi padre se le quedó grabada.

Le pido que me cuente cómo percibía mi casa y me diga las impresiones que tuvo aquellos años.

Tu casa era un desastre completo. Era una casa grande con dos zonas diferenciadas, la mitad la marcaba la cocina, en la parte de la derecha estaban vuestros cuartos, una habitación justo en la entrada que era como un trastero, y un baño, y en la de la izquierda estaba la zona de tus padres, con el salón, la terraza, su cuarto y otro baño, que daba miedo, no sabías nunca lo que te ibas a encontrar, y ambas zonas eran muy distintas, remarca.

A qué te refieres, le pregunto.

Bueno yo estuve en la parte de tus padres solo un par de veces, pero, como para olvidarlo, aquel espacio me impactó, sobre todo su dormitorio, parecía una pocilga, daba asco, el olor rancio, había colillas en ceniceros y en el suelo, blísteres de medicamentos de todo tipo, ropa tirada, papeles de periódico, botellas de bebidas alcohólicas, botellas de agua con orina al pie de la cama, y me acuerdo de que tu hermano me preguntó con la mayor normalidad: ¿Quieres ver a mi madre comiéndole la polla a mi padre?, y me enseñó varias polaroids en las que tu madre le hacía una felación a tu padre, pero también había otras fotos en las que se veían a otras personas con tu madre.

Le digo que recuerdo la polaroid, durante un tiempo a mi padre le dio por sacar instantáneas de todo, incluso tengo algunas junto a mi hermano. Sin embargo, evito comentar las ocasiones en que todo se le iba de las manos, como aquella vez que llegó pasadísimo y meó encima de nosotros mientras dormíamos; o la vez que me tiró un trozo de mierda y me obligó a revolcarme sobre ella. ¿De dónde salió? ¿Qué ocurrió? La opacidad de los recuerdos tal vez solo sea un salvavidas. Uno al que todavía, aún hoy, me agarro para creer que tengo un valor que solo es un disfraz.

Carlota, mi primera novia, con la que estuve entre finales de los ochenta y la primera mitad de los noventa, en aquella adolescencia sin descanso, me dice que nunca entró en la parte de mis padres, tampoco en la cocina. Como el piso tenía dos entradas, entrábamos por la que daba al cuarto de tu hermano y al tuyo. Nos metíamos en tu habitación y ya no salíamos, me comenta. Le pregunto si alguna vez tuvo miedo. Me dice que no, que a mis padres apenas los vio, y que yo nunca hablaba de ellos. Era como si vivieses solo, tus padres salían todas las noches y solo cuando escuchabas el ascensor o algún ruido en las escaleras te ponías alerta, y si eran ellos comentabas que a ver cómo venían, y si tenías una leve duda de su estado, nos íbamos y me acompañabas a mi casa. A diferencia de otras parejas, nosotros teníamos un sitio para estar juntos, un sitio de libertad. Tú eras libre, hacías lo que querías, me dice, y en esa época con las hormonas revueltas, imagínate, yo lo vivía como una aventura o un juego. Y tengo buenos recuerdos. Es otra visión, sin duda, porque yo no me detenía a pensar durante aquellos años. Entonces le menciono los boquetes de la puerta de mi dormitorio, el candado, el pestillo y la cadena que había colocado, el baño sin puerta, y me dice que sí, que claro que lo veía, pero que ella estaba acostumbrada o era inconsciente y que si pasaba algo yo le decía que se fuese o nos íbamos los dos, no recuerda tener miedo ni que yo lo viviese como un trauma ni nada por el estilo, que de hecho cree que lo vivía con la mayor normalidad. Aunque también recuerda que durante algunos periodos yo estaba triste porque no tenía a donde ir, y me pasaba la noche en la calle, dando vueltas o en la playa hasta que sabía que mis padres ya se habían dormido.

De aquel tiempo, ¿sabes lo que más me gustaba?, me pregunta. Qué, le digo. Que te di las llaves de mi casa y tú te colabas en ella en plena madrugada, llegabas hasta mi cuarto, me despertabas y, con mucho sigilo, nos íbamos al salón y nos quedábamos allí hasta que amanecía, justo antes de que mis padres se levantaran. Aquello era muy emocionante para mí, lo que te he dicho, lo vivía como un juego. Le comento que lo había olvidado. Me sorprende que con lo miedoso que yo era me metiese en su casa, pero sí que consigo destilar el sosiego que sentí en aquella estancia tan diferente a la mía, incluso con la amenaza de que sus padres nos descubrieran. Mis padres nunca nos pillaron, dice Carlota, y luego, tras unos minutos en los que rememoramos aquellas madrugadas en su casa, sin dormir, me aclara que, si lo piensa hoy, igual yo no estaba bien: Pero éramos jóvenes y nos divertíamos y tú fuiste mi primera vez. ¿Recuerdas la sábana manchada de sangre y lo que liamos? Y ¿cómo después tu abuela la descubrió y la metió en la lavadora?, me dice. Esto me lleva al incidente de las Acacias que tanto daño provocó a mis padres y a las familias. Y hace que me pregunte qué pensó mi abuela, y si también se lo recordó esa sábana con manchas de sangre, pese a que no dijo una palabra.

Mi primera novia me dice que yo me arropaba en mi abuela, que con mis padres no podía contar, que me rompían los cómics y los libros, me robaban cosas. Quiero saber si ella se daba cuenta de que mis padres eran unos borrachos y unos drogadictos. Me dice: Con tu padre apenas crucé un par de saludos, tú estabas ahí para evitarlo, con tu madre sí hablé un poco. Me acuerdo de que se tocaba mucho el pelo, todo el tiempo, y claro que notaba que bebía o que en ocasiones iba borracha, más descuidada, como ida, y que según el día estaba reventada. Pero ellos no significaban demasiado para ti, al menos eso pensaba en aquel tiempo. Sí recuerdo que te enfadabas mucho con tu abuela por ir a tu casa a limpiar, le decías con todo lo que te han hecho, que casi pierdes la casa, por qué tienes que venir a quitarle la mierda, que se mueran, deberían morirse ya.

Es verdad que había veces en las que te veía desamparado, como una noche que estabas asustado porque tenías un ganglio hinchado y nos acercamos en la Vespino a las Urgencias del centro de salud del Palo y el que estaba de guardia no nos atendió, nos soltó que lo que teníamos que hacer era volver a casa. Aquello te puso muy triste, te abatiste un montón, dijiste que esa era tu vida, yo no lo entendí ni te hice caso, porque siempre te buscabas las habichuelas. Con el tiempo me he acordado de esta anécdota y he comprendido el abandono que sentías en aquellos años, te refugiabas en mi casa incluso después de que ya no fuéramos novios, y le cantabas los temas de las asignaturas a mi madre, aunque yo no estuviera allí. Le confieso que conservo esos momentos; eran como un reposo, una tregua, un alivio, sabía que en su casa estaba a salvo.

Carlota y yo seguimos hablando y es como si aquellas vivencias de hace treinta años las proyectara un viejo reproductor de Super 8 delante de nosotros. Las imágenes son difusas, los colores están desvaídos, el sonido es deficiente, el motor del reproductor traquetea, pero resiste una vez que ha vuelto a ponerse en funcionamiento.

Mi primera novia me dice que en alguna ocasión, cuando mis padres dormían, yo cogí las llaves del restaurante y nos colamos allí para pillar algo de comida. Que las veces que fuimos allí me ponía algo tenso. En el restaurante fue la primera vez que vi cocaína, y tú me dijiste: Deja eso, y te enfureciste, me comenta, y que desde ese día empecé a estar más crispado, recalca. Y también recuerda que lo que más le molestaba era cuando estábamos con otra pareja, y yo de repente y sin explicaciones me iba, y la dejaba sola con la pareja, y desaparecía, sin dar señales durante días, que al principio ella iba a buscarme, hasta que poco a poco comprendió que no era una buena idea.

En ese comportamiento reconozco a mi padre. Ese pánico a no ser distinto a él. Una cicatriz de la infancia que deja una marca imborrable.

Cuando hablé con mi amigo Alejandro, me dijo que el niño no piensa, que actúa por imitación o rechazo a lo que ve, y que en el caso de mi hermano y el mío nosotros rechazamos de forma natural el torbellino de mis padres y que tomamos el lado derecho de la casa, no el izquierdo, cuando lo normal hubiese sido hacer lo que hacían mis padres.

Alejandro me dice: Como todos los maltratadores, tu padre era un gran relaciones públicas, agradable, simpático, se fortalecía con las debilidades de los demás, sabía venderse. Cuando lo pillabas de buenas, transmitía un discurso que te creías y te imaginabas que era un tío de puta madre, tenía conversación, presencia, y yo llegué a pensar, y estoy convencido de que otros también lo pensaron, que tú eras un desagradecido, porque en contraste, tu padre y tu hermano, al menos en apariencia, conservaban una relación cómplice. Me acuerdo de una vez que estaba en el salón de tu casa estudiando con tu hermano para un examen de historia y llegó tu padre con su espléndida sonrisa y se puso a hablar con nosotros, a preguntarnos los temas, a contarnos cosas y a interesarse por las nuestras y, entonces, le soltó a tu hermano: Yo no me voy a equivocar contigo como me he equivocado con tu hermano. Eso se me quedó grabado y, en aquel momento, pensé que tenía razón, pero al día siguiente, estudiábamos en el mismo sitio y tu padre irrumpió allí gritando y tirando cosas y nos tuvimos que ir a toda hostia. Esas eran las dos caras de tu padre. Así era él. Hoy te puedo entender, en aquella época, incluso conociendo cómo era, a mí me chocaba tu actitud hacia él, que os cruzarais por el paseo marítimo y ni siquiera os miraseis, eso no lo entendía, lo fui haciendo quizá con el tiempo.

Escucho lo que me dice, sin interrumpirle. Desde el 95, tras lo del baño, no le dirigí la palabra. Aquello me desgarró.

En aquella época no juzgaba a tu madre y he intentado no hacerlo nunca. Pero visto con la mentalidad de hoy, me choca su conducta. Yo me daba cuenta de que tu madre era una mujer sumisa, pese a que ahora mismo me cuesta entender que atacaran a sus hijos y que ella no hiciera nada, es más, a veces os echaba al perro, me dice.

Le pregunto si recuerda algo más que le llamase la atención o que no considerase normal.

Me impactó una vez que estábamos de marcha en la discoteca Donde, y tu madre, que estaba muy borracha, le metió caña a muerte a Víctor. No sé si le metió mano en el paquete, le puedes preguntar a él. Y también recuerdo una noche que dejamos las tablas y los bártulos en tu casa, para ir a surfear al Palmar al día siguiente, y llegó tu padre hasta arriba y se puso a pisotear las tablas de surf... Fue una movida, salimos todos de allí por patas, no sé si te acuerdas.

Claro que sí, le digo. De esas y de otras tantas en las que las tablas éramos mi hermano y yo.

14

Llevo días dándole vueltas a cómo continuar esta historia y no me quito de la cabeza la frase de mi bisabuela sobre la infelicidad de mis padres cuando todavía eran novios.

Me siento asfixiado.

Como si de algún modo las sensaciones de aquellos años hubiesen regresado y me estuvieran invadiendo.

Como si la narración tuviese vida propia, como si fuese Alicia persiguiendo al Conejo Blanco y estuviera cayendo por una gran madriguera. Un túnel que cegó la alegría que pudiera haber en aquella casa. La felicidad se me va como arena entre los dedos.

Seguía preguntándome si era necesario ponerme en el lugar de mi padre para entenderle. Él no quiso salvarse, nos arrastraba hacia el fango, porque en el fondo estaba solo y quería tener compañía, un entretenimiento que le hiciera sentirse poderoso.

El dolor sustituía al miedo.

Además de sus golpes, a veces, me autolesionaba. Era la única manera que conocía de salir del miedo, la niebla, el ansia que me anegaba.

El miedo desaparecía solo fugazmente, pero a mí me bastaba.

Quería sentir dolor, quería aguantarlo, estar preparado,

quería que cuando mi padre me pegara no me doliese y me pudiera reír. Quería vencerlo. Con doce años empecé a abrasar los nudillos contra cualquier superficie hasta que me salía sangre y luego golpeaba con los puños la pared, también me daba cabezazos, me cortaba los muslos con un cuchillo, todo para estar preparado, aunque cuando la noche llegaba y estaba frente a él, a pesar de huir me atrapaba el miedo.

Llevaba una semana transitando las zonas de mi infancia y juventud a distintas horas del día y la noche. En mi cabeza conjeturaba que fueran a revelarme algo que aún desconocía, algún detalle escondido, pero lo que traían de vuelta estos paseos era el agobio y el desconsuelo de los vagabundeos de mi niñez. Mi hermano y yo descubrimos demasiado pronto que nuestra vida no era en absoluto estable, que uno podía estar dormido en la cama, caliente bajo las mantas, y al instante tu padre te echaba de casa y te veías en la calle aterido de frío, refugiándote de la vergüenza en cualquier sitio.

El nuestro era un hogar sin alegría.

15

En el periodo en el que no escribo busco a amigos de la época de mi padre para sentir que el libro no se detiene por completo. Apenas obtuve resultados y casi siempre vino el azar a encontrarme. Una tarde, al recoger a mis hijas del colegio, me topé con la prima de la mujer de Jacinto, uno de los amigos de mi padre. A la prima, la conocía de la juventud en que las noches de fiesta no parecían tener fin. Ella me facilitó el teléfono de Jacinto.

Al llamarlo me reconoció, o, tal vez, ya estaba advertido. Le conté brevemente el proyecto del libro. Estuvimos varias semanas tratando de quedar. Por fin, una mañana de sábado decidimos vernos. Se presentó con sus hijos. Yo hubiera preferido que nos encontráramos en otro momento en el que él estuviera solo, pero había notado que, pese a su amabilidad, cada vez que le proponía quedar, buscaba una excusa que le impedía fijar la cita.

El sol pegaba con fuerza y empecé a sudar. Me presentó a sus hijos de cuatro y siete años, y empezamos a intercambiar impresiones sobre la paternidad. Apreciaba a Jacinto, no era el típico amigo de mi padre, siempre había estado más centrado y además era más joven, solo tenía ocho años más que yo.

Saco la libreta y el boli. Jacinto me dice que desde que lo

llamé ha estado dándole vueltas a qué me iba a contar, y si era la persona indicada para hacerlo. Percibo cierta reserva. No es nueva, la he visto en mi hermano y en otras personas. Le digo que estuvo una época bastante cerca de mi padre. Asiente y sonríe casi incrédulo. Empieza a hablar, aunque de tanto en tanto se interrumpe para atender a sus hijos mientras desayunan.

Cuando habla la contradicción se apodera de sus palabras y sus gestos, también la añoranza. Yo a tu padre lo tenía como un mito. Mi cara se contrae contra mi voluntad, y Jacinto intenta explicarse. Sí, un ídolo, por sus locuras y porque era un cocinero de la hostia, con un gran prestigio. Ten en cuenta que él era diez años mayor que yo, y cuando oía hablar de él, flipaba con las cosas que se contaban, hasta que las viví en primera persona. Te cuento una anécdota que representa a tu padre. Me pregunta si recuerdo el chiringuito que mi padre tuvo en la playa, ese que tenía dos plantas. Le digo que claro. Me dice que un fin de semana el restaurante estaba hasta la bola y mis padres estaban de fiesta desde el día anterior en la planta de arriba, que habían cerrado para seguir con el colocón. En el comedor de abajo los clientes protestaban por el retraso. Había una mesa especialmente cojonera que se quejaba del arroz, y tu padre, que subía y bajaba, entre la farra y el servicio del comedor, cogió la paellera en la que se hacía el arroz y delante de la mesa les dijo: ¿Qué queréis?, ¿qué queréis?, ¿arroz?, ¿queréis arroz?, alzó la paellera por encima de su cabeza y se lo tiró encima. Pues toma arroz, gritó. Esto lo hace gente loca o que está puesta hasta el culo, y tu padre, te aseguro, no estaba loco. Para nosotros aquello era muy gracioso, para la familia lo sería menos. Pero tu padre era la hostia en todos los sentidos, capaz de cualquier cosa para bien y para mal. Nosotros en aquella época alucinábamos y lo vitoreábamos constantemente por cosas como esas y por los cojones —lo dice muy bajito y mirando a sus hijos con el rabillo del ojo— que le echaba a todo. Sobre todo, era destructivo para sí mismo. Entraba en una espiral en la que nadie podía detenerlo. Y el prestigio que tenía lo fue dilapidando poco a poco, me dice.

Mi mente se me va. Pienso que mi padre era, como siempre he creído, el payaso del circo, el que quiere destacar para que le alaben y le rían la gracia. Mientras los demás gozaban con sus ocurrencias y sus actos, descerebrados, desmedidos, a la familia la hacía polvo, la erosionaba, le arrancaba la carne para dejarla en el tuétano.

¿En qué momento crees que empezó?, pregunto.

Cuando empieza a juntarse con la gente de la discoteca Wizz. Entra en una espiral de lujuria y drogas. Viví ese periodo de vicio sin fin. Ya te digo que la diversión era constante. No sé cómo aguantaba con los festivales que se metía, sobre todo después de que le diese un ataque al corazón, él seguía y seguía, y cuando los restaurantes fueron mal empezó a traficar. Era rápido, habilidoso y tramposo para todo, y sabía ganarse a la gente, llevársela a su terreno.

Sabes que cuando perdió los restaurantes lo llevé al mío, en el Candado, y trabajó conmigo un par de años después de estar en la cárcel. No espera a que le responda, continúa. Yo iba a comprar con él. Uno de esos días tu padre compró solomillos y patas de pollo, y metió los solomillos en la bolsa del pollo para pagar el solomillo como pollo, que era más barato. Esa rapidez seguro que la usaba cuando trapicheaba. Era capaz de lo mejor y de lo peor. A veces quería matarlo. Se llegó a quedar dormido en el restaurante porque llevaba tres días de fiesta. Yo era incapaz de no dar un servicio en mi restaurante, mi prioridad era tener contenta a la clientela, y tu padre, cuando yo lo conocí, también era así. Luego cambió. Yo quería mucho a tu padre, y la gente también, mucho, de verdad. Cuando lo encerraron y lo trasladaron a Almería hicimos una colecta para comprarle una televisión y ropa, que el tío vendió al salir. Así era él. También era generoso y lo que tenía lo ofrecía.

Se nota que dice estas palabras con cariño. Son solo palabras, entonces ¿por qué me generan malestar? Jacinto debe de reparar en mi reacción. Llego a pensar si todavía lo tiene idealizado, o es la época la que tiene entronizada.

Sus hijos le piden un vaso de agua, y él se levanta para traérselo. Al regresar me vuelve a decir que era muy divertido para los que estábamos fuera de la familia, pero para los que estabais dentro no lo sería tanto. Recuerda el piso destartalado, lleno de mierda, y que en varias ocasiones estuvo en el dormitorio de mis padres y que era un lugar deprimente.

Era un desastre como pareja. Todas las noches de un bar a otro, y si no terminábamos en su restaurante, que siempre estaba abierto para seguir de farra. Me violentaba la falta de respeto que se tenían tus padres. Eso de insultarse. Una noche llegamos al restaurante y tu madre estaba allí con alguien y tu padre empezó a gritarle: Guarra, que eres una guarra; y tu madre le devolvía los insultos también a gritos. Sin embargo, cuando pasaba un rato, seguían con la mayor normalidad. A su manera, creo que se querían, aunque su relación fue un calvario. Tu padre era un personaje irrepetible, pero se dejó ir por la cocaína y el alcohol. No sé si se metió caballo. La última vez que lo vi fue en el bar del Rubio, en el Cerrado de Calderón, y me sorprendió. Acostumbrado a ver a una persona colocada me llamó la atención encontrarme con una persona cabal, que su vida no girara en torno al vicio. Me dijo que se había apartado de ese mundo.

Asiento, pero sé que no fue más que otra mentira de mi padre.

16

El 10 de febrero de 2017 me encontré a mi padre en el supermercado que había cerca de su casa.

En esos días, yo seguía recorriendo las zonas de mi infancia como si fuesen a revelarme algún secreto que diera sentido a mi pasado.

Caminé por el paseo marítimo y por las calles de mi juventud; me senté en los bancos de la plaza del ancla en los que solía gastar el tiempo con mis amigos; visité los bares y los establecimientos que todavía permanecían de aquella época. Después de comer, me acoplaba en el espigón o en la playa de mi niñez con una libreta con la intención de registrar lo que viniese, aunque nunca anoté ni una palabra.

Durante muchos años me afané en distanciarme de mis padres y de esos sitios. Sin embargo, llevaba un tiempo en que lo único que hacía era explorarlos. Aún hoy, después de superar los cuarenta, siento que mi vida llega con retraso, en inferioridad, a un lugar que tal vez no exista más allá de la narración que transferimos a la vida.

Aprendí a distinguir los sonidos de la noche para defenderme. Escuchaba el traqueteo del ascensor y la forma en que mis padres abrían la puerta de la casa para saber el estado en el que llegaban. Eso no me hacía sentirme más seguro ni protegido, me hacía sentirme un inadaptado.

Alguien débil.

Fuera de lugar. Que se quedaba sentado en la oscuridad de su cuarto y en la calle a la espera de que se amortiguara toda la violencia que mis padres generaban.

¿Cuántas noches salí corriendo de la cama caliente a la fría noche para vagar sin rumbo?

De chico no me los quitaba de la cabeza y parece que de mayor tampoco podré.

Al toparme con él en los pasillos del supermercado, ese 10 de febrero, me atrapó el miedo que había creído controlar durante estos últimos años.

Lo pensé en aquel momento y lo pienso mientras escribo, quizá fui yo quien lo convocó allí.

Llevaba pensando en él toda esa semana. Pasaba por su casa y por los alrededores. Alguna vez volvía a imaginar que llamaba al telefonillo para hablar con él después de la ignominia de lo del baño.

Cuando lo vi, de espaldas, miré el móvil, las tres y media. Me quedé quieto unos segundos. Los músculos se me agarrotaron y me entraron ganas de vomitar.

Los sentimientos se me agolparon en ese supermercado vacío a aquella hora. Todo parecía ir lento, y, a la vez, dentro de mi cuerpo notaba que las sensaciones centrifugaban. Mi padre empujaba un carrito de mano por los pasillos. Me oculté para que no me viera. Estaba acojonado. Verlo me empequeñecía. Me dolía todo el cuerpo. El estómago se me encogió; apretado con fuerza, como si los intestinos y las vísceras pudieran perforar la carne. Fueron solo minutos. Notaba el sudor a pesar del aire acondicionado, y de inmediato me llegó toda la angustia que me provocaba en la infancia. Me fui para la caja porque no quería que me viese. En la caja no había nadie, la cajera colocaba productos en las estanterías. La miré con urgencia, no hizo falta decir nada, la mujer se acercó para cobrarme. Entonces vi que mi padre también venía hacia donde yo estaba. Me puse de espaldas. Noté un temblor en el cuerpo. La fuerza se me iba de las manos. Creo que no me vio, aunque no puedo asegurarlo. Y si me vio no hizo nada que indicase lo contrario.

Pagué y me fui.

Al salir a la calle me abofeteó el bochorno, a pesar de que era febrero, uno parecido al terral, un calor que me secó la piel. Seguía siendo un fantasioso, alguien que representaba realidades en su mente alejado de lo real. No estaba preparado para enfrentarme a mi padre y creo que nunca conseguiría reunir suficiente valor para hablar con él. Todo lo que había pensado e imaginado era mentira.

Quizá yo mismo fuese otra mentira.

Esa persona incompleta que no había encontrado lo que le faltaba.

Pensé que el viento de terral podría secar la sangre derramada. El viento arrastraba la suciedad del suelo con la facilidad que movía los recuerdos.

Decidí regresar a casa a pie, y me imaginé que el viento de terral que se pegaba a mis extremidades formaba un muñeco de arena cadavérico que adquirió el rostro de mi padre. Aquel rostro pasado de drogas, alcohol y frustración me estrujaba la cabeza.

Me picaba la piel y los ojos. Me dolía el estómago, aún encogido, y me mareé cuando vi que la boca de mi padre me volvía a devorar, que sus manos de morcillas aplastadas me golpeaban con potencia, que al gritar escupía estalactitas que se me clavaban dentro, muy dentro.

Volví a sentirme un niño desprotegido, no un adulto. Y la sensación de indefensión fue todavía más dura porque yo era padre y se suponía que debía proteger a mis hijas; y, sin embargo, ni siquiera había conseguido enfrentarme al mío, ajustar cuentas con la memoria.

17

Después de ese encuentro volvió todo.

La cabeza me abrasaba mientras caminaba hacia mi casa.

Pensé que durante la mayor parte de mi existencia me había afanado en escapar de aquella casa y de aquellas personas y que con la redacción de este libro, paradójicamente, regresaba a ellos.

¿Me esforzaba por estar a su lado de algún modo? ¿Quería sentir, aunque fuese de una forma fugaz, la protección y ternura de un padre?

Mientras andaba por el paseo, el bochorno tiraba de mí para arrastrarme, para aplastarme, para estigmatizarme con la culpa. Me sentía culpable. Me seguía sintiendo perseguido.

El pasado es un cazador experimentado y furtivo, siempre al acecho, siempre dispuesto a herir, que disfruta del desangramiento. Cronos se comía a sus hijos porque temía que lo destronaran. Mi padre nos mantenía heridos, había extendido sobre mi hermano y sobre mí sombras que nos rascaban la carne y el alma.

Al entrar en mi casa, todos dormían. Aquel silencio detuvo las sombras y me tranquilizó.

18

Había comprobado cómo la presencia de mi padre continuaba apretando mi estómago y me llevaba al mismo terror de la infancia.

No sé desde qué edad se adhirieron a mi vocabulario palabras como «puta», «zorra», «te voy a matar», «no sirves para nada»... aunque debió de ser pronto. Con seis o siete años, ya era consciente de las broncas de mis padres, y soy capaz de vernos a mi hermano y a mí acercándonos al foco de los gritos para comprobar qué pasaba, como si en realidad no fuesen ellos, como si los gritos y los golpes provinieran de otras personas. De alguna manera todo aquello afloró en mí. Reconozco que hay una ira en mi interior que me frustra cada vez que pierdo la paciencia y regaño a mis hijas con una palabra fuera de lugar, y acto seguido me abofetea la culpa y me arrepiento de ese instante que me condena y que me refleja en mi padre, un cortacésped dentro que no deja de hacer ruido. De nada sirve estar junto a mis hijas, ni escribirles un cuento infantil si los resortes del pasado se manifiestan así. Solo espero que en un futuro ellas puedan hablar y reír conmigo de cualquier tema, que nos unan más cosas de las que nos separen, que cuando dejen atrás la supuesta rebeldía adolescente nos volvamos a abrazar.

Me pregunto en qué momento dejé de luchar por estar

cerca de mi padre. Porque a pesar de las palizas, de los gritos y de su ausencia, yo, de pequeño, mendigaba pasar tiempo a su lado. Le pedía que fuéramos juntos a bucear, como iba con uno de sus amigos. Recuerdo con cariño las gafas azules de bucear, el tubo, las aletas, la malla roja que llenaba de mejillones y cañaíllas, el arpón con el que alguna vez cacé un pulpo. En el mar, debajo del agua, me sentía vivo y limpio. Allí abajo el silencio y los sonidos y mi cuerpo volvían a ser míos. Añoraba que mi padre me llevara en un barco lejos para bucear los dos, como me solía decir. Él prometía cosas, pero las olvidaba al instante.

19

De niño no me quitaba de la cabeza la terrible mala suerte que había tenido con mi familia. Mis amigos tenían una visión diferente. Nos consideraban afortunados, envidiaban la libertad de la que gozábamos mi hermano y yo. Incluso, cuando en la adolescencia conocieron de primera mano la verdadera cara de mi familia, seguían manteniendo esa absurda idea de que mi hermano y yo teníamos más autonomía que cualquier muchacho de nuestra edad, una idea equivocada, que en realidad enmascaraba la fragilidad de nuestro día a día, éramos pompas de jabón a la deriva.

El problema era la incapacidad que aún demostraba para borrar esas ideas y sensaciones que persistían como una enfermedad crónica, degenerativa, que señalaba un resentimiento hondo, una forma de canibalismo emocional que dudo que termine incluso cuando mi padre muera.

En comparación con mi hermano, que es y fue un niño más lanzado, sin miedo a encarar cualquier situación, mi padre debía de verme como un ser débil, que lo enfrentaba con lo que él más odiaba, consideraba un defecto mi prudencia y le avergonzaba delante de sus amigos, siempre ingeniosos y ocurrentes por los efectos del alcohol y las drogas.

Una de las imágenes recurrentes de aquella época es la de mi padre desnudo por la casa agarrándose la polla. Mi padre exhibiéndola a cualquiera que pasara por allí. Daba igual quién fuera. Era su cetro de poder. Solía agarrársela como hacen los niños pequeños cuando les quitan el pañal. Esto es lo único que importa, gritaba, enseñándome su polla morcillona como si fuera un mapa que ocultara tesoros. Como si con ella hipnotizara a la gente. A mí aquello me empequeñecía. Me transformaba en un duende. Dejaba de ser yo. Dejaba de existir.

Si él abría cuando llamaban al timbre de casa, solía hacerlo en pelotas. Aquello me violentaba. Especialmente por lo que pudieran pensar mis amigos. De niño vivía con estos sobresaltos y alerta a sus llegadas, a sus golpes, a sus manos, a su polla.

20

Desde que Alejandro me dijo hace días que no entendía el comportamiento de mi madre, cómo ella nos echaba al perro de presa que fue mi padre, no dejo de pensar en ello, buscando acaso momentos de luz que me demuestren que mi amigo se equivoca.

Escarbo como otro perro, uno vagabundo, callejero, no para enterrar un hueso, sino para rastrear un recuerdo de cómo esa mujer limitara o calmara de alguna forma los miedos que me acosaban en la niñez. Ansiedades que todavía hoy me lisian. Miedos que temo reflejar en mis hijas.

Ni siquiera hablo de amor, ni de dulzura, ni de simpatía, solo hablo de hallar recuerdos en los que esa mujer de la que nací me apoyara cuando me rompía por dentro, cuando a mi padre le daba por penetrarnos hasta joder nuestro ser. Aquel miedo que germinó poderoso y abyecto cuando era niño.

Lo único que acude a mi encuentro es su voz dura, que me tiraba paladas de arena. Aquellos granos se metían entre los tendones, las articulaciones y los huesos, deteriorando mi movilidad integral. Una voz que se endureció con los años.

A medida que crecía no me pareció una mujer capaz de hacer frente a las dificultades. Entonces, ahora lo veo claro, algo se quebró dentro de mí. En aquella época no fui consciente, solo lo soy con la redacción de estas páginas, después de la conversación con mi amigo.

Mi madre demostró su incapacidad cuando encarcelaron a mi padre. A mí me pareció una posible liberación, la oportunidad para dejar atrás las miserias y comenzar de nuevo, con todo lo que esto tiene de ficción barata; mi madre, en cambio, se empecinó en conseguir la libertad de él cuanto antes, y cargó contra mí, me echó en cara que quisiera dejarlo pudrirse en prisión, y dijo que antes nos dejaría en la calle a nosotros, y que yo era una rata por desearle eso a mi propio padre. Su marido estaba por encima de sus hijos y de ella misma.

21

Fue un periodo extraño. Hasta ese momento mi hermano y yo jamás vivíamos en calma, sabíamos que cualquier situación, por nimia que fuese, podía hacer estallar el conflicto. Aprendí a sobrevivir en ese estado de alerta, algo de lo que no he logrado desprenderme todavía hoy, a punto de llegar a los cuarenta y cinco. Me reconozco desconfiado en situaciones que para la mayoría no lo son. Caigo, desciendo a aquel periodo como si el maltrato de aquella época pudiera regresar inesperadamente, sin avisar, un huracán que se llevase todo lo que he construido a lo largo de los años. Es una tensión que extiendo a mi familia. Lacerante. Una rendija que mantiene atrapada la lava de los fantasmas que quieren salir al exterior para quemar y sentirse poderosos. Haber visto por azar a mi padre en el supermercado ha avivado esta sensación y ha ensanchado la grieta en la que burbujea aquello que fui, que soy, y que deseo mantener oculto, apresado. Y, sin embargo, me siento incapaz de cerrarla, pues a través de esa hendidura contacto de una forma más física con lo que experimenté. La mezcla mohosa que desprendía el piso, una combinación a casa cerrada, madera estropeada, suciedad, *Rioja* (que era nuestro caniche), tabaco, alcohol y sexo trasnochado; una amalgama que venía a ser un ente más que podía sentir. Aquel piso nunca olió a fresco ni a limpio, al contrario, destilaba un aroma viciado, corrompido.

Recuerdo la tensión diaria de subir las escaleras de mi casa, un campo de minas dispuestas a explotar cuando a mi padre le viniese en gana.

Subo a mi casa con Gonzalo, un amigo de Getafe que cada año veranea en Málaga. Ascendemos por las escaleras despacio porque mis padres llevan varios días de farra, borrachos, metiéndose de todo, y no sé si están o no dormidos. Queremos coger las tablas de surf por si entran olas. El reloj marca las tres de la tarde. No sé la razón de mi turbación, como si fuera Peter Parker y detectara el peligro que se avecina. Hemos llegado a la puerta del piso. El descansillo está oscuro. Voy a meter la llave en la cerradura cuando, oculto en un lateral de pasillo, sale mi padre, que está agazapado, los ojos desorbitados, la boca roja de un demonio, la ropa arrugada, desprende un olor a alquitrán, sonríe con asco, y esa sonrisa torcida me aplasta como si fuese una cucaracha que ha salido a la superficie y, entonces, sin tener tiempo de reacción, me engancha de los pelos y me estampa contra la puerta. Gonzalo sale por patas, grita joder, grita que corra, pero mi padre me tiene agarrado de la melena y me vuelve a golpear, empieza a sangrarme el labio, despotrica contra mi madre, contra mí, contra mi hermano. Tengo catorce años, las llaves se han quedado colgando de la cerradura, intento cogerlas sin suerte. Desde las escaleras, Gonzalo vuelve a gritar que corra, soy incapaz, noto dolor cuando mi padre me arranca pelos de la cabeza, mi madre le insulta desde el otro lado y también golpea la puerta, lo llama maricón repetidas veces, y eso lo enciende aún más, vocifera que abra la puerta, me retuerce todavía más la melena y me apremia a abrir. Es como si hubiera perdido la voluntad, la fuerza, como si fuese un muñeco sin vida en manos de un niño enfadado que lo golpea para calmarse. Me dice inútil, me aparta e intenta abrir él. Entonces trato de zafarme pero vuelve a cogerme, el labio no deja de sangrar, mi amigo Gonzalo sigue en las escaleras berreando que me vaya de una puta vez, que qué estoy haciendo, chilla con una voz sísmica. Me ha contado este episodio muchas veces, por eso lo recuerdo. Más dolorosa que los palos y las heridas es la derrota que me invade cuando pienso en todo aquello, la inferioridad, la amargura posterior que día a día aumentaba.

Estos días he llamado a Gonzalo para explicarle mi proyecto del libro, y me dice: Para mí lo vuestro no era una tragedia, sino algo normalizado. No se hablaba de ello. Nadie decía nada. No se magnificó ni se llevó al extremo de la pena. Ya sabes que los niños son muy cabrones, pero nunca se hizo sangre de ello. En aquella época ni me lo planteaba, sin embargo, ahora que lo pienso, a lo mejor aquello os ayudó a superarlo.

Le interrumpo para preguntarle el qué, y me responde que ninguno de los que formábamos el grupo de amigos de entonces magnificara lo que sucedía en tu familia, y que inmediatamente lo olvidáramos.

Nos quedamos un rato en silencio. Anoto en un folio lo que me dice. Luego él rompe el silencio, comenta, como explicándose, al menos nosotros lo olvidábamos y mi impresión, bueno, la impresión creo que de todos, era que tu hermano y tú también pasabais página enseguida. Mis padres, por ejemplo, no sabían nada de vuestra vida ni yo jamás les conté aquello porque igual no me hubiesen dejado irme con vosotros. Tus padres y los míos estaban en círculos diferentes, pero tu padre tenía fama de buen cocinero y mi padre me contó que fue Nariz de Oro en los setenta.

El mutismo era una coraza. Un arma defensiva. Cómo decirle a mi amigo que aquello era ensordecedor y que siempre estaba presente. Quistes. Nódulos. Tumores. Bultos. Aún están. Aún se extienden. Aún supuran pus.

Le pregunto si recuerda algo más de la casa y de mis padres. Me acuerdo de la terraza que daba a Juan Sebastián Elcano y que era donde arreglábamos las tablas. El olor a resina, catalizador, epoxi, tela, la música en el radiocasete a toda potencia, las risas que nos echábamos allí y las conversaciones sobre ir a un sitio u otro para surfear, lo recuerdo como tardes estupendas, nosotros solos porque tus padres no estaban o si aparecían en algún momento ni siquiera reparaban en nosotros. También tantas tardes que ellos dormían y tu hermano o tú cogíais sus llaves y nos metíamos como ladrones en el restaurante y pillábamos algo de comida y bebida. Cogimos varios pedos con chupitos durante aquellas tardes de verano. Tú siempre eras más cauto que tu hermano, nos decías: Cuidado que se va a dar cuenta, no toques eso, y si alguien lo movía tú volvías a ponerlo exactamente como estaba.

Gonzalo me está contando esto, y mientras yo pienso que en alguna ocasión tuvieron que darse cuenta a pesar de lo que se metían y que nunca dijeron nada. Esos son buenos recuerdos, concluye, pero, continúa, también me acuerdo de cuando quemaron el Ford Fiesta y la moto de tu padre en su plaza de aparcamiento por un ajuste de cuentas. Yo me pasaba el año pensando en Málaga. En Getafe llevaba otra vida más controlada. Deseaba que llegara junio. Era como entrar en otro mundo. Al menos así lo sentía. Entonces, sin venir a cuento, por mera curiosidad, me pregunta: ¿Tus hijas no te preguntan por sus abuelos? Claro que lo han hecho, sobre todo por comparación con sus amigas. Me opuse a que conozcan a mi padre. Mi pareja me apoyó en la decisión. No sé si tengo el derecho a privarles de su abuelo. Hay veces que me apena. Han tenido mala suerte con los abuelos. Lo único que sé es que las infectaría, como hizo con mi hermano y conmigo.

22

Había ocurrido en otras ocasiones. Mi padre llegaba drogado, nos buscaba las cosquillas y nos prohibía ir al colegio. Siempre he pensado que le causaba cierto resquemor que estudiáramos, porque él no consiguió hacerlo. Aunque solo es una teoría sacada de su comportamiento. En junio de 1987 me prohibió ir a los exámenes de 8.º de EGB. Suspendí varias asignaturas porque no me presenté. En aquella época mis padres estaban más descontrolados de lo habitual. Las broncas eran diarias. Cuando empecé a escribir este libro le dije a mi hermano si podía recuperar de casa de mis padres el Libro de Escolaridad. Quería tener las fechas exactas.

Lo consiguió. Lo tengo aquí. Estoy convencido de que el ambiente que se respiraba en mi familia está en el fondo de lo sucedido en la primavera del 81. Antes de que me matricularan en un colegio público, mis padres me inscribieron en un colegio privado concertado, el León XIII, del que me expulsaron cuando en 2.º de EGB estampé a un niño en el recreo y le abrí una brecha en la cabeza. En esa escuela trataba de pasar inadvertido. Era un niño retraído y silencioso, la diana perfecta para los otros compañeros, hasta que un día, en el recreo, exploté, saqué toda la frustración atesorada de las noches de insomnio, de los guantazos que había recibido y los eché contra aquel niño que no dejaba de incordiarme cada mañana.

No recuerdo si me expulsaron o mis padres no tuvieron más remedio que cambiarme de centro. El Libro de Escolaridad revela que entré en el colegio público Jorge Guillén en abril, en pleno curso académico:

> Autorizo por la Inspección Técnica Provincial de Educación de Málaga su uso oficial y asignación al alumno Martín Ruiz, Miguel Ángel, nacido en Málaga el 3 de noviembre de 1972 y residente en Málaga.
>
> Málaga a 22 de abril de 1981

Luego un sello de la Inspección Técnica y lo siguiente:

> Registrado con el número 201.398 en la Delegación Provincial del Ministerio de Educación y Ciencia de Málaga.

De nuevo aparece la fecha de 22 de abril de 1981 y un sello de la Delegación Provincial.

> El titular de este LIBRO DE ESCOLARIDAD Martín Ruiz, Miguel Ángel queda matriculado en el Centro Jorge Guillén con el número 1.810 en el Registro de Matrícula.
>
> Málaga a 28 de abril de 1981

Con la firma del director del colegio y un sello de la Escuela Nacional Mixta en el que se puede leer PLAN DE URGENCIA.

En las Observaciones:

Se hace constar que el alumno titular de este documento fue evaluado a su incorporación a este Centro habiendo superado el nivel de 1.º de EGB.

Según el libro asistí con regularidad al colegio, indica nombres de las tutoras, las calificaciones, y también aparece el nombre de mis padres y la dirección donde vivíamos antes de mudarnos a Juan Sebastián Elcano.

En junio del 87 mi padre me encerró en mi cuarto.

Llevaba toda la noche pegándonos. Mi madre sangraba por el ojo y nos insultaba a todos. Mi hermano se había caído y tenía el brazo en cabestrillo y yo, que en algún momento le había plantado cara, no podía dejar de temblar. Me dolía todo el cuerpo de los correazos, y me sentía asqueroso de los posteriores abrazos que mi padre me había dado para redimirse. Luego, me cogió por los genitales y me dijo que la polla era el poder de los hombres y que la mía no valía ni para los perros. Y, de inmediato, me abrazó. Mi padre estaba desnudo, medio empalmado. Aquello me provocó un extraño desasosiego, pero yo seguía pensando en mis exámenes.

Recuerdo a la tutora que tenía desde sexto, me imponía con su frialdad y desprecio, porque yo sentía que me despreciaba, que le importaban un huevo las circunstancias de sus alumnos. A mí nunca me preguntó qué pasaba en casa, cuando era evidente que algo sucedía.

En el encierro que me impuso mi padre me acordé de la primavera del 81, cuando pegué a aquel niño. A mi padre hasta le hizo gracia. Le hizo casi tanta como el haberme impedido asistir a los exámenes. Saqué un insuficiente en Área del Lenguaje: Lengua Española y en Área Matemática y de las Ciencias de la Naturaleza. Aquella noche se prolongó durante el verano, pues mi padre me obligó a trabajar, y cada vez que me veía con un libro o leyendo un cómic me los quitaba y los tiraba. Me decía que iba a aprender a palos, que necesitaba mano dura, que era una nenaza, que hasta que no fuera padre no iba a entender una mierda. Me soltaba aquello mientras me pegaba o me rompía los tebeos, y yo me empequeñecía más y más, sin hablar, como si verdaderamente hubiese perdido el Área del Lenguaje y mi naturaleza estuviese transformándose.

Todavía confiaba en la opción de recuperar las asignaturas en septiembre.

El verano pasó, y yo me presenté a la recuperación sin apenas haber preparado las materias. Aprobé Matemáticas. Suspendí Lengua. En efecto, notaba que me había quedado sin la capacidad de comunicarme, aunque sentí que el examen lo había hecho bien. Después me enteré de que la tutora llamó a mi padre y habló con él y que ella le recomendó que debía repetir curso para afianzar los contenidos. Hay una hoja grapada a ese curso del 87, con una nueva profesora, que señala que aprobé con notable el 7 de junio de 1988. Sin embargo, me viene aquel junio del 87 en el que mi padre me tuvo aislado en mi habitación, tirándome la comida, dándome palos, apareciendo en pelotas con su polla enhiesta.

23

Un par de años después, un domingo por la mañana que regreso de marcha, paso por la entrada del restaurante cuando distingo la puerta abierta. Aquello me pone en aviso. Pienso dar media vuelta y tomar otro camino. Entonces veo a dos desconocidos con cajas de cervezas. Me acerco, y al mirar adentro reparo en que mi padre está tirado en el pasillo del local, con la ropa arrugada, sangre en la nariz y en la camisa, visiblemente colocado, hasta las trancas. Me entrometo entre los tipos que roban las botellas, pero estos me empujan contra una pared y se largan insultando, no sé si a mí o a mi padre, que desde el suelo articula algunas palabras que no entiendo. La escena ya me pareció brumosa en aquella época, aunque en la memoria lo es más, como si fuesen viñetas sombreadas con muchas rayas. Desconozco qué es lo que me lleva a bajar la guardia con mi padre, a agacharme y preguntarle qué ha ocurrido y si se encuentra bien cuando es evidente que no lo está, pese a que lo he visto en ese estado en infinidad de ocasiones. Lo agarro de las axilas para levantarlo. Supongo que lo hice porque debe de haber un lazo invisible entre padres e hijos que me empujó a hacerlo. Al principio me observa raro. Me mancha la camiseta de sangre. La puta sangre infecta. Desprende un olor fuerte, mezcla de whisky, tabaco negro y las secreciones pastosas de su boca. Sin esperarlo, él se encara conmigo y me recrimina que soy un cobarde, un marica, un niñato de mierda. Los agravios salen troquelados. Su saliva alcanza mi cara. El olor fétido y maligno es como un virus que se extiende por mi piel. Me quedo paralizado, igual que otras veces, sin aprender de lo que ya he experimentado en el pasado. Recibo una patada y empiezo a llorar. Eso enfurece aún más a mi padre, como si mi llanto fuera combustible para él, como si le transfiriera poder, el rictus de su rostro cambia, sus músculos dejan de estar flácidos y se tensan, me coge de la camiseta y, cuando intento escapar, la agranda con tirantez. De su boca vuelven a salir palabras entrecortadas, como si los problemas de lenguaje de mi expediente académico me hubieran sido transmitidos por vía parental. Al final consigo zafarme, escapo, corro, él no me sigue, no está en condiciones; y, a pesar de todo, no me detengo hasta llegar a la playa, al espigón. Me invade la intranquilidad por el restaurante abierto, por mi padre allí tirado. Aquella sensación me culpabiliza. La recuerdo con precisión, como si todavía hoy, mientras redacto estos hechos, alguien me presionara la cabeza con un punzón. A lo mejor es ese punzón interno el que me llevó de nuevo a casa de mis padres, el que me hizo despertar a mi madre, que dormía ajena y espatarrada por tantas pastillas que tomaba. Y, como no conseguí que se levantara, quizá es ese punzón que iba horadando mis sentimientos el que me llevó a coger sus llaves con la intención de cerrar el restaurante. Pero no me atreví. Que se jodiese. No quería sentir el rastro de mi padre. Volví a dejar las llaves y vagabundeé sin ir a mi casa durante varios días.

No era la única vez que me quedaba a dormir en la calle, sin ir al piso de mis padres, atenazado por el miedo. Luego, cuando me decidía a volver, lo hacía con el máximo cuidado, no quería que me vieran. Sin embargo, aquella vez, un miércoles del 89, cuando entré a mi cuarto, los pósteres estaban arrancados y arrugados en el suelo, los tebeos rotos, destrozados en pedazos, la televisión Condor de catorce pulgadas y el vídeo VHS habían desaparecido, los materiales del colegio también estaban desperdigados. Me vino el llanto. Un llanto sordo, impotente. Me sentí aún más pequeño. Y vi a mi padre poderoso, riendo salvajemente por mis lágrimas.

24

Recuerdo que en el 90 llevé un calendario de los días que mi padre llegaba por la noche y se enzarzaba contra mi madre y, por extensión, contra nosotros.

El miedo nunca me abandonó.

Poco a poco se hizo descomunal, e ingeniosamente retorcido. Un miedo que aún hoy me recorre como si fuera una babosa que se arrastra dejando ese moco pegajoso que contiene cinc, cobre, hierro..., un fluido viscoso con memoria que aumenta el recelo, complicado de eliminar del cuerpo.

A mi padre esas situaciones le transferían poder, con ellas, de alguna manera, limaba sus flaquezas y frustraciones, y sentía el enérgico placer fugaz de cuando se eyacula.

Una madrugada me pilló con la guardia baja. Yo ya había puesto un pestillo y candados en mi cuarto para que no destrozara mis cosas ni me cogiese por sorpresa. Sus métodos consistían en reventar la puerta a porrazos y romper lo que encontrara a su paso. Si recuerdo aquella noche fue porque actuó de un modo diferente. La casa estaba en silencio, con la suciedad que brotaba de las paredes y el olor trasnochado que era como una tela mohosa. Mi padre llamó con los nudillos y me preguntó si podía pasar. Aquello era tan inusual que me puse de inmediato en guardia. Sabía que dejarlo entrar era un error, y, sin embargo, lo hice. Pienso en todas las ocasiones que me engañé a mí mismo creyendo que se podía establecer un diálogo con él.

Había dejado entrar a mi padre pese a que la luz roja de alarma parpadeaba con insistencia. Había dejado entrar a mi padre, que se puso a examinar la habitación. Yo pensé que volvería a arrancar la bandera pirata colgada en la pared, que destrozaría los libros y tebeos del escritorio, que al menor descuido me reventaría con sus manos de morcillas aplastadas, aquellas manos ásperas, gigantescas, que no me removieron el pelo, ni me cogieron en brazos ni me acariciaron. Había dejado entrar a mi padre porque en el fondo quería sentir su calor.

Estoy rígido, la angustia se expande con la torpeza de la plastilina en las manos de un niño.

Mi padre, con una sonrisa torcida, mira el escritorio en el que hay un montón de fichas de un guion en el que trabajo y unos relatos que he escrito. Se frota la nariz, está puesto de coca, pienso; e inmediatamente me arrepiento de haberlo dejado pasar. Recuerdo especialmente esa noche con más detalle que otras ocasiones —incluso mejor que la tarde del baño, cuando salió de la cárcel, y que aún no sé si podré contar—, como si esa madrugada hubiese transcurrido para mí a cámara lenta. Recuerdo cuando él se sienta en la cama y saca las hojas en las que había anotado la secuencia de los maltratos de mi padre, las imperiosas ganas de que se muera, el odio y la rabia vertidas en esa especie de registro que yo guardaba en el cajón del escritorio. Rompe los folios. Los tira al suelo. Se levanta, y yo, por instinto, me protejo, me encojo. Él sonríe, coge del escritorio los cuentos, las fichas del guion y los hace añicos, confeti. Estoy acojonado. Petrificado por el miedo, por sus manos. Ahora apunta esto, desagradecido, eres un hijo de perra desagradecido, me dice.

O es lo que creo que me dice. Me quedo mudo. Quiero correr, pero es como si tuviera las piernas presas en cemento sólido. Al levantar sus manos de morcillas aplastadas suplico que no me pegue. Me escupe con asco. Soy asqueroso. Un cobarde. Un Sugus inservible al que no se le puede quitar el papel. Su saliva en la cara me quema. Huele mal. Me vienen arcadas. Con la camiseta me limpio el salivazo, se queda una extraña oquedad en la piel. Mi padre se baja los pantalones, se saca la polla y me mea encima, mea en mi cama y luego se caga en ella. Desnúdate, me grita. Yo no hago nada, sigo tieso, empiezo a temblar por dentro, quiero morirme, quiero matarlo. En segundos me suicido de cientos de formas y lo mato a martillazos, a golpes, a mordiscos, quemándolo, ahogándolo con mis manos, con una cuerda, con una bolsa... Desnúdate, hijo de perra, vocifera, mientras se limpia el culo con las sábanas. Continúo como una roca, una piedra, una estatua erosionada por los siglos. Desnúdate, maricón, que es el insulto que más encendía a mi padre cuando se lo soltaba mi madre. Desnúdate, maricón, repite, pero yo me quedo rígido. Entonces me zarandea con sus manos ásperas, gigantes. Quítate la ropa, maricón, y empieza a arrancármela hasta que me desnuda y me obliga a revolcarme por la mierda y la orina y me deja allí temblando, oliendo a él, un tufo que permanece y, con los años, de vez en cuando, la memoria me traerá ese recuerdo nauseabundo. Me quedo allí mucho tiempo todavía y, cuando él se va, rompo a llorar de improviso, desconsolado, hundido por toda la humillación. Y empiezo a darme cabezazos contra la pared, a pegarme a mí mismo, quiero sentir dolor, daño, quiero sangrar, y no me quedo satisfecho hasta que la sangre se mezcla con la mierda y la orina.

Decido que debo hablar con mi padre.

Contarle que sigo escribiendo y que ya no lo podrá hacer pedazos. Llamo a mi hermano para pedirle el teléfono de nuestro padre. Mi hermano se preocupa, me interroga antes de dármelo.

He decidido hablar con él, le digo.

Tú mismo, dice.

Espero que diga algo más, pero se calla.

Al anotar en una hoja el número de teléfono, rememoro toda una vida de vergüenza e ignominia, aquella madrugada en que se me aparece la cara de globo, abotargada, de mi madre, las voces de auxilio y las amenazas, los correazos que mi padre le propinó a mi abuela materna cuando la echó de su casa, la vez que la engañaron mis padres para que pusiera de aval su casa, lo único que tenía la pobre, para hacer frente a las deudas e intentar sacarlo de la cárcel, la engañaron porque ella no sabía lo que se le venía encima y si no perdió la casa fue porque aquella X característica de su analfabetismo la había puesto su propia hija, no ella, y eso fue lo que demostró el abogado que le buscó la hermana pequeña de mi madre.

Mis padres se acostaban con otras personas. Montaban orgías en el restaurante, donde proyectaban películas porno y otras grabaciones caseras que ellos mismos filmaban.

Se me agolpan todos los hechos solo con anotar las cifras de su móvil.

Decido que debo hablar con mi padre.

¿Podré?

Quiero llorar, no puedo. Quiero matarlo. Quiero dejar de huir de aquel cuarto de baño.

25

Miro el papel en el que escribí el número de teléfono de mi padre. De tanto mirarlo me lo he aprendido de memoria, sin embargo, todavía no he tenido el valor de llamarlo. Cuando lo voy a hacer la garganta se me cierra, es como si tuviese un bicho dentro que me estrangulara. Entonces me vienen sus manos de morcillas aplastadas, esos dedos rudos que represento como tentáculos y que putearon mi cuerpo tantas veces, creando contra mi voluntad un vínculo retorcido.

Mis hijas revolotean por el pasillo mientras yo tengo el portátil abierto y el trocito de papel arrugado con esas cifras que no me atrevo a marcar. Me pregunto qué vínculo estableceré con ellas cuando crezcan, cómo me verán, las veces que las dañaré sin querer, si nuestra relación será de distancia o cercanía. Son cuestiones que mis padres jamás se plantearon. Del año 90 al 92 el maltrato fue diario. Ya no trataban de disimular ni se dominaban. Se metían coca en casa, las botellas de alcohol estaban por todos lados, venía al piso gente de la peor calaña. Incluso a mi padre, que con el trapicheo empezaba a meterse en un pozo al que no se le adivinaba el fondo, le acabaron quemando el coche y la moto, un Ford Fiesta y una Honda Africa Twin, en su propio garaje por un ajuste de cuentas. El mal ambiente también propició un distanciamiento con mi hermano.

Empezamos a ser extraños el uno para el otro, una sensación que ha permanecido ya siempre, como si lo que hubiésemos vivido nos separara y nos convirtiera en desconocidos. Aún hoy esa es la seña más característica de nuestra relación. La sensación de que somos troqueles de un cartón de manualidades. Me apena lo que siento cuando pienso en la relación con mi hermano. Sé que el libro le escocerá. Pero es la única forma que encuentro de enfrentarme a mi padre, al pasado, al dolor que me infligió. Tal vez él debería hacer lo mismo. Sus agobios y mareos, su esofagitis eosinofílica y sus otras enfermedades y carencias, derivan de aquellos años de maltrato en el que nos limaban la cordura. Porque mi hermano y yo también nos relacionamos el uno con el otro con violencia, que es a lo que estábamos acostumbrados. Mi incisivo superior roto y alguna cicatriz son recuerdo de mi hermano. Éramos culebras, serpientes reptando y picando en cuanto teníamos la mínima oportunidad. No sé si ese daño se podrá reparar. No sé cómo acortar la distancia, la extrañeza e incomodidad que sentimos el uno con el otro, aunque nos queramos.

Vuelvo a mirar el trocito de papel con el número de teléfono de mi padre. Vuelvo a repetirme que tengo que llamarlo. Y lo hago para colgar de inmediato, sin dejarlo sonar, aunque cómo estar seguro.

Los pensamientos me llevan a ese pasado lejano pero persistente en el que las puertas de la casa se abrían y se cerraban a golpes. Sonidos que recuerdo con nitidez y que aún hoy me asustan. En más de una ocasión pensé en llamar a la policía. Lo rumiaba como los niños que hacen bola al comer.

Nunca lo hice, me aterraba.

Deseaba vengarme, pero no quería que les pasara nada.

Pienso en el miedo que todavía me infunde mi padre, hay una fuerza que me lleva a protegerlo, a protegerlos. Desconozco dónde nace este lazo invisible.

Fueron años trágicos, en los que mi padre, ya de por sí violento, se esmeró en el menoscabo de la familia. De los dieciséis a los diecinueve no logré reparar el desgaste. Anotaba las agresiones continuas como si en ellas pudiese encontrar una salida, o para adquirir el valor que me faltaba en la desprotección que me embargaba frente a mi progenitor. Me acuerdo de que fue en esa época cuando me vino la imagen de mi cuerpo oculto por sus huellas dactilares. Mi cuerpo ya solo era el código de miedos y obsesiones que me había generado él con sus manos de morcillas aplastadas, su polla enhiesta, sus gritos e insultos. Quizá así pueda entenderse la incapacidad que arrostraba cuando quería denunciar a mi padre. Y sin embargo me veía invalidado para hacerlo, y esa impotencia me abrasaba tanto como sus embestidas.

Así pasé la adolescencia, de los dieciséis a los diecinueve. El día que marqué el 092 colgué en cuanto descolgaron, sin decir una palabra, sin ni siquiera escuchar la voz al otro lado de la línea de teléfono. Me asaltó el miedo y la culpabilidad, pensé que mi padre sabía lo que había hecho y el ansia se instaló aún con más arraigo dentro de mí, extendiéndose para devorarme. En realidad, nada vino de inmediato. El miedo, la culpabilidad y el ansia eran las huellas de ese hombre en mi dolorido cuerpo. A pesar de estas sensaciones, o precisamente por ellas y por mi sed autodestructiva, repetí la acción varias veces más e incluso una vez marqué y dejé el teléfono descolgado. La policía no llegó jamás, pero yo vivía durante horas en un estado de zozobra absoluta, me faltaba el aire, me cortaba los muslos con un cuchillo, me arrancaba pelos de las cejas, me pegaba para hacerme daño y que brotase la sangre. Necesitaba que mi cuerpo me doliera. Necesitaba que ocurriese algo, agarrar su cuello como hizo conmigo.

1992. Semanas después de aquella llamada y de que quemasen el Ford Fiesta y la moto de mi padre, unos agentes de policía entraron en el piso por la fuerza gracias a la Ley Corcuera, la de la patada en la puerta. Todo sucedió muy rápido. Eran las tres y media. Lo recuerdo porque mi hermano y yo acabábamos de llegar del instituto y mi abuela materna se había acercado para traernos puchero. En esa etapa, mis padres no se levantaban antes de las cinco o seis de la tarde y nunca teníamos comida. Abrían el restaurante por la tarde-noche, a partir de las ocho.

Golpearon la puerta con vehemencia, y la volvieron a golpear. El marco de la puerta retumbó como si se hubiese producido un terremoto, y yo, que en ese momento estaba justo al lado, atendí despotricando, al pensar que era gente que venía a pillar coca o hachís, algo, por otro lado, cada vez más habitual. En cuanto abrí, dos policías me empujaron y me inmovilizaron. Otros entraron arrasando para poner a mi hermano y a mi abuela, que estaban en la cocina, contra la pared. Los agentes nos habían inmovilizado y preguntaban con insistencia por las joyas y el dinero. Luego quisieron saber dónde guardábamos la droga, mientras se desplegaban por las habitaciones como si fuera el piso franco de una célula terrorista. Mi abuela se echó a llorar y a decir que los niños no tenían nada que ver. El torbellino policial no se aplacó hasta que levantaron a mis padres y acabaron arrasando toda la casa. Aquello pilló con la guardia baja a mis padres. Sus caras abotargadas por el sueño y los excesos. En un primer momento incluso parecía que aquello no iba con ellos. La situación cambió pronto. Los agentes siguieron con la cantinela de las joyas y el dinero después de encontrar algo de droga, aunque pareció que esperaban encontrar mucha más cantidad. Aquella ley de la patada en la puerta permitía entrar por la fuerza en cualquier casa sin orden judicial. Durante mucho tiempo, he considerado erróneamente que los policías que irrumpieron en el piso como un torbellino tuvieron que alucinar en aquel espacio sin cuadros, con la nevera que no se cerraba y a la que teníamos que poner una botella de cinco litros para mantenerla encajada, con las puertas de los pasillos abolladas, con el parqué levantado, con la televisión encima de una silla, con bombillas peladas, sin lámparas para iluminar las habitaciones, con los grifos oxidados...

Mientras los agentes nos tenían retenidos me atormentaba y me alegraba lo que sucedía. Mi cabeza era una olla a presión y todavía hoy me pregunto si mis llamadas alertaron a la policía, o, simplemente, ya vigilaban los movimientos de mi padre. Recuerdo la frustración de los policías al no encontrar lo que esperaban. En un momento determinado, empezaron de nuevo con las preguntas sobre el dinero y el resto de la droga, y nos amenazaron a todos.

Habían puesto la casa patas arriba, incluso el cuarto de mi hermano y el mío. Mi padre no abrió la boca. O en mi memoria no dice una palabra, aunque con seguridad algo tuvo que decir. Es mi madre quien parece despertar y empieza a decir que los niños no tienen nada que ver, ni saben nada, como si siguiese la estela de mi abuela. A los policías parece que todo les daba lo mismo, nos advierten que nos llevarán a comisaría para ser interrogados. Mi madre comienza a despotricar, se pone hecha un basilisco y les dice que ni su madre, mi abuela, ni nosotros sabemos una mierda, que somos deportistas, surferos. Algo tuvieron que ver o algo sabían ya los policías, porque después de un rato nos dejaron marchar a mi hermano, a mi abuela y a mí. Cuando salíamos de allí, mi abuela lloraba, decía algo de la desgracia de mi madre, que sabía que esto iba a pasar, que ella tenía la culpa, que era su hija, que tenía que haber matado a mi padre, no permitir lo que permitió, que se tenía que haber muerto ya. Mi abuela soltaba esto mientras nosotros íbamos en silencio. Nos habían extirpado la capacidad de hablar y de sentir, cada uno se fue por su lado, mi abuela a su casa, con la preocupación en su cuerpo, nosotros a la playa, sin ser conscientes todavía de lo que en realidad había sucedido. Ahora lo rememoro y sé que tuvimos suerte. Podríamos haber acabado en una celda. Aunque, en realidad, los efectos de la cárcel los iba a padecer unos años más tarde.

26

No importa el afán que he puesto en olvidar y perder aquel temblor que sentí en mi infancia y juventud; la disminución de lo que soy.

La niñez irrumpe a través de todas las trampas que le ponemos para taparla. Nos arrastra a la superficie y nos corta y atraviesa como cristales rotos. Mi padre fue destructivo con su familia. Era su manera de lidiar con sus fracasos. Se hacía poderoso con nuestra debilidad. De niño no era capaz de discernir esto ni de tener estos pensamientos. Era como si me hubieran penetrado con una jeringuilla para extraerme los sentimientos y la humanidad. Como si cada vez que los regeneraba volviesen a pincharme para sacármelos de nuevo.

No debo demorarlo más. En el escritorio, mezclado con las anotaciones del libro, igual que los folios escritos en mi adolescencia y emputecidos por él, permanece el trocito de papel arrugado con su teléfono como si fuese una advertencia, un ojo vigilante.

Juego con el móvil. Extiendo el trocito de papel. En el salón, mi hija mayor llora. La madre trata de calmarla, poco a poco percibo que la paciencia se le agota. Marco los números escritos que uno a uno se van reflejando en la pantalla del teléfono.

Escucho como mi hija vuelve a llamarme.

Papá. Quiero estar con papá.

La madre le dice que estoy trabajando. Yo también llamé a mi padre, a mi madre. Aunque ellos nunca estuvieron. No quiero que suene a queja ni a víctima.

Papá. Quiero estar con papá.

Presiono la tecla de llamada. Escucho como suena varias veces, como mi hija sigue llorando. Mi corazón se agita. Me invade la angustia, los temblores, el colapso.

Nadie contesta al otro lado.

Siento alivio.

Cierro el ordenador y voy en busca de mi hija mayor. Al abrazarla, percibo que ella calma la inquietud y el malestar que soporto desde mi niñez.

27

Después de la patada en la puerta, mi hermano y yo estuvimos una semana sin pasar por el piso de mis padres. Reconozco que me daba vergüenza y me sobresaltaba la idea de volver a entrar allí. Nos quedábamos a dormir en casa de mi abuela, como cuando éramos pequeños. Tampoco fuimos al instituto. Fueron días de incertidumbre que gastaba en la playa, sentado en el banco comiendo pipas, en el espigón, en la arena, donde fuese, esperando que entraran olas y que llegasen los colegas. Mi abuela se acercó a la casa la tarde siguiente, para ver si averiguaba algo de su hija, y nos cogió ropa.

A mi abuela se la llevaba la inquietud. Yo traté de calmarla diciéndole que era lo mejor que había pasado, porque de verdad lo pensaba, no sin sentir por ello contradicción y culpabilidad. Mi madre llamó a la vecina de mi abuela y le contó cómo estaba la situación, que iban a encerrar a mi padre y que ella se había librado porque él lo había asumido todo, o eso decía. Nosotros en esa época no nos enterábamos demasiado de lo que sucedía, y tampoco queríamos enterarnos. Bastante teníamos con aguantar la cordura. Lo que vendría a partir de aquel momento.

Es curioso que una impresión que sí guardo es la parsimonia de las horas. Como si el tiempo se hubiera quedado detenido para nosotros mientras continuaba avanzando para los demás. Me oprimía el pecho. Me rasgaba la garganta. Lo recuerdo porque lo escribí. También fantaseaba con empezar una nueva vida en otro lugar. Era muy peliculero y lo sigo siendo. Invento otras realidades posibles en mi mente, prefiero quedarme dentro de ella y abstraerme de lo real. Una mera forma de no perder la cordura.

A lo largo de esa semana en que mi madre estuvo ausente, ordené mis pensamientos y deseaba que ella llegara para decirle lo que teníamos que hacer, que aquello era nuestra oportunidad para alcanzar una vida tranquila, sin vivir con el ansia y la violencia diaria, sin tener que aguantar la manta de palos del hijo de puta de mi padre.

Cuando empecé a decirle a mi madre que lo mejor era vender la casa, no me dejó terminar. Me miró con asco y desprecio. Le pudo el desprecio que sentía hacia mí, el resentimiento hacia unos hijos que igual a su manera quería, pero más que nada despreciaba. Ese odio que sobre todo crece entre los seres cercanos, en la familia. El odio, una enredadera imposible de podar.

Recuerdo sus palabras. Una a una. La hostilidad que contenían. Recuerdo mi impotencia, mi abandono, la incredulidad, la frustración al oír a mi madre. A veces, los hechos vividos se confunden con la deformación que realiza la memoria al ser estos recordados. No es el caso. No lo que me soltó mi madre: Eres un mierda, basura, quítate de mi vista. La casa es mía y de tu padre, desgraciado. Ojalá estuvieras tú en el trullo.

28

En el periodo en el que mi padre estuvo en la cárcel, la situación económica se volvió preocupante. El restaurante estaba cerrado, por lo que no teníamos ningún tipo de ingresos. Mi madre estaba perdida en una espiral, poseída por sacarlo de allí. El verbo que utilizo tiene toda la intención. Solo pensaba en él y en conseguir que saliese pronto, como si fuese un vampiro sin voluntad, bajo el dominio de quien la mordió.

Después del encontronazo que tuve con ella, seguí dándole la matraca, me daba lo mismo la animadversión que sentía al verme. Durante aquellas primeras semanas, le repetía que no hiciera nada, que lo dejara encerrado, que era nuestro momento; y le pedía que pensara en la idea de vender la casa y que empezáramos de nuevo con lo que sacáramos. Todo esto que yo le decía, lo supe en cuanto él salió, se lo contaba luego a mi padre.

Nunca lo entendí. Jamás.

Aún menos comprendí que mi madre, de por sí una persona vaga, que apenas se movía si no era por diversión o sexo, empezara a levantarse temprano para ir a ver abogados, buscar dinero debajo de las piedras —tanto se afanó, que no tuvo ningún apuro en engañar a su propia madre, que estuvo a punto de perder lo único que tenía, la casa, con la firma de un aval—, visitar a diario a mi padre en la penitenciaría de Alhaurín, y, más tarde, cuando lo trasladaron a la prisión de Almería, fuera todas las semanas a verlo allí. Mi madre parecía otra mujer.

Creo que fue una semana o dos después de su ingreso en prisión cuando mi hermano y yo regresamos al piso de mis padres. Mi madre apenas pasaba por allí y, cuando lo hacía, apenas nos cruzábamos con ella, se armaba la bronca. Yo le soltaba que si no le daba vergüenza sacarle el dinero a la abuela, cualquier tema lo resolvíamos a voces, escupiendo resentimiento y una crueldad que yo notaba que crecía pese a que mi padre no estaba.

Transcurrieron los meses. Yo no había vuelto al instituto, ni lo iba a hacer ese año. Gastaba las horas tirado en los bancos o el espigón, incapaz de concentrarme, sin moverme de un espacio reducido que iba del piso sucio de mis padres a la playa, obsesionado con que era el momento del cambio, de hacer lo posible por que mi padre no saliese de la cárcel, perdido en aquel bucle que me dañaba. Al mismo tiempo, me horadaba la debilidad, el miedo, la culpa por pensar y sentir todo aquel odio, sobre todo, cuando acudían recuerdos buenos con mi padre. Eran pocos, pero existen. La mayoría tienen que ver con ir a comprar juguetes y ropa deportiva.

Tengo ocho o nueve años. Me pongo las gafas de bucear azules, el tubo transparente y las aletas negras que me ha regalado. Le digo que vayamos juntos a coger mejillones y pulpos. Lo escribo en presente, para no desgastarlo. Recuerdo con cariño esa única vez que fui con él. Arrancar los mejillones y las cañaíllas de las piedras y guardarlos en una malla roja. El arpón en mi mano izquierda por si veíamos un pulpo. Bucear me tranquilizaba y me hacía sentirme limpio. Uno de los deseos que tenía en esa época era que mi padre me llevara en barco lejos de la costa para sumergirnos en lo hondo. Su amigo, un homosexual rico que se tiraba por dinero, o eso fue lo que escuché a mi madre recriminarle en más de una ocasión entre guantazo y pollazo, tenía un yate del que me había hablado y en el que me prometía llevarme a navegar, pero jamás sucedió, como tampoco se repitió que mi padre y yo volviéramos a bucear juntos.

Aquel año de la Expo en Sevilla y de los Juegos Olímpicos en Barcelona, yo exudaba odio, culpa, y me pegaba como una lapa a una roca a la idea de que mi padre se pudriese en prisión. Y si me venía alguna vivencia que no era mala ni violenta la rechazaba repitiéndome que había sido mentira, un simulacro de mi mente.

¿Quería eliminar cualquier recuerdo bueno junto a él? Quizá no de manera consciente. Pensar en momentos normales e incluso agradables a su lado me producía flaqueza y me llevaba a autolesionarme. Soñaba que mi padre no existía, que era otro. Esos pensamientos inmaduros se acompañaban de cortes en los muslos, arrancamiento de pelos, abrasamiento de nudillos, golpes en la cabeza. Entonces pensé algo que me alertó sobre mí mismo: ¿echaba de menos sus manos de morcillas aplastadas?

En el 92, los meses corren veloces. Las cuotas de la comunidad y las facturas se acumulan. Tengo que trabajar, me digo; y también me lo dice mi abuela. Mientras mi madre me recrimina con esa cara de asco y desprecio con la que suele hablarme que no valgo para nada ni soy capaz de encontrar trabajo. Recorro tiendas y bares con timidez. Me acerco a los sitios apocado, tembloroso, las palabras salen de mí titubeantes, y las frases se quedan en el aire, igual que un atleta exhausto que se rompe en plena carrera.

Una mañana estoy sentado en los bancos de la plaza del ancla, cuando un amigo de mi padre se me acerca y me pregunta si quiero empezar a trabajar en La Chancla, un bar de moda de la zona. Ahora que lo recuerdo en presente, para que la memoria no lo deforme ni lo embellezca, pienso que el amigo de mi padre ni siquiera preguntó, lo dio por hecho. De este modo, empecé a trabajar de lunes a domingo de doce de la mañana a ocho de la tarde. Además, el viernes y el sábado también hago turno de noche, de diez a tres de la madrugada. Tengo que ganar dinero para pagar las facturas. Tengo que demostrar que soy mejor que él. Aunque en el fondo sé que el trabajo lo he logrado por mi padre, y eso me irrita y me frustra.

El trocito de papel arrugado con su número de teléfono permanece en la mesa de mi escritorio junto a un erizo de mar disecado. Me da miedo llamarle. Me da miedo oír su voz, que su voz cascada y rugosa me vuelva a atar.

Marco su número.

Nadie contesta.

Siento alivio.

Después sufro, me aprieta el estómago, me encierra en el cuarto de mi infancia. Allí sigo encogido en el mismo rincón.

29

En la cárcel mi padre tuvo que sentirse humillado, fracasado, dañado. Me pregunto si todo se paga. Con la gente como mi padre hay que tener cuidado. Es lo que siempre he dicho, pero incluso yo mismo bajo la guardia y ya lo he llamado dos veces.

Escribo: ¿es necesario enfrentar su memoria a la mía? ¿La cárcel lo transformó de algún modo o es una excusa que me doy para que lo que hizo duela menos?

Pienso que mis padres, mi hermano y yo somos como las fotocopias del Libro de Familia que he conseguido en el Registro Civil, simple información sin ninguna afinidad. El Libro de Familia no revela nada de nosotros, excepto fechas y nombres. No cuenta lo que pasó. Ni un mísero detalle. No hay vida. Ni relato. Ni crónica. ¿Para qué sirve? El matrimonio de mis padres nunca se comportó como una familia, ni ellos como padres ni nosotros como hijos. Pienso que ellos no supieron educarnos. ¿Y nosotros? ¿Fuimos extraños? En realidad, fuimos enemigos, nos relacionábamos con suspicacia hasta que poco a poco buscábamos dañarnos unos a otros. ¿Y si por lo menos los Libros de Familia diseñaran las líneas esenciales de la relación que se establece entre padres e hijos?

Vuelvo al encierro de mi padre. Fue un periodo en el que

me sentí parcialmente liberado. Aunque por las noches me despertaba sobresaltado, aún seguía cerrando la puerta de mi cuarto con un pestillo y un candado, pues me venían pesadillas en las que mi padre salía de la cárcel y venía directo a destrozarme. En cierto modo, fue lo que sucedió. A veces he pensado que hasta yo fui el que lo provocó. Esa tendencia a culparme de los hechos negativos que me inocularon mis progenitores.

Me ha costado hacerme una idea o darme cuenta de que para mi padre la prisión tuvo que ser terrible. Tuvo que sobrevivir a esa reclusión en la que te pisotean si muestras debilidad. Y él era alguien débil, muy débil. Pero ¿eso le exime de lo que hizo?

Me ha venido a la memoria un destello que me dejó impactado, aunque no tiene nada que ver con la historia que estoy contando —quizá necesito tomar aire para revelar lo inenarrable.

Hace unos años, una de las actividades del festival de cine en el que trabajo, era proyectar una película en la cárcel y luego se pasaba a un coloquio con los presos. Una manera de llevarles el exterior al claustro en el que viven. El año al que me refiero, fui con un compañero y, cuando íbamos a comenzar la charla, del público se acercó un interno y me abrazó, llamándome por mi nombre, y se echó a llorar y no supe qué hacer. Con rapidez llegaron varios guardias para reducirlo. Les dije que lo conocía, aunque apenas importó. Era el hermano de un amigo, un chaval más joven que yo al que conocía desde niño y que había acabado allí por cosa de sus padres. Entonces, ¿tenía yo que estar agradecido a mi padre? Mi madre siempre nos echaba en cara que fue mi padre quien pagó. ¿Acaso no fue decisión suya y solo suya traficar con drogas y convertirse en un camello, además de en otras cosas peores?

Vuelvo a preguntarme: ¿es necesario enfrentar su memoria a la mía? ¿La cárcel lo transformó de algún modo o es una excusa que me doy a mí mismo para que lo que hizo duela menos?

Hay que tener cuidado con personas como mi padre porque pueden responder de cualquier forma. Te traicionan y te humillan porque está en su ADN. Respiran violencia.

30

Hay cosas que nunca se olvidan y que cuesta un horror explicar, por eso creo que escribo este libro. En el fondo permanece lo que no he dicho. Con la escritura hago submarinismo para arrancar el dolor, la pena, el agravio, la peor ignominia que él me hizo. Aún hoy, cada vez más cerca de los cincuenta años, me acojono, me agobio, me entran ganas de vomitar.

La memoria sangra.

No coagula.

Desde el momento en que mi madre me dijo que mi padre iba a salir de la cárcel, mi ánimo se torció. A ella se la veía feliz, incluso mi hermano mostraba esperanzas de un cambio, aunque no hubiera motivos. Yo lo asumí como un castigo. No quería verlo, ni falta que nos hacía. Con el dinero que ganaba de camarero en el local de moda de la playa nos alcanzaba. Había demostrado que no le necesitábamos. Entonces, ¿por qué esa alegría de mi madre y mi hermano por su inminente salida? En mis tripas, por tópico que suene, sentía que tiraba de mí una bestia. Pero esa bestia no había aprendido a ser fiera. Le costaba andar.

El día que llegó a casa me las arreglé para no estar, pese a que mi madre me había insistido en que estuviera, porque él tenía muchas ganas de vernos a mi hermano y a mí.

Mi padre quería celebrarlo. Que no contara conmigo, le dije a mi madre. Ella me escupió el odio que había mamado de cuando le chupaba la polla y se tragaba su semen impregnado de resentimiento. No hay otra forma de describirlo.

Durante los años que estuvo encerrado no lo había visitado ni una sola vez, sin embargo, me doy cuenta, mientras redacto estas páginas, que estuvo más presente que nunca. No solo no aparecí el día que quedó en libertad, sino que evité ir al piso cuando sabía que él podía estar. Aproveché que yo era el encargado de abrir La Chancla para quedarme a dormir en un colchón de plástico durante unos días. Apenas dormía. El insomnio regresó. También la suciedad y la turbación por cualquier idea o sentimiento relacionado con él. Al recordar aquella época percibo ansiedad. La náusea me invade, es mi estado de ánimo, idéntica a aquellos años. Estaba detrás de la barra y me inquietaba ver a mi padre traspasar la puerta, con su sonrisa torcida y su palabrería. Recuerdo que mi hermano me insistió en que lo veía bien. Está limpio y quiere verte, me dijo, como si eso lo arreglase todo. Me asustaba encontrármelo, aunque sabía que tarde o temprano llegaría el momento. Fueron días angustiosos que recuerdo especialmente por las sensaciones aturdidoras que me invadían.

La memoria sangra.

No coagula.

Al quedarme a dormir en el bar, buscaba una hora en la que estaba completamente seguro de que él no estaría en el piso para ir a ducharme y coger ropa limpia. Habían pasado ya varios días de su salida y una mañana, como solía hacer, tanteaba el espacio, me presenté en casa no sin antes asegurarme de que no hubiera nadie. Era muy cuidadoso. Entraba sin hacer ruido e intentaba tardar lo mínimo. Como un ladrón. Andaba al acecho. En realidad, me doy cuenta de que siempre había sido así.

Esa mañana de junio soleado, azul, limpio, había ordenado con rapidez los cómics y las cintas VHS, y me había metido en el baño para darme una ducha. Apenas llevaba unos minutos cuando él abrió la puerta y me preguntó, con su sonrisa torcida, sus ojos brillantes y las manos de morcilla aplastadas apoyadas en el marco, qué pasaba conmigo. De inmediato mi cuerpo se puso rígido. Una cuerda desgastada que se tensa y se deshilacha por la fuerza. Yo le contesté sin mirarle que bien. Me había enjabonado y el agua caía sobre mi cabeza. Él se mostraba sonriente. ¿Es que no quieres ver a tu padre?, dijo. No recuerdo si le contesté. Tenía la cabeza inclinada y mi mirada seguía la espuma que desaparecía por el desagüe. Volvió a preguntarme si sabía quién era; entonces, algo debí de decirle, porque recuerdo que él fue a buscar una copa cutre de latón, una especie de trofeo, que había ganado en la cárcel, y empezó a contarme sus logros allí dentro, cómo se había ganado a todos en las carreras que habían organizado entre los reclusos, y también me explicó que había hecho deporte y estaba limpio.

Era mentira.

Sus ojos vidriosos decían una cosa diferente. Su aliento apestaba a whisky y hachís. Entonces, me ofreció la copa, no la cogí, la miré con desprecio, y le dije con indiferencia que muy bien. Así es como tratas a tu padre, dijo. Notaba la opresión creciendo, o en la memoria me asalta esa sensación en la que se mezcla pasado y presente. El agua seguía corriendo, ya sin espuma, y yo me sentía a cada segundo más indefenso, cuando él fue a darme un abrazo y yo como acto reflejo me aparté y estuve a punto de resbalar. Él me miró raro e hizo un gesto brusco, luego se recompuso, y distinguí su sonrisa torcida y sus manos de morcilla aplastadas levantando la copa y diciendo que me la regala. Yo le contesto que no la quiero. El agua corre. Mi pelo sigue con champú. Los ojos me pican. Pero vislumbro sus ojos destemplados y cómo levanta el brazo con brusquedad y estampa la copa contra el espejo, que estalla en cientos de trocitos que se esparcen por todas partes, algunos caen también en la bañera. Después del estallido, me echo a temblar. Intento salir de la bañera, pero él no me deja, me corto la planta de los pies, me duele y sale un poco de sangre. No me quejo, no lloro, no digo nada, solo siento asco y repugnancia y miedo. De pronto, he perdido cualquier seguridad, estoy totalmente indefenso, no puedo defenderme, no tengo la capacidad de pensar, no controlo mi cuerpo. Entonces él me penetra, me jode, me desgarra, me perfora, me traspasa con rabia, carne contra carne, pero yo no lloro, no hago nada, solo aguanto, sin moverme, un palo, él habla, grita, me dice cosas que no afloran a la memoria, que están emborronadas. Los temblores, sí, eso lo recuerdo, el temblor, el puto temblor que no se iba, el temblor fuera y en el interior, y el aturdimiento, él gritándome cosas de la cárcel, que me haría un hombre, que era un mierda, un desagradecido, y siento cómo me clava, cómo me lleva a un lugar abisal del que no sé salir. He tratado de mirar desde fuera, dibujar otro yo, pero yo soy ese que tiembla, que sangra, con la carne desgarrada, con los moratones, que se esfuerza por no llorar, perforado para siempre, viviendo con ese daño que me arrancó el amor. Aún tiemblo. Aún pienso por qué no me defendí, por qué aguanté aquella humillación que no quiere irse, como si él ya estuviese para siempre en mí.

Lo que ocurrió en aquel cuarto de baño terminó por contaminar mi vida.

Esta es la primera vez que lo escribo. Mi hermano lo intuye. Mi madre también era consciente. Todavía hoy no sé cómo limpiar la zona infectada. Todavía hoy siento las manos de morcilla aplastadas untándose en mi carne para pegarse, dejando restos de ellas en mí. Todavía hoy me esfuerzo por no llorar.

31

La última vez que rompí a llorar de improviso, desconsoladamente, fue el 9 de agosto de 2005. Desde ese día las lágrimas no han vuelto a acudir. Esa madrugada recibí una llamada de mi hermano. Supe, antes que él lo verbalizara, que mi abuela materna había muerto. Llevaba una semana en el hospital después del infarto. El corazón lo tenía muy débil de todos los sufrimientos que había soportado a lo largo de su vida. No lloré en el momento de la llamada. Me senté en la cama y miré la hora: las seis y media. Mi pareja intuyó qué había sucedido. No dijo nada. Fui yo el que lo contó:

—Mi abuela ha muerto.

Recordé unas palabras que ella solía repetir. La pena se contagia, la desgracia se pega. Recordé momentos junto a ella. Quería llorar, lo deseaba.

Estuve un rato sentado en el borde de la cama intentando llorar, las lágrimas no venían. No fue hasta llegar al hospital y verla allí, de blanco, en paz, cuando el llanto llegó de improviso. Fue una reacción desconsolada que no esperaba. No he vuelto a llorar así, de esa manera en la que el entorno y las personas desaparecen.

32

Escribo despacio. Cada día más lento, deteniéndome en las palabras, en las emociones y sentimientos que se han endurecido, una costra, tirante a cada paso, como si llevara un andador y me faltase el aire. Soy un anciano cuando escribo, dejando intervalos más o menos prolongados entre lo escrito.

A lo mejor quiero borrar el rostro de mi padre.

A medida que arrastro la memoria para desvelar los hechos y las decisiones que tomé, me invade el recuerdo del desgarro de la carne y la fiebre que sentí después, como si el chorro de agua caliente todavía me empapase aquella mañana desnudo en el baño. El rostro de mi padre se me aparece en una imagen lívida, nada fantasmagórica.

Nunca lo pierdo.

Está ahí.

La respiración fuerte y entrecortada. Las manos de morcillas aplastadas hincándose en mis caderas, su risa y su burla y las ganas de atemorizarme. Su figura ocupa todo el espacio todo el tiempo.

Desde luego, apenas siento alivio en la escritura. La tendencia es pensar que sí, que la escritura saca estos demonios que desgarran, que me aprietan el estómago y me cierran la garganta cuando los traigo de regreso, embotado, resbalando por aquel momento indecible mientras gritas. El alivio no es para uno mismo, es para los demás, para evitar decir la palabra que le da nombre.

Tal vez lo que sí crean las palabras es un cerco. Cuesta describir lo que hay dentro, cuesta mucho, salen los borrones, los titubeos, la culpa, siempre presente con la sonrisa torcida de mi padre, el lunar que yo también tengo en mi cara casi idéntico al suyo, la visión del mundo estando mojado, indefenso, desnudo, acotado a las dimensiones de aquella bañera, añorando la felicidad y encontrando abandono, crispación, sufrimiento.

Desde aquella mañana el miedo y la vergüenza estaban constantemente presentes en mí, también en mi cuerpo. Hoy pienso que también lo estaban en mi padre. La escritura apenas es un alivio, pero al menos me sacan del vacío en el que caí.

No sé qué opciones tenía, solo sé que me doblegué, que me dejé ir, que me obsesioné por olvidar los recuerdos anteriores. Tantos años de esfuerzos por olvidar para después hacer justo lo contrario, ir paulatinamente recuperando esas experiencias olvidadas que se impregnan de sudor, pegadas en las profundidades de mi carne y que me obligo a arrancar cuando hubiera sido más fácil inventarlas, porque la memoria opone una resistencia feroz, salvaje, cruel.

Suelo preguntarme de un modo obsesivo dónde se encuentra la felicidad. También me pregunto si volviendo atrás, al antes de aquello, la hubiera encontrado. El verano, con el calor, adormece esa obsesión hasta que la llena de salitre y vuelve a picar y vuelvo a rascarme la espalda, los brazos, el pecho..., a querer sangrar, a querer sacarlo, acaso lo que queda se aferra como un molusco a la roca.

33

El trozo de papel con el número de teléfono de mi padre permanece en el escritorio. Lo toco, lo palpo, lo arrugo aún más, lo vuelvo a extender, sus pliegues se contraen solos, un corazón que da sus últimos latidos.

Vuelvo a llamar a mi padre. Vuelvo a marcar esos números que parecen retorcerse en el papel. El teléfono está apagado o fuera de cobertura. Siento alivio.

Me destenso.

Mi padre me repetía que no era un hombre por no haber hecho el servicio militar y haberme declarado objetor. Cumplí la objeción de conciencia impartiendo clases a niños problemáticos de familias desestructuradas en un centro de la Cruz Roja. Entendía a esos chicos. Yo era uno de ellos. Conecté con los chavales, y ellos lo hicieron conmigo. Tal vez notaban el hilo invisible que nos unía.

Me veo en aquella sala del centro de la Cruz Roja sentado al lado de los niños, mirando lo que no quiero ver. El rostro del profesor es una careta lisa sin ojos ni boca ni nariz ni facciones. No escuchamos lo que dice. Parece que jadea. Un soldado herido que ha visto el horror.

De nuevo detengo la narración durante semanas. Después de ese tiempo me obligo a leer lo que llevo escrito pero el texto me revuelve y el miedo regresa, me paraliza. Busco cualquier excusa para no escribir, para no terminar la historia, para no llamarle, para no enfrentarme a él.

34

Pasa el tiempo y no escribo, pero por las noches me asalta el cementerio de la memoria.

Lo profano.

La Navidad era una celebración extraña para nosotros. Mis padres nunca decoraron la casa con un árbol ni con ningún tipo de adorno navideño. Durante esas fechas se pasaban el día y la noche en el restaurante, preparaban encargos y no se perdían una fiesta hasta el año que él ingresó en la cárcel.

Monté mi primer árbol de Navidad con treinta y nueve años, con mi pareja actual, el año previo al nacimiento de mi primera hija. A diferencia de lo que se pueda pensar, caí en un pozo de tristeza e incomodidad. Me volví a ver encerrado en mi habitación, con mis cintas de VHS, la colección de tebeos ordenada pulcramente, la televisión de catorce pulgadas puesta en una silla frente a la cama. Todo lo hacía dentro de aquellas paredes cubiertas de pósteres. Al contemplar mi primer árbol de Navidad, con sus luces de colores parpadeantes y la música de villancicos quise replegarme en una concha inexistente. Me asaltó la sospecha de la felicidad, para la que yo no era apto ni se me permitía la entrada, y empecé otra vez a escuchar cómo llegaban las voces estridentes y resentidas de mis padres. Un rastrillo que se removía en mi cabeza.

También salieron de la memoria, como un mago que saca conejos de la chistera, dos personajes de ficción que me impactaron cuando los leí: el Andrés Hurtado creado por Pío Baroja y su pánico a que las cosas le fueran bien, y el Capitán América, un superhéroe fuera de su tiempo. Los mezclé en mi cabeza, era una combinación de ambos, era sus tinieblas, sin límites ni contornos, era rayones y sombras.

El único momento que compartíamos en familia era la cena de Nochebuena; unas horas de tensión insoportables: mis padres ya llegaban puestos, hasta el culo, y a medida que mi hermano y yo crecíamos, las broncas también aumentaron. En aquella época evitaba preguntarme a mí mismo por la extrañeza que sentía. Prefería refugiarme en la lectura de un tebeo o un libro. Fantaseaba con que esas historias me protegían de él. Buscaba aclararme en las historias que leía, que alguna vez llegaría a estar dentro de aquellos tebeos de superhéroes de cuatricomía. En las páginas de aquellos cómics las ciudades son destrozadas en luchas alucinantes para ser reconstruidas con rapidez, los héroes siempre aguantan los golpes, y cuando parece que van a ser derrotados definitivamente, se rehacen para lograr la victoria. Me identificaba con los mutantes, proscritos, marginados por los humanos. Pero sobre todo con Daredevil, el hombre sin miedo, ciego, con los demás sentidos tan alterados como su sentimiento de culpa. Deseaba ser Daredevil.

Aquella Nochebuena del 91 ya tendría que haberlo intuido. Mis padres llegaron colocados. Siempre volvían del restaurante con la cena preparaba. La sirvieron en la mesa del comedor, que siempre parecía improvisada, con las bombillas colgando de sus cables, sin lámparas, sin cuadros, sin estanterías, sin libros; con el sofá desvencijado, las sillas añejas, las paredes renegridas en las que se quedaban pegados los rencores de unos con otros. Yo estaba encerrado en mi habitación, copiando la portada del número 126 USA de *The Invencible Iron Man,* dibujada por Bob Layton.

—Sal de tu cuarto, vamos a cenar —me llamó mi madre al otro lado de la puerta.

Observé la armadura dorada y roja. Muchas veces había deseado estar dentro de esa armadura.

Vista de fuera era la escena de una familia cualquiera. Solo que yo no quería salir.

Nunca quería.

Pero me volvieron a llamar. Tal vez fue mi forma de rebelarme y lo hice conscientemente, aunque cuando lo rememoro solo siento que no me quiero levantar del escritorio hasta terminar el dibujo. Que me da lo mismo que mi padre entre y me pegue, porque estoy convencido de que la armadura del Hombre de Hierro me protege. Este pensamiento infantil siempre me ha acompañado. Mi madre golpeó la puerta y yo le dije que ya iba.

No me moví.

Entonces empezaron los gritos. Los insultos. Mi padre aporreó la puerta de mi habitación que ya tenía varios boquetes. Había colocado un candado y un pestillo para que no entrara.

Será hijo de puta. Abre o echo la puerta abajo.

Quería resistirme, aguantar, en cambio, me levanté del escritorio y abrí para detener los gritos y los golpes en la puerta.

Deja ya esa mierda de retrasados, dijo, y cogió el dibujo y el cómic de Iron Man y los dobló para tirarlos mientras me agarraba de la nuca para sacarme del cuarto.

Me acuerdo de todo aquello, de mi odio, de las ganas de matarlo, del ansia que brotaba de mi cuerpo sentado frente a aquella mesa con mis padres borrachos, gritándose, metiéndose con nosotros, insultando ante cualquier insignificancia.

Come, apremió mi padre cogiendo el cordero con las manos y poniéndolo en mi plato de mala gana.

Había sucedido en más ocasiones, pero aquella noche del 91 no solo lo entendí, es que lo percibía en todo mi cuerpo, como si todo me diera igual, y me sintiera desdoblado de mí mismo.

Déjalo, no ves que siempre tiene que dar la nota, dijo mi madre con una mueca de asco en la boca, con el Fortuna haciendo equilibrios entre sus labios.

Te he dicho que comas, desagradecido. Eres un desagradecido. Llevo todo el día cocinando.

Tenía diecinueve años. Era la última vez que nos íbamos a sentar los cuatro juntos en Nochebuena.

Entonces lo hice. No sé qué me impulsó. Tal vez fue el desdoblamiento que notaba, esa extraña ingenuidad que atesoraba pese a los palos y a lo que tenía frente a mí diariamente. El aliento a Ducados y alcohol rancio de mi padre era una nube cada vez más amplia.

Me levanté.

Siéntate y come.

Me asqueaban las colillas de los cigarros en los platos de comida, el humo y el olor sucio como si fuese una criatura inquietante creada por mi padre para atemorizarnos. De las paredes sucias parecían brotar efluvios, por ese motivo, las paredes de mi habitación estaban cubiertas de pósteres.

¡Que te sientes de una puta vez!, gritó y cogió el plato con el cordero para tirármelo, pero yo salí corriendo con el corazón en la boca.

Corrí sin mirar atrás hasta que llegué a la playa. Me dolían las piernas, apenas tenía aliento, escupí varias veces cuando me detuve. Algunas farolas estaban apagadas. El mar manso, dormido, contrastaba con mi agitación. No había nadie ni se escuchaba el rumor del agua, tan detenida que parecía un cuadro. Era una noche limpia y fría. El silencio y la arena húmeda calmaron la sacudida que manoseaba mi corazón.

Me quedé allí a la espera de que en unas horas llegaran mis amigos. Habíamos quedado a las doce para salir de fiesta. Aquella laxitud me alejó un poco de mí mismo, al que odiaba tanto como mi familia. ¿Por qué no tenía la valentía de irme y de ser otro, como los personajes de los libros y los tebeos? ¿Por qué no me atrevía a empezar en otro lugar?

Esa madrugada bebí todo lo que pude. Necesitaba que mi cabeza explotara. Tuve un conato de pelea. Animaba a los demás a beber. Quería perder la conciencia. La noche se consumió como se quema una cerilla encendida. A las siete de la mañana, con el sol ya levantado, me metí los dedos para vomitar. Bebí agua de la fuente y me eché un rato en la arena. Me sentía como un saco de patatas podridas tirado a la basura. Mis colegas ya dormían la mona en sus casas mientras yo seguía deambulando por el paseo marítimo. A las once, algunos locales empezaban a preparar sus terrazas. Quería meterme en mi cama y también me daba miedo. Volvía a estar en el mismo sitio. Era incapaz de escapar. Recuerdo aquella madrugada a latigazos. Me resisto todo lo que puedo, pero al final el cansancio me gana y me dirijo, derrotado, como un elefante que cae ante la falta de agua y es abrasado por el sol hasta que solo quedan sus huesos, a la casa de mis padres.

La rutina idéntica de subir las escaleras del piso con tiento para que ningún vecino me viese —esa vergüenza atroz que vapuleaba el ánimo—, y aguzando el oído por si mis padres aún estaban despiertos. Tardaba en subir los escalones, en acercarme a la puerta y meter la llave en la cerradura.

Cuando abría la puerta me llegaban vaharadas de ese tufo a tabaco rancio, sexo trasnochado, polvo, comida malograda y el olor agrio que irradiaban mis padres, con sus respiraciones turbulentas apoderándose del piso; ese olor que impregna mis recuerdos, una extraña telaraña de la que no logro despegarme. La puerta de mi cuarto tenía dos nuevos puñetazos. Las pegatinas estaban metidas dentro de la madera hueca. Por el suelo, la cama y el escritorio se dispersaban, muertos, las hojas arrancadas de mi colección de tebeos. Una montaña de colores llorando, con las figuras forzadas de los héroes en posturas inverosímiles. Cogí algunas páginas como si fueran un animal muerto. Sentí cada destrozo en mi cuerpo, y noté la respiración entrecortada y el odio.

Me tumbé junto a mis tebeos hechos pedazos.

Morir se parecía a eso.

Quinta parte
Padre e hijo

1

El 14 de abril de 2017 voy con mi mujer y mis hijas a Almería a visitar a su hermana. A las once de la mañana del día siguiente recibo una llamada de mi hermano y me suelta una noticia fortuita.

No siento nada, excepto extrañeza e incluso decepción. Le digo que estoy fuera de Málaga y él me dice que lo acompaña nuestro amigo Alejandro, que yo haga lo que tenga que hacer.

Al colgar me quedo mudo, solo con el dolor, con el zarandeo de la incertidumbre y la culpa. También, por qué no decirlo, con la sensación de la oportunidad perdida y de que aquí finaliza la narración.

Punto final.

Estoy equivocado, claro.

Apenas hace dos meses, en mis devaneos por los alrededores de la casa familiar, me topé con mi padre en un supermercado. ¿Y si nuestras energías se cruzaron precisamente para enfrentarnos? ¿Y si aquel encuentro que evité, del que hui, era la última oportunidad que me ofrecía el destino —o como cada uno quiera llamarlo— y la desaproveché?

Tres semanas más tarde, a comienzos de marzo, comencé de nuevo con mis recorridos por la zona, por si me lo volvía a encontrar por azar, pero también porque de algún modo me venía la inquietud de aquellos años, como si andando por los lugares que caminé en mi infancia los recuerdos se hicieran otra vez físicos. Fui a La Peña, al lado de casa de un amigo, donde mi padre va a jugar al dominó, a la cafetería La Milagrosa, donde suele ir a desayunar, a la tienda de Nicolás, al lado de la farmacia. En todos estos sitios, me reconocen y me hacen la misma pregunta: ¿Cómo está tu padre?, como si yo fuera la persona que lo cuidase. Y siempre finalizo el recorrido en el mismo sitio, su portal, frente al telefonillo. A veces, presiono el botón, pero no abre nadie. Seguro que no funciona, como en el pasado. Apenas me quedo unos segundos allí, no quiero que ningún vecino me vea, la vergüenza se apodera de mi ánimo, no quiero que nadie me pregunte qué hago allí, si voy a verlo, si se alegrará, si cuántos años sin verte, y todas esas cuestiones que se desvanecen, que tapan con un velo el único tema importante, las ganas de matarlo y que no podré hacerlo.

Me convenzo entonces de que no voy a buscarlo más. Lo dejo estar. Ya está muerto para mí. Me sigue jodiendo la vida sin estar presente. Quizá soy un puto enfermo. Durante todos estos años no dejo de estar enfermo. Solo descansaré cuando no esté.

Respiro.

También me equivoco en esto.

Respiro.

Le cuento a mi pareja lo que ha sucedido y que no sé qué hacer, que igual debo regresar para estar con mi hermano. Me pone una cara extraña y me replica que acabamos de llegar y que por un bestia como mi padre no merece que me mueva. Tampoco tengo claro que diga bestia, pero lo recuerdo de ese modo. Luego me dice que haga lo que quiera, que si considero que debo marcharme que lo haga. Se repite la situación de hace ocho años con mi madre.

Vuelvo a llamar a mi hermano, y contesta Alejandro: Tu hermano está hablando con la policía. Le pregunto si necesita algo, y nuestro amigo me dice que esté tranquilo, que ahí poco puedo hacer. Cuelgo con la advertencia de que llamaré en un rato.

Lo que sé, por lo que me ha dicho mi hermano: el dueño de la peña de Pedregalejo, con el que mi padre jugaba al dominó, se puso en contacto con mi hermano para decirle que hacía un mes que mi padre no aparecía por la peña. Que había preguntado por él y nadie lo había visto, tampoco por los bares de la zona. Entonces, a través de uno de los surferos, había conseguido el teléfono de mi hermano.

Al principio, mi hermano apenas le dio importancia. Aquello era frecuente en mi padre. Pero al cabo de un par de días seguía con una especie de runrún que no le soltaba y se acercó por su casa. Llamó al telefonillo varias veces sin encontrar respuesta. Y decidió probar en el piso de un vecino. Le dijo que mi padre vivía con alguien, un tipo que entraba y salía, y a veces también pasaban por allí otros desconocidos. Del ascensor salió la vecina contigua a la puerta de mi padre. Reconoció a mi hermano y le dijo que esperase, que le tenía alquilada la plaza de garaje a mi padre, pero que hacía un tiempo que no se lo cruzaba. Sin saber con exactitud la razón, mi hermano llamó a Alejandro, que vivía muy cerca, y luego a la policía, que a su vez llamó a los bomberos. Estos no tuvieron que romper la puerta, simplemente la empujaron. Estaba abierta, solo atrancada. Mi hermano y yo sabíamos que de las dos puertas que daban acceso al piso, una solía estar abierta, atrancada con un mueble, porque mi padre era así, dejaba las puertas abiertas, el coche abierto, como si la vida le resbalase. Si a mi hermano se le había ocurrido empujarla, hubo algo que lo detuvo.

Los primeros en pasar fueron policías y bomberos. A mi

hermano y a Alejandro les dijeron que esperaran en el salón. Una de las paredes, la que daba a una chimenea, estaba repleta de fotos de mi hermano, de mí, de la familia, de nuestras antiguas novias y amigos, como si se tratara de un croquis criminal, uno de esos esquemas que se está harto de ver en cualquier serie de televisión en la que se investiga un caso de asesinato.

Papá estaba en el baño, en un charco de sangre, lleva muerto tres semanas, tal vez más tiempo, así que imagina el olor rancio de la casa, me dice mi hermano que le ha informado la policía. Las elucubraciones empiezan en mi cabeza. Le digo que seguro que ha sido una pelea o uno de sus trapicheos, ¿no vivía con un tipo?, sin embargo, mi hermano, con calma, me interrumpe antes de que tome carrerilla, para explicarme que ha podido ser un infarto, al menos eso le ha comentado la policía científica, porque parece que no hay indicios de violencia, y añade que la sangre seca es del golpe que se dio al caer, y que si vivía con alguien, tuvo que asustarse y se largó. Quiero saber qué es eso de que no hay indicios de violencia, como si estuviésemos en un telefilme barato —que, por otro lado, es lo que ha sido nuestra vida, un telefilme sin presupuesto, rodado de cualquier manera—. No lo sé, se justifica mi hermano, si quieres ven y hablas tú, y se queda en silencio. Pienso que solo quiero ir por la redacción del libro, por el material que me pueda suministrar esa experiencia. Y nada más pensarlo me siento abandonado. Me lleno de odio. Un odio que siempre ha estado ahí, creciendo, malas hierbas que enmarañan los pensamientos.

2

No regresé, decidí quedarme ese fin de semana con mi familia en Almería, aunque mi cabeza tampoco estaba como para estar pendiente de ellos. Mi hermano me contó que llegó un equipo muy numeroso de la policía y que le explicaron que los resultados de la autopsia tardarían años. También me dijo que la hermana mayor de mi padre, la que vive en Madrid, se acercaría a coger algunas fotos y objetos, y me preguntó si yo quería algo. Él también se había llevado fotos, el tablero de ajedrez de madera con el que mi padre le enseñó a jugar y *La vieja sirena,* el libro que le compró para que nuestra madre se lo llevara a la cárcel.

Mi hermano quizá ha dejado de sentir el odio que a mí me atenaza. Necesito dejar de ser quien era. Alguien humillado. Alguien que odia. El odio que uno siente por reprobarse quererlos a pesar de la mayor de las decepciones.

Luego, mi hermano me comenta que en la cocina de mi padre había tapas de yogur con la fecha de finales de marzo y que en su cartera no había dinero, pero sí un boleto de la ONCE del 23 de marzo. Mi hermano está más elocuente que en otras ocasiones, tal vez necesita hablar, sacarse de encima el daño, esa erosión que creció desde la infancia.

¿Vas a ir al entierro?, pregunta.

Sin venir a cuento, acude a mí la ira, el asco, la decepción, la rabia. Sabe la respuesta.

Déjalo ya, dice.

Que deje qué, le digo, que deje qué, repito encendido, si lo rescato, si lo digo, es porque aún me revuelve el estómago, aún lo siento dentro, en la conciencia, aún me aterra, quizá por eso estoy escribiendo, pienso, para modificar mi vida como si se tratase de la vida de un personaje de ficción.

Déjalo ya, repite mi hermano.

Y tal vez deba entenderlo. Su forma de aliviar el daño sea silenciarlo, no sacarlo más de paseo.

3

29 de abril de 2017. Once de la mañana. Toda la noche estuvo lloviendo. Hace un día desapacible y frío a pesar de ser primavera. La tierra mojada asciende, la siento cuando respiro, y la humedad se mete dentro para sacar el calor del cuerpo. Desde que me levanté por la mañana el estómago ha hecho de las suyas y no he parado de ir al baño.

Es la primera vez que voy a volver a entrar en esa casa desde que me marché. Mi hermano me contó lo que había visto. El llavero, en mi mano, pesa, una bolsa de toneladas de arena. La puerta chirría cuando giro la llave, la vieja puerta y el viejo piso que huele a desamparo.

La pobreza se huele.

Huele de un modo característico, más fuerte, como el amoniaco.

Al entrar, en la cocina, lo primero que veo es un yogur de macedonia por la mitad, su tapa está pegada a la encimera, indica el 9 de abril, una fecha distinta a la que me dijo mi hermano. La negritud de las paredes es la negritud del pasado. Las puertas suenan como sonaban en la infancia, los golpes, las amenazas, la grasa que parece recobrar el aliento cuando estoy allí, solo, alerta, como si en cualquier momento él pudiera aparecer por sorpresa a mi espalda. El salón está igual que lo recordaba, excepto por una pared en la que hay pegadas con chinchetas o papel de celo fotografías de mi hermano, mías, de nuestros amigos y novias, algunas arrugadas, colocadas sin ton ni son. En la única mesa de cristal, mohosa, sucia, también hay esparcidas fotos, otras están por el suelo. Mi padre acabó rodeado de imágenes, buscando ese refugio, resbalando una y otra vez.

Me cuesta respirar. A pesar de que las ventanas están abiertas, el piso desprende su olor agrio, fuerte. Permanecen sus efluvios. Una miasma que aprieta. Las estancias son más oscuras y pequeñas de como las recordaba. En las paredes hay boquetes. La casa es un monstruo compuesto con nuestras desdichas, nos erosiona, nos arranca lo que somos hasta que lo olvidamos. El cuarto de baño sigue con la mancha de sangre seca, una mancha rugosa, con grumos, a su lado un cubo y una fregona tirados, igual que la escobilla del inodoro. También hay en el lavabo un cenicero rebosante de colillas, un tubo de crema de afeitar, una maquinilla con restos de pelos y espuma y trozos de papel higiénico en el suelo, como residuos de una geografía desolada. Los azulejos blancos están amarillentos, deslucidos, algunos desprendidos de su sitio, costras, heridas sin curar, la bañera ennegrecida y picada, en la pared hay colgada una toalla azul que parece fuera de lugar, la escayola del techo un mapa físico del que caen sus cordilleras y sus montes. Observo desde el pasillo, sin entrar, junto al dormitorio. Me quedo en el quicio de la puerta, sobre el edredón, blísteres de pastillas, diazepam y otros medicamentos, haciendo las veces de cabecero una tela gruesa a rayas, enfrente, una cómoda con un cristal sucio, y encima unos pantalones vaqueros y una camisa gris arrugados. El teléfono de mi hermano y su dirección están anotados en un trozo de papel, junto a su cartera, y el número de la ONCE. La cronología de su muerte puede reconstruirse entre ese número de la lotería y un yogur a medio comer. Eso es lo que somos.

La casa se devora a sí misma.
Un comportamiento aprendido de sus inquilinos.
Este es el patrimonio de mi padre.

Por la noche se me aparece la pared sucia del salón cubierta con las fotos sujetas con chinchetas o celo. Las imágenes no reflejan lo que sucedía en el interior del piso. Nadie podría adivinarlo por esas instantáneas. La cara de mi padre respira a mi lado, presionando la mía. También se manifiesta el cuerpo hinchado de mi madre, que ríe mientras llora. Oigo los ladridos de *Rioja*. Y regresan las ganas de vomitar y la frustración por haberme ido del piso sin ni siquiera haber visto mi cuarto.

4

He regresado al barrio. Un lugar que me cuesta reconocer, donde me siento, desconozco la razón, un extranjero. Lo he hecho con la intención de paliar estas arrugas que me contraen desde que entré en la casa, y también para hablar con un amigo de la infancia, Nils, que se llevaba bien con mi padre hasta el punto de que se hizo cocinero por él.

Camino inquieto por las calles que me arropaban cuando era pequeño.

Nils está esperándome en un local con un quinto en la mesa. Me da el pésame y eso me tranquiliza. Sabe para qué lo he convocado. Antes de que pueda hablar le hace un gesto a la camarera para que me traiga una cerveza, y me pregunta por qué quiero escribir un libro así, qué persigo, si mi hermano está dispuesto a participar. No le digo que tengo que sacarlo, extirpar lo que sea que horada mis entrañas, las palabras no consiguen expresar el fondo del miedo.

Una cuestión directa frente a respuestas múltiples.

Chocamos las botellas de cerveza para celebrar este reencuentro y bebemos. Preparo la libreta y el bolígrafo y escribo: «un libro así». Así lo ha llamado él.

Entre mi carácter, que ayuda a dulcificar las cosas, y mi filosofía de evitar problemas, he olvidado nuestra infancia, dice Nils, antes de terminar el quinto y pedir otro.

¿Y eso?, pregunto.

Sube las manos en señal de ignorarlo y pone esa mueca característica suya, juntando los labios, que le he visto hacer tantas veces desde que éramos unos enanos.

Lo he pensado y no quiero molestarte.

¿A qué te refieres?, insisto.

Vuelve a mover las manos como diciendo que espere. A él nunca le ha gustado abrirse, se siente vulnerable, como si se quitara la postilla de una herida y saliese sangre. Le hago partícipe de esta reflexión, se ríe y me comenta que a ver si va a tener que preguntarme él a mí y no al revés. Los botellines chocan otra vez y nos vemos de chaveas, alegres, a pesar de la turba de problemas que atestaba al barrio. Levanta el botellín, sonríe y me dice: Siempre me ha molestado que no pudieras empatizar con tu padre, a diferencia de tu hermano. Tu padre era un tío brillante, conversador, debía de tener un coeficiente intelectual alto, fue él quien me enseñó a jugar al ajedrez, tenía muchos libros de ajedrez en tu casa. Le dio por la alta cocina cuando la restauración era un oficio sin el predicamento actual. Ya te he contado lo que me influyó a la hora de hacerme cocinero. Lo respetaba y la gente también lo hacía, pese a las controversias que le rodearon. A mí me gustaba hablar con él, me caía bien y disfrutaba con sus ocurrencias. Seguramente he hablado más con tu padre que tú mismo. Me acuerdo cuando deshuesó una pata de jamón delante de mí sin despeinarse, y cómo llevaba la cocina cuando estaba sobrio. Cuando salió de El Acebuche en Almería hablamos bastante. Se tiraba el día en la playa. Allí dentro fue campeón de ajedrez, ¿lo sabías?

Y cómo no lo voy a saber, pienso.

Sus palabras me afectan, sin embargo, me obligo a no interrumpir, ni influir en la apreciación que tiene sobre mi padre. Nils prosigue, salta de un tema a otro.

La primera vez que vi cocaína fue en tu casa. Aquello, para un chaval, era alucinante, y también un despropósito. ¿Cómo darnos cuenta en aquellos años? Fíjate, suspira, siempre pensé que tu madre os trataba peor que vuestro padre. Ella era más vehemente y dura al dirigirse a vosotros, os chillaba constantemente y perdía la cabeza sin importar quién estuviera delante. En el barrio la gente comentaba lo guapa que fue, lo que podría haber sido, que echó a perder su vida y todo eso que siempre se ha dicho, tú estarás harto de oírlo.

El relato de una telenovela barata, digo, con la boca pastosa.

Mi amigo junta sus labios, ríe, para decir: Yo ya la conocí avinagrada. Tal vez por las palizas y las drogas. Lo que quiero que entiendas es que con tu madre no hablé y daba miedo, en cambio con tu padre sí que lo hice.

Pide otros dos botellines. Volvemos a chocar las cervezas como si tuviéramos algo que celebrar. La mayor certeza o revelación que he logrado a lo largo de estos años de redacción del libro es que nadie, absolutamente nadie, era consciente de lo que sucedía en aquella casa, ni siquiera cómo eran en realidad mis padres.

Le pido que me aclare la idea de que mi hermano mantenía una relación sana con mi padre, a diferencia de mí.

No lo creo, más bien asumió cierto tipo de responsabilidad. Somos hijos del contexto que vivimos o reflejos de nuestra época o como coño quieras expresarlo, gente con más taras de las que imaginamos, comenta.

Da un trago a su bebida y continúa: Una pelea entre un hombre y una mujer no se identificaba como malos tratos por aquel entonces, y era de lo más frecuente. Y el maltrato psicológico todavía menos, y hoy día eso no ha cambiado del todo, solo que se lo nombra.

¿Y cómo me veías en esos años en relación...? No me deja

terminar la pregunta; Nils está cómodo en los recuerdos, esa extraña sensación de la memoria de recuperar lo que se ha ido para siempre.

Te he visto distante con tu hermano. Quien no os conociera ni siquiera os consideraría hermanos. Él tenía un instinto de protección contigo.

¿Cómo?, no puedo evitar sorprenderme por esta percepción.

Sí. Tú siempre has sido más introspectivo, más raro, con tus obsesiones. Te cuento una anécdota. Cuando no estabas en tu casa, nos colábamos en tu cuarto para leer tus cómics de superhéroes —eres el primer friki que conozco, cuando no se sabía aún lo que era ser friki—, y tu hermano lo pasaba fatal, nos decía: Se va a dar cuenta de que se lo hemos tocado, tened cuidado, y dejaba cada cosa exactamente como estaba. Aunque daba igual, siempre acababas preguntando quién había entrado en tu cuarto.

Asiento con la cabeza, sin cortarlo.

Te agarrabas a todo, dice. Te agarrabas a las relaciones sentimentales, al baloncesto, a la natación, a los cómics, a los libros, al cine. Eras muy obsesivo para todo lo que te interesaba. Por ejemplo, ¿cuánto tiempo estuviste sin estudiar?

Tres años.

Ves. Te envidio.

¿A qué te refieres?

Que te trazas una línea y la cumples, aunque tengas muchas dudas. ¿Cuántos de los del barrio terminaron los estudios?

Durante un rato hablamos de temas actuales, luego me sigue contando cosas de cuando éramos chaveas. Para los niños del rebalaje, vosotros veníais de encima de la carreterilla, y entonces os considerábamos pijos. Al principio, os lo hicimos pasar mal a tu hermano y a ti. Era una regla no escrita, los que venían de arriba eran unos pijitos a los que había que curtir. Daba lo mismo que vuestro piso estuviera reventado. Y eso que para ti quizá tu casa fuera un horror, pero para nosotros era una zona de disfrute. Recuerdo el absoluto contraste entre tu habitación y la de tu hermano. La de tu hermano era el cuarto más punki que he conocido, con condones colgados del techo, todo manga por hombro, con los neoprenos y las tablas tiradas. Allí olía a cera de surf, la Sex Wax, ¿te acuerdas?, los pósteres medio caídos, flipaba; y el tuyo en cambio estaba todo en orden, con los tebeos, los libros, las cintas VHS, los dibujos y las libretas que ya atesorabas por aquel entonces. Fíjate que no se os veía tristes ni raros ni nada. Tu padre o tu madre llegaban y la liaban porque iban puestos, rompían lo que fuera y nosotros no pensábamos que hubiese problemas. Ni te lo planteabas. Al menos, ninguno hablaba de ello. Tirabas para adelante. Ignoro si fue la época o el barrio; ¿te acuerdas del padre que nos hacía probar bañadores con la excusa de si le irían bien a su hijo? Convivíamos con un intento de pederasta con la mayor normalidad. Nos lo contamos una tarde en el espigón comiendo pipas, y a otro tema. Ya te digo, tirabas para adelante con lo que fuera.

¿Has ido a terapia?, pregunta de repente.

Sí.

A eso me refiero. A mí me hubiera gustado, pero no consigo abrirme y eso que yo tuve suerte con mis padres, lo reconozco.

Estás a tiempo.

He renunciado a ello, ¿no crees?, lidio con los vaivenes que vienen y van.

¿A qué te refieres?

Nils sigue con su cara de gominola y sus labios juntos y a la vez noto su oscuridad.

En aquella época quizá no era del todo consciente, ahora comprendo los ataques de ansiedad de tu hermano, mis propias neuras, y también percibo tu carácter, dice con la voz firme. Comprendo tu necesidad de huir, de buscar una estabilidad emocional, tu férrea fidelidad y lealtad a los que te muestran cariño, bondad, lo que sea. A la vez, con los años, noto claramente tu tristeza, la derrota que te aplasta, esa incapacidad de disfrute, como si esa bomba de humo —¿recuerdas cuando te puse Bomba de Humo porque siempre estabas escapando de cualquier situación fuese buena o mala?— ya formara parte de ti. Tengo curiosidad por la relación que tienes con tus hijas, con lo obsesivo que eres tú y los niños que se muestran libres como cometas al viento.

Callamos durante unos segundos. La camarera se acerca a nuestra mesa, retira las botellas vacías y mi amigo le dice que ponga otras dos. Las últimas, me dice.

Estás triste, repite. Por eso te he preguntado por un libro así.

Las nuevas cervezas ya están frente a nosotros. En esta ocasión no chocamos los botellines, simplemente damos un trago.

... No pongas esa cara, sé que no lo crees, pero a su manera tu padre se preocupaba por vosotros.

Prefiero no entrar en ese terreno estéril en el que mi padre reptaba para conseguir información. Le digo:

Me has dicho que lo respetabas. ¿Cómo se puede respetar a un camello, a un yonqui, a un borracho...? Me callo. Nils mira la mesa, luego a mí, yo sigo hablando: Además sabrás que tuvo muchos enemigos, y que sus amigos no eran más que los que mueven las drogas.

Bebemos un rato sin decir una palabra. Suena «What's Up» de 4 Non Blondes, una canción de nuestra juventud. Canto dentro de mi cabeza:

Twenty-five years
And my life is still
I'm trying to get up
That great big hill of hope
For a destination

Entre los yonquis siempre han existido jerarquías. Cuando éramos chicos tu padre estaba en la cresta. Ignoraba que fuese egoísta, egocéntrico, ni me importaba que hiciera daño a su familia. Claro que me chocaba el desprecio que mostraba por tu madre, sobre todo en comparación con el trato que se tenían mis padres, pero ya te digo que no le echaba cuenta. Fíjate que durante mucho tiempo estuve en el error de que tu padre procedía de una familia pudiente venida a menos, hasta que me enteré de que había nacido en una familia humilde en el barrio de Huelin. Puede joderte, pero lo respeté. Y tuvo enemigos porque le tenían envidia. Pudo ser uno de los más grandes cocineros, y creo de verdad que durante unos años lo fue. Alguna vez me he preguntado si las drogas tuvieron algo que ver en su genialidad, ¿te lo has preguntado?

Seguro. Las drogas le inspiraban. Llegaba en plena madrugada y le daba por quemar nuestras sábanas o levantarnos para seguir con sus juegos... Un psicópata.

Eso no lo sabía.

El gesto de mi amigo ha perdido la amabilidad.

Perdona, no quiero hacerte cambiar la idea que tienes de él, le digo.

Me arrepiento de esta salida que he tenido. No me había pasado con ninguna de las personas y familiares con los que había hablado para la redacción del libro.

Tranquilo, no lo haré, dice, y continúa: Después de la cárcel la situación se fue degradando. Tu padre siguió con los trapicheos, el restaurante ya era una mera tapadera y él se convirtió en un yonqui que gradualmente fue arrastrándose, hasta que metió en su vida a los yonquis más bajos del barrio. Ese fue el final. Al morir tu madre, estaba solo, muy solo, y se llevaba a los yonquis más tirados a casa. Menos mal que al menos se comportó en la boda de tu hermano.

¿Qué quieres decir?

Tu hermano lo había invitado, ¿lo sabes?

Sí, claro. Se pilló una de sus cogorzas. Bebía todos los días.

Pero sabes que ese día tu hermano lo llamó y se ofreció a recogerlo y llevarlo.

No, no me lo contó.

Estaba muy colocado. Según me contó tu padre días más tarde, él quería ir a la boda, pasarse, veros un rato, vernos, comer, brindar y marcharse, aunque estaba aterrado, le daba miedo encontrarse contigo, enfrentarse a ti. De ese modo justificaba lo que llevaba en el cuerpo.

Me pregunto si hay momentos prohibidos para la memoria. Momentos a los que se les pone coto. Momentos que prefieren estar alejados para protegernos de los demás y de nosotros mismos, porque contarlo con palabras acaso lo único que consigue es prolongar el sufrimiento. Poco a poco, sin percatarme, me olvido de mí mismo. Poco a poco, siento alivio cuando no me toca el pelo, ni me acaricia la mejilla, ni posa su mano en mi cuerpo, ni me abraza.

Y, a la vez, lo deseo.

Echo de menos que ya nunca pose su mano en mi cabeza, ni me bese, ni me revuelva el pelo, ni me abrace, ni me diga que me quiere.

5

El 1 de mayo mi hermano y yo quedamos con una empresa que se dedica a limpiar viviendas donde se ha producido un deceso. Pensé que se trataba de una empresa impersonal, sin embargo, nos encontramos con dos mujeres de mediana edad, familiares y atentas. Creo que las trabajadoras perciben nuestros reparos al entrar en la casa y nos dicen que no hay ninguna prisa, que nos tomemos el tiempo necesario. Ellas pasan primero, las veo andar, tomar fotos, escribir notas en una libreta pequeña con la mayor naturalidad, mientras inspeccionan los espacios para elaborar el presupuesto. El aire corre, todas las ventanas están abiertas, sin embargo, la mugre sigue adscrita, también el mal olor, la peste que desprendían mis padres. Pienso que qué hago allí, y al mismo tiempo tengo la vana esperanza de encontrar alguna cosa que me sirva para cerrar el libro. Aunque sé que esto sería un atajo, y no ocurrirá.

Apenas reconozco la casa.

O no quiero hacerlo.

Al entrar me he quedado en la cocina. Vuelvo al envase de yogur sobre un plato blanco, a los tenedores y cucharas depositadas de cualquier manera, a las migas de pan, a las latas, a las tres cabezas de ajo y a un rollo de Fixo que hay junto a ellas, lo fotografío, una naturaleza muerta, lo último que comió mi padre. En el fregadero una botella de ron vacía. Las sartenes renegridas sobre la hornilla dan asco, son las de una chabola sin recursos, como el fregadero. La roña invade el espacio. ¿Cómo se aguanta en esas condiciones?

Me meto en mi antiguo cuarto, que también me cuesta reconocer. En el escritorio abro el cajón y me sorprendo al descubrir mi calificación escolar, viejas fotos de mi yo niño.

¿Qué me incomoda de estar aquí?

Mi cuerpo se desinfla.

Me resisto a traer las sensaciones del pasado. Con el teléfono hago fotos que borraré al instante.

¿Qué sentido tiene registrar un lugar así?

Yo ya soy otro.

Entonces, ¿qué me irrita?

En un lado del mueble hay pegado un dibujo de Iron Man que hice con catorce o quince años. Me veo copiándolo una y otra vez; es quizá lo más reconocible, una zona de alivio que me entristece. Aparte del dibujo y de algunos libros, hay objetos que fueron dejando ahí mis padres, y que no son míos.

¿Cómo se aguanta en una casa así?

Las mujeres de la empresa de limpieza nos llaman. Dicen que ellas ya han acabado, y nos explican que tirarán todo lo que desechemos y que guardarán en una habitación lo que les digamos, junto a las fotografías y los objetos personales. Les digo que no hay objetos personales y que todo es basura. Mi hermano se queda callado, pero percibo que no está de acuerdo. La vida se basa en una transacción. A esto se reduce todo. Las mujeres asienten con la cabeza, aunque insisten en que nos tomemos nuestro tiempo, y que ya les diremos.

Unos minutos después nos vamos de allí. Se me queda impregnado el olor a mugre, a miseria, a muerte, ese olor viscoso a tabaco negro, alcohol y saliva. Me pica la garganta, siento algo que se me ha metido dentro, como si tuviese una alimaña rasgando en mi tráquea. Escupo. Varias veces. Permanece. Forma parte de mí, solo estaba hibernado y ha despertado.

Al día siguiente, 2 de mayo, mi hermano me llama para decirme que la del Ocaso le ha dicho que la cosa parece que va para largo, pues el juez sigue sin autorizar la incineración. Mi hermano me explica que en casos como el de mi padre, si lo enterramos, la cosa es peor porque a los cinco años hay que sacarlo y buscarle otro nicho. No queremos hacer eso. La del Ocaso también le ha comentado que, por su experiencia, piensa que no debe ser por muerte natural, que puede ser por muerte violenta o suicidio.

¿Me pregunto si debemos llamar a la policía e informarnos como familiares directos? Pero desisto. La casa me ha exprimido, me ha dejado tocado. El olor a roña persiste, y las risas de mis padres, y sus broncas y sus jadeos y mi dolor y mi huida. Estoy tan embebido de mis pensamientos que apenas escucho lo que me dice mi hermano al otro lado del teléfono. Papá me dijo que él moriría solo. Lo llama papá cariñosamente. Papá, repito con la saliva en la boca, con la alimaña desgarrando el esófago. ¿Se puede nombrar a una persona que hizo lo que hizo con el apelativo de papá? Recuerdo una novela de éxito en la que el autor se entristecía porque su padre nunca le había dicho te quiero, aunque los hechos de los actos de ese padre eran a su modo cariñosos. Perspectivas.

¿Cuándo hablaste con él por última vez?, le pregunto. En Navidad, responde. El silencio se ha vuelto a apoderar de nuestra comunicación. No le digo que me lo encontré un par de meses antes de su muerte en el supermercado. ¿Quiso el destino ofrecerme la oportunidad de despedirme de él? Le pregunto a mi hermano si hubiera querido decirle adiós.

Tarda unos segundos en contestar, ¿se aguanta las lágrimas? Sí, y también me habría gustado que viera más a mis hijos. Mi hermano no es de muchas palabras, pero está roto.

Sé que yo no fui el hijo que soñó. Quizá mi hermano encontró ese hilo invisible de afecto con él y le perdonó los insultos, las ofensas, los reproches, la dejadez y el catálogo de humillaciones que nos han dejado una huella imborrable. Los ataques de ansiedad, los problemas de asfixia, los desajustes alimenticios, la esofagitis de mi hermano parten de aquella casa. Quiero decírselo, pero me callo. Papá sufrió mucho, me dice. Otra vez papá de ese modo triste y cariñoso. Ese modo que denota que lo echa de menos. Hace tiempo que le perdoné, y tú debes hacer lo mismo, comenta.

Tal vez tenga razón. Aunque eso no recuperará el cariño ni nos hará recobrar la confianza en nosotros mismos. Somos mellas. Huecos. Y nada saldrá en esas zonas yermas. Acaso miedo, amenazas. Cierro los ojos. Y regreso al cuarto de baño. El trofeo de la cárcel. Un granizo en mi lengua. Sus manos en mi espalda. Después solo aviones que dejan cicatrices en el cielo.

Y silencio.

¿Se puede poner el silencio en el papel o solo los hechos?

La muerte estimada de mi padre se establece entre el 22 de marzo y el 9 de abril de 2017. Mi madre murió en 2009. Dos meses más tarde, mi padre fue a Valencia a ver a su hermana, y estuvo disfrutando de las Fallas. Según mi tía, la lio. Hay un registro de fotos.

6

Durante todo este tiempo que he estado escribiendo, he querido llorar. A pesar de las ganas, sigo seco. Me posee un sentimiento de irrealidad y ausencia.

Lloré con la muerte de mi abuela.

Pero no lloré ni por la muerte de mi madre ni lloro por la de mi padre.

En ambas muertes estuve fuera de Málaga. Y de las dos me enteré por mi hermano.

Quizá si los hubiese llorado me habría limpiado, las lágrimas habrían arrastrado parte de la suciedad acumulada, aunque puede ser una ilusión más que uno manifiesta para sentirse mejor, un mero simulacro.

El dolor no miente, nos revela, nos cuenta, nos hace visibles.

Escribo sobre el dolor de la familia y sobre sus sombras, y sé con certeza que me enemistará con más de una persona, que me verán como el que abre las bolsas de basura, cuando lo que tendría que hacer es tirarlas al vertedero y triturarlas para siempre, porque es más importante omitir lo indecible.

Regresa la pregunta de Delphine de Vigan: «¿Basta el miedo para callar?».

Me la repito una y otra vez.

Como me la repetí en los años noventa cuando ni siquiera había leído *Nada se opone a la noche.*

Copio la pregunta en una hoja y la pego con Fixo en la mesa del escritorio donde escribo. «¿Basta el miedo para callar?»

Más de dos décadas después la pregunta tiene el mismo valor. Supongo que si no dejo nada en las sombras algo se transformará. O no. Mi ingenuidad muda, como una playa desierta en invierno, las rocas perforadas por las embestidas de las olas. He llegado a creer que un libro cambiará las cosas, cuando lo más probable es que no suceda nada. Los daños estarán ahí. Y el silencio también, fosilizado.

La violencia contra el cuerpo permanece, se adapta, aflora en la memoria y solo las ficciones le proporcionan un remanso de paz, unos momentos de reposo. Un refugio.

7

Me doy cuenta de que para refugiarme del miedo leo, abrazo a mis hijas, pongo todas mis energías en terminar el cuento infantil que vamos construyendo de un modo oral. Me fijo en mi casa: libros ilustrados, novelas por todas partes, tebeos, juguetes, y, de repente, brota el recuerdo del piso de mis padres.

Evito hacerme más preguntas, es como caer en un abismo, volver a ser y sentirme como el niño encerrado en aquellas paredes mugrientas, la sangre que comparto por herencia me agita el ánimo.

Pero todo lo que me rodea, el espacio que habito, es diferente.

Me empeño en ser diferente a él.

Cada noche, antes de dormir, mis hijas me piden que les lea el cuento de la tigresa Carlota, me preguntan cuándo lo podrán ver, tocar, pasar las páginas del libro. Les explico que lo he enviado a una editorial y que me tienen que contestar. Papá, lo queremos ya, me reclaman, y yo les digo que no importa cuándo llegue, que puede tardar años, pero todo eso da lo mismo mientras nos sigamos contando historias.

8

Una mañana voy a comprar a una tienda ecológica del Cerrado de Calderón, y me encuentro con un viejo amigo de mi padre. En otras ocasiones me he topado con personas de su época que lo conocieron, sin embargo, fui incapaz de abordarlos cuando ya me rondaba la idea del libro. Incluso cuando había comenzado con la redacción del mismo, me topé con un tipo que reconocí de los habituales del restaurante, aunque no tuve la convicción de presentarme. ¿Y si al escribir atraigo, como un imán, a las personas que tuvieron contacto con mis padres en el pasado? Es una idea naíf que, no obstante, ronda mis pensamientos durante este tiempo calcinado. Cuando alguien me dice que es sencillo vivir, lo miro con esa cara de mareas, de ramas deshojadas, de temblores inesperados.

Al encontrarme con este amigo de mi padre, actúo de otra manera. Me acerco a saludarlo y le pregunto si me recuerda. Claro, hombre, asevera, con su sonrisa característica de guaperas, su media melena perfectamente cuidada, sus vaqueros y su camiseta de marca. Fuma un porro de tapadillo mientras se toma una cerveza en la terraza. Nos ponemos brevemente al día, sin profundizar en nada ni sacar ningún tema delicado. Durante algunos segundos vuelvo a notar la realidad movediza. Me falta la confianza para contarle qué persigo, pero desconozco de dónde agarro la fuerza, el caso es que nos intercambiamos los números de teléfono y acuerdo con él llamarlo para charlar de mi padre. Se muestra cordial, igual que en el pasado, cuando se interesaba por cómo me iban las cosas. Los fines de semana alguna vez se pasaba por La Chancla, el local de moda en el que yo trabajaba, a tomar un café y una copa, y hablábamos en plan colega. Al despedirnos siento una mínima euforia.

Era de esos amigos con los que mi padre bebía whisky hasta el coma etílico, fumaban de todo a mansalva, se metían rayas a la velocidad de la luz y follaban como si no hubiera un mañana. Para mí, ya de adolescente, el hombre representaba un enigma. Un tipo con carisma, agraciado, que no dio un palo al agua pero que siempre tenía dinero, al que solo parecía interesarle la diversión y su verga, de esas personas que siempre caen de pie hagan lo que hagan.

A la semana siguiente, tal y como hemos quedado, lo llamo para cuadrar una cita. Me comenta que había olvidado que esos días tiene a su hija, que mejor nos viésemos después del fin de semana. Acordamos vernos el lunes a las once en la cafetería donde nos encontramos. En paralelo, vuelvo a hacer indagaciones para lograr los antecedentes de mi padre y dar con otras personas que lo conocieron. Ninguno de los asuntos resulta fácil ni fructifica. Lo que noto con nitidez es la fragilidad en la que vivo, en la que aún permanezco, furtivo, habitando la parte oculta de la infancia, con las heridas secretas, reprimidas, con las emociones turbias y los pensamientos que desestabilizan al padre que pretendo ser.

Sentado en el escritorio escribo en una libreta las preguntas para el amigo de mi padre. Las leo, entonces las tacho. Solo anoto: «Me dolía la agresividad que mostraban mis padres en casa y lo cordiales que eran con sus amigos».

El lunes en cuestión llego veinte minutos antes a la cafetería. Pido un café con leche y un mollete con aceite y tomate. Es verano, y las madres llevan a sus hijos a la compra o a la playa. A las once y cinco miro el móvil y pido una botella de agua. A las once y veinte, nervioso, llamo al viejo amigo de mi padre; su teléfono está apagado o fuera de cobertura. Ya sé que no aparecerá. Por la tarde, me devuelve la llamada, y me dice que se le olvidó decirme que tenía una cita con el dentista, que me llamará. Pasan los días y no lo hace. Al cabo de una semana lo llamo sin fortuna. Le mando un wasap diciéndole si podemos hablar, aunque sea por teléfono, que solo le robaré media hora. Así estamos durante un mes y medio. Me invade cierta impotencia y rabia porque sé que tiene cosas que contar, que podría revelarme temas que en su momento me pasaron inadvertidos. Le envío otro mensaje al teléfono explicándoselo. Entonces me envía una nota de voz diciéndome que lo ha pensado y que no quiere hablar de miserias, que aquel fue un tiempo precioso y que prefiere dejarlo como lo recuerda. Que no lo llame más.

9

Abro la libreta y leo lo que escribí. «Me dolía la agresividad que mostraban mis padres en casa y lo cordiales que eran con sus amigos.» Se me aparecen en este preciso instante en el que trato de cerrar esta historia que me mantiene angustiado. De nuevo me traen el temblor a mis labios y a mis brazos, esa sensación que se convierte en cansancio y lo ensucia todo.

Quería matar a mi padre, el asesino de mi madre, el que abusó de su hijo, el que depositó sus frustraciones contra nuestros cuerpos, el amigo perfecto que divertía a los demás e invitaba generosamente. Y la única manera de hacerlo era escribiendo. La única que conocía. He enfrentado mi memoria a la de otros familiares y amigos que lo conocieron, he acudido a registros y juzgados para buscar cualquier dato que pudiese servir a la narración, incluso escribí un correo electrónico a la policía por si podían facilitarme sus antecedentes y cualquier otra información que pudiera ser relevante, aún no me han contestado y la verdad es que no creo que lo hagan. He acudido al Registro Civil y he logrado las actas de nacimiento, defunción y matrimonio de mis padres. La frialdad de los datos con fechas, horarios, testigos, secretarios y jueces que lo autorizan los vuelve irreales; todo lo contrario de lo que buscaba.

En la lectura de esos documentos me percato de un detalle que reafirma esta sensación: mi nombre no aparece en ninguno de ellos, pero el de mi hermano sí, en ambas actas de defunción.

10

El final se acerca. Con todo, sigo buscando, trato de esquivar las trampas de mi memoria para que otros me vean desdibujado por mi relato, sobre todo evito reflejarme en mis recuerdos empañados y porfío en hacerlo en los de los demás, combinarlos, aspirar a cierto bienestar, a esa paz efímera que te hace comprender quién eres, quién has sido. A través de Facebook contacto con mi tutora de EGB del 85 al 87 en el colegio Jorge Guillén. Le escribo un mensaje. Al día siguiente tengo su respuesta con su número de teléfono. Empiezo a hacerme ilusiones, a pensar que me desvelará algo crucial de mí mismo, algo que yo desconozco después de más de treinta años.

Mi profesora de EGB se alegra de saber de mí, la dejo hablar y que pregunte, hasta que le relato el objetivo de la llamada. Le digo que le envío por WhatsApp las fotos del Libro de Escolaridad para que recuerde físicamente cómo era entonces, y también le digo que no quiero contar nada de mi situación de entonces por si la condiciono. Al escucharla reconozco su voz calma y rotunda, una voz fuerte, rígida, de la que desconectaba casi al comienzo de la clase en la última fila. Me ponía a dibujar, a imaginarme en otros lugares, a verme dentro de las viñetas de colores que leía cada vez que podía, a escribir garabatos, frases con faltas de ortografía y errores sintácticos que describían mi estado.

Al hablar con mi profesora tantos años después me viene la tristeza y desorientación que yo sentía en mi adolescencia, esa sensación de que continuamente me estuvieran mordiendo el estómago, la garganta, los ojos, la cabeza, como si además de las manos de mi padre en mi cuerpo, la vida traspasara mi carne y la retorciera por dentro. Me recompongo para que no perciba nada, el disfraz que todos nos ponemos alguna vez para que no se advierta nuestro miedo.

Y pese a que me cuenta que no puede definirme claramente, que apenas se acuerda, siento que sabe más de lo que me dice su voz al otro lado del teléfono:

De algunos niños sabíamos la historia familiar y eso nos ayudaba a entender su entorno, aunque no eran muchos de los que teníamos informes, ni siquiera hablábamos demasiado con sus padres. De ti apenas te puedo contar pinceladas, como te digo, poco claras, muy atrás en el tiempo. Sí te recuerdo, no sé si las palabras son acertadas, como un niño hosco, cerrado, callado, retraído, quizá, no sé, tímido, corto, introvertido, son apreciaciones sutiles, aunque ya te digo que no destacabas precisamente por ser el chico malo que interviene, que molesta, que pregunta... Quizá a algún compañero no le tenías mucho aprecio, he indagado por ahí, pero es que no hay nada reseñable. Yo te recuerdo, claro que te recuerdo, aunque no puedo decirte nada, y mira que lo siento. Porque de los más destacables sí que se recuerdan cosas, de ti no recuerdo nada notable, no sé si tratabas de pasar desapercibido, pero si te soy sincera no te puedo decir nada más, no quiero inventarme las cosas, lo siento mucho.

Le pregunto sobre el compañero con el que no me llevaba bien, por si pudiera hablar con él, que estaría bien contrastar las visiones de aquella época. Me dice que en eso no puede complacerme, simplemente me comenta que tiene un grupo de compañeras de esos años y que cuando puedan reunirse preguntará si ellas podrían añadir algún recuerdo más. La voz de mi tutora es amable y a un tiempo inflexible, y me doy cuenta en ese mismo instante de que no va a ir más allá en su confesión, que si tiene cualquier dato se lo va a callar. Esto reafirma una intuición que sentía en aquella aula inhóspita, yo era para ella uno de esos alumnos que irritaban a los profesores por mi actitud ausente o por el motivo que fuera, y mi llamada se lo ha recordado. Entonces, decido no hacerle ninguna de las preguntas que había previsto, que si me advertía como un alumno hosco e intratable, tímido e introvertido, visiones que no dejan de ser contradictorias, por qué no se puso en contacto con mis padres como sí hizo con otros compañeros, ¿acaso no veía nada extraño en mí?, ¿acaso no me veía incómodo en los recreos?, ¿acaso no percibió que mientras en 6.º y 7.º de EGB aprobé con holgura, las notas cayeron en picado en 8.º? ¿No apreció ninguna alarma?

Tampoco le digo que mis padres solo fueron una vez a una tutoría con ella, y fue porque falté a varios exámenes de 8.º de EGB en el 87 —aquel año de fiesta permanente para mis padres—. Recuerdo que, a veces, aunque supiera la respuesta en cualquier asignatura, prefería no responder o decir que no lo sabía, hacerlo mal, porque mi tutora de aquellos años tiene razón en una cosa, no quería existir, quería desaparecer, fue cuando comencé a sentir que solo si mi padre moría yo podría vivir. Recuerdo que copiaba dibujos de Iron Man lanzando sus rayos, de Lobezno sacando sus garras, de Thor con su martillo y les pegaba la cabeza de una foto de mi padre en la hoja en que había dibujado el héroe y la rompía en pequeños pedazos, que eran los fragmentos en los que me descomponía yo mismo a finales de los ochenta.

Quería matarlo.

Pero sabía que no tenía el valor para eso ni para huir, que tal vez sería como los villanos de los cómics de superhéroes condenados a fracasar siempre. Lo único que me calmaba al principio era hacerme cortes en los muslos, abrasarme los nudillos, pegarme en el cuerpo, darme cabezazos contra una pared.

Solo las lecturas de los tebeos y los libros me protegían, me salvaguardaban durante algunas horas de la locura y la destrucción en la que vivía, de la alarma constante que representaba mi adolescencia. Por mucho que quisiera escapar de la influencia de mi padre no podía. Dormía en su casa. Era incapaz de distanciarme de su influencia, mi padre ejercía un poder invisible sobre mí, por eso cuando recibió la llamada del colegio para asistir a una tutoría, lo consideré una victoria, una posible salida. Pero cuando mi padre volvió, me sumergí en el miedo. Como me relató mi amigo Alejandro, mi padre era una persona que se ganaba a los demás, que sabía conseguir lo que buscaba de su interlocutor. Mi tutora de aquellos años no recuerda aquel encuentro. Yo mismo desconozco cómo fue ese encuentro, solo sé que se produjo, y que mi padre llegó hecho una furia por lo que le había dicho sobre mí la profesora, que le recomendaba que, pese a que aprobara los exámenes, debía repetir curso porque no me veía maduro para afrontar el instituto. Las palabras de mi padre fueron más duras, pero primero me dio una paliza, luego se afanó en la destrucción de la colección de cómics. Me dijo que ese verano iba a ponerme a trabajar, que iba a aprender a palos, como su padre había hecho con él, que era un retrasado de mierda y que por sus cojones me iba a enderezar, que menos mal que esa buena profesora había visto la mierda de hijo que tenía.

Y aquellas manos grandes de dedos gordos destrozaron a

mis superhéroes mientras yo le suplicaba que no lo hiciera, que por favor parara, y lloraba y mi cuerpo se arrugó en los mismos pliegues imposibles de esos tebeos que tantas veces había leído y que ya no podría conseguir de nuevo. Como tampoco podré recuperar muchos de los recuerdos lejanos de aquellas clases en las que agachaba la cabeza para descansar del campo de batalla que era mi casa.

11

Y, sin embargo, a pesar de todo lo que había pasado en aquel piso, me costó dejar mi cuarto. Siempre hay un sitio al que acudir, donde refugiarse durante un tiempo, pero yo me decía a mí mismo en aquellos años de juventud que si no me iba era por mi madre. Entonces no me daba cuenta de que mi madre ya formaba parte de él.

Quizá por eso ni siquiera hoy las paredes de aquella casa, incluso cuando ha sido reformada, han desaparecido ni las he olvidado, se hacen visibles primero en mis recuerdos para verme poco después allí dentro, contagiado del caos que imantaba mi padre. Mi amigo de Melilla me comenta que cuando me conoció, y aún durante muchos años después, yo rechazaba los regalos, que era una forma de rechazar tal vez los afectos. Y que cuando llegó a la casa de mis padres para ayudarme a sacar algunas cosas, porque me dejó vivir durante un tiempo en una casa que tenía sin habitar, alucinó por mucho que yo le hubiera contado cómo era aquella vivienda. Ver ese cuarto con los dos candados, los boquetes en la puerta, la humedad, la suciedad, el olor a mal y violencia, la opresión del vicio que flotaba entre aquellas paredes.

Ya no podré confiar, y sin querer o queriendo me he convertido en un neurótico que no sabe salir de aquel cuarto de baño ni de aquellas paredes si no escribe. El dolor y la pena y el odio como un volcán en erupción que escupe lava para que pueda ser moldeado de nuevo. Lava que se pregunta si merece la pena volver al niño, integrarlo en el nuevo caos que es cualquier vida y en la que los monstruos tienen los rostros de tu madre y tu padre, y se alimentan de sus hijos.

12

Después de varias semanas del correo electrónico que envié al Gabinete de Prensa de la Policía de Málaga, recibo una llamada en la que me informan de que han estudiado mi requerimiento sobre los antecedentes de mi padre, pero que al no ser documentos públicos no me los pueden facilitar. En cualquier caso, me comentan que su deseo es ayudarme y me exponen tres opciones. Escribir una carta formal solicitando lo que quiero con precisión y justificando la necesidad perentoria para el libro y que ellos lo elevarán a Madrid, y será el ministerio correspondiente el que tenga la última palabra. O a través de una autorización judicial, que ya me advierten es realmente complicado y un proceso lento. O acudir al Decanato o a los Juzgados a solicitar las diligencias previas, en el que encontraré lo actuado sobre el historial de mi padre, en el caso de que todavía exista.

Sé que nada de lo que descubra interferirá en la relación que tuvimos, ni en las preguntas que aún hoy asoman, pero decido escribir la carta y ver qué pasa.

A la vez, por esa época, he terminado el cuento infantil. Por las noches, cuando acuesto a mis hijas, se lo leo mientras escuchan sorprendidas, con curiosidad, hacen gestos como si fueran los animales de la historia, y me interrumpen de tanto en tanto para imaginar otras posibilidades, otras aventuras a la ya plasmada. Por el día, apenas tengo paciencia, ni dejo de darle vueltas a este libro pensando que escocerá; y estoy revuelto, irascible, con un encogimiento en el estómago, como si tuviese un palo que me removiese los intestinos.

Sé que es el final y sé por qué me embarqué en este descenso, para comprender el miedo y la rabia que siento. Para salir de una vez por todas de aquel piso en el que estoy atrapado. ¿Lo he conseguido? No lo sé. Fui mordido por un perro rabioso y ya nunca podré desprenderme de ese daño.

Regreso una última vez a aquella casa como si fuera un relato mutante que jamás dejará de escribirse, donde me vuelvo a encontrar con él, siempre de noche, esas madrugadas que no tenían horas, con el ansia en el cuerpo, y la barriga revuelta, y le pregunto por qué lo hace, entonces mi padre se ríe de mí, me llama blando, inútil, me pega hasta que le suplico que pare, con los brazos me cubro la cabeza, el llanto me ahoga, y cuando él se va cansado de mi cuerpo, el dolor no es suficiente, solo abrigo frustración, entonces me golpeo a mí mismo en esa habitación cerrada de la que no puedo salir mientras sube el agua y pienso cuánto aguantaré sin respirar cuando el agua lo inunde todo, a pesar de que en los años ochenta no me hacía esta pregunta ni ninguna otra, solo anidaba odio y miedo, miedo que roía y roía mi cabeza, mis tendones, mis músculos, una uña que rasca la pared, una uña que sangra, una uña y todas las uñas que caen infectadas de los dedos de mis manos, regreso una última vez a aquella casa y a aquel restaurante que mi padre alquiló en la playa, me cuelo una tarde del 82, con la camiseta de la selección italiana, por una ventana que se podía abrir para coger helados para mí y mis amigos cuando en la planta de arriba escucho sonidos y no sé por qué subo, solo sé que me quiero ir y llamar a mi padre, sin embargo subo a tientas, vacilante, y veo a mi padre y a otro hombre de espaldas con la madre de un amigo, desnudos, sudan, aúllan, y yo sin querer y de la impresión emito un ruido leve, suficiente para que mi padre se gire y me vea y venga hacia mí como un cohete, encendido, echando fuego, los ojos en una órbita sideral, y me chilla aunque no entiendo lo que dice, parece que hablase otro idioma, y me saca de allí del brazo tirándome por las escaleras, los helados que tengo en la mano caen al suelo, aplastados, echados a perder, mi padre dice cosas que no escucho y salgo corriendo y me echo a llorar, cuánto lloraba en aquel lejano año que siempre está presente aunque ya no sé llorar, pese a que sigo corriendo e imaginando que mi padre se disculpa por esto y por cada una de las marcas que dejaba cada día en los setenta, en los ochenta, en los noventa, mi padre se disculpa y me dice que no pasa nada, que no volverá a suceder, que me comprende, pero estoy perdido en esa neblina en la que ya no habrá perdones ni una simple muestra de afecto, regreso una última vez a aquella casa, cuando un día del 80 llego del colegio con un dibujo realizado por el día del padre, y como están dormidos, entro en su destartalado y espeso dormitorio y dejo la hoja con el dibujo que he hecho en el colegio encima de la televisión, para que mi padre lo vea al despertarse, y luego me voy con mi hermano a casa de mi abuela a comer, y cuando por la tarde regresamos, mi padre ya se ha ido al restaurante y mi madre está a punto de salir, yo entro en el dormitorio y no veo el dibujo, y entonces sonrío pensando que se lo ha llevado, que lo ha pegado en la pared de la cocina del restaurante o en algún lugar más visible para que lo contemplen los clientes, es una sensación placentera, de armonía, siento que podré seguir adelante, me tumbo de espaldas en la cama, huele a mis padres, ¿huelo como ellos?, me pregunto; al sentarme en el extremo de la cama distingo la hoja con mi dibujo en el suelo, lo cojo y lo miro y hago una bola con él y lo tiro a la basura, con esa ira que me quema desde que tengo uso de razón, mi deseo de ser un dibujo animado para evitar sufrir, un dibujo de colores primarios, un dibujo que al ser aplastado recupera la tridimensionalidad en el acto, como si los dibujos animados no sufrieran, al menos eso sospechaba de niño, los dibujos animados no sufren, los aplastan y al instante recobran su dimensión, regreso una última vez a aquella casa para hablar con él, pero el miedo me puede y ya siempre estoy atrapado en todas las imágenes del pasado que danzan perturbadas en mi cabeza, la noche rota, los pies en el suelo frío, acudo a la cama de mi hermano, ¿qué hacemos?, aún no ha aparecido el ingenio de su locura, solo la imitación: los golpes, los insultos, el silencio, la ansiedad, el olor a alcohol, hachís, sudor, olores de la memoria, y mi padre que me grita: ¿Qué miras?, y me empuja. Defiéndete, vuelve a gritar y tira de mí y abre la puerta del piso y me deja en la calle, y yo que siempre he querido irme de esa casa, escapar, me siento como un pez varado en la arena que aletea desesperado, asfixiándome, con el agua salada que viene y va, incapaz de llegar a mí esas olas para arrastrarme de nuevo al mar, muriéndose en la arena, moviéndome para no sentir frío, arañando la puerta, la pared, como el pez que escarba en la arena para acercarse al agua otra vez, comienzo a hacerme daño físico para sentir, soy un niño del rebalaje que se hunde en la grava, mirando el cielo que ya clarea, regreso una última vez a aquella casa imaginando cada vez más a menudo que mi padre no existía, que podía borrarlo e incluso transformarlo en otra persona, hasta que después de días o semanas sin hablarnos, llegaba con una sonrisa y me subía al Ford Fiesta y me llevaba a Juguetes Carrión y me compraba un muñeco de He-Man, y si encendía un Ducados y yo ponía cara de desagrado lo apagaba, hasta que no podía abrir una lata o se me caía el aceite y entonces era como si una descarga eléctrica se apoderase de él y soltaba un puñetazo, insultos, cortaba lo que fuese con el cuchillo y notaba cómo el cuerpo absorbía el terror, regreso una última vez a aquella casa, vuelvo a tocar la rugosidad del gotelé, a vislumbrarme allí dentro, recorriendo aquellos pasillos que me parecían inmensos, la extraña sensación de estar perdido en mi propia casa, de querer huir cada minuto para después querer volver a pesar de los horrores, porque no existo tampoco fuera de aquel lugar.

13

Me despierto y llamo a mi mamá, luego a mi papá, y como no vienen, lloro, y como siguen sin venir, me levanto y enciendo las luces y los vuelvo a llamar, y tengo miedo, ese miedo gelatinoso que se funde con la piel y luego empiezo a caminar por los diferentes espacios del piso, mi hermano también está despierto, ¿llora?, no lo recuerdo, después de recorrer la casa, me quedo plantado en la puerta de entrada, llorando y pensando que no quiero estar allí, que nazco en otra familia, aunque nunca usé esa palabra, estudio los sonidos que llegan de la calle, los memorizo, y cuando menos me lo espero oigo el ascensor, la voz ronca de mi padre, la voz arrastrada de mi madre, abren la puerta y me ven en el suelo, desmadejado, roto. Qué haces, no recuerdo si contesto, solo los llamo papá y mamá, cuando ellos me preguntan de nuevo qué hago despierto y me llevan a mi cuarto, me he meado en el pijama, huelo, mi olor es el olor de la casa, ellos no lo notan, insisten en que me meta en mi cama pero yo no puedo dormir y mi padre da un golpe seco con la palma de su mano en la pared y entonces lloro y me contraigo y me acuerdo de algo que me dijo mi madre, cuando manché aquella vez: Ojalá hubiera abortado, ojalá no te hubiese tenido, las manchas de sangre, los gritos y las palabras de mi abuela y de mi hermano y de mis tías y de mis padres aparecen y desaparecen, los portazos y los susurros y lo que se escapa entre las rendijas de las puertas para entrar en mí, y el miedo al legado recupera las lágrimas, pero son lágrimas distintas, otro miedo.

Empuja. Empuja. Empuja.

Las 6.02 horas.

Empuja. Empuja. Empuja.

Aquí está.

Es 3 de noviembre.

Caigo al mundo.

14

Las palabras sencillas son las más difíciles de decir.

¿Y cuando se trata de arrancar el dolor? De no mentir y manejar hechos reales para indagar en la familia y en uno mismo y descubrir las sombras y lo que se oculta en ellas.

A una de mis hijas le cuesta dormir. Casi todas las noches se repite la escena: me pide que me meta en su cama y que le dé la mano hasta que se queda dormida. Cada noche las arropo y les digo que las quiero, sin poder evitar el pensamiento de si su miedo es un miedo heredado.

A medida que han cumplido años, mis hijas han empezado a preguntar.

¿Por qué solo tenemos unos abuelos?

Abrir y cerrar puertas
(A modo de agradecimientos)

Un libro nunca acaba. Es como una casa. No como la casa de mi infancia y juventud, pero sí como lo que la mayoría entiende como un hogar. Las casas se habitan por un tiempo e incluso durante toda la vida. Cambias la decoración (entran objetos nuevos, novelas, tebeos..., y tiras otros), invitas a amigos y familiares a pasar y quedarse el tiempo que quieran, acoge/atesora sentimientos y emociones. De pronto, hasta descubres algo que guardaste hace muchos años que te lleva a ese rincón que olvidaste. En una casa se abren puertas y ventanas cada día. Y también se cierran. Sin pensar.

Las casas respiran lo que hemos vivido.

El libro jamás se cierra del todo. Y menos uno como este, en el que apenas es una parte íntima de lo que fue. En cierto modo, este libro funciona como un refugio. Uno donde me sentía protegido, que me costaba abandonar, que como me dijo mi editor Iván Serrano «Te cuesta soltar». Al final, salí de él. Cerré la puerta para abrir otras. Tal vez porque hay más casas a las que ir, aunque, de tanto en tanto, todavía me acerco, la rondo, entro y registro las estancias, para descubrir acaso que el único deseo de reparación posible, como descubrí en la infancia, es seguir abriendo y cerrando puertas, aunque a veces esas puertas estén arrancadas, llenas de golpes. Las puertas de la infancia y la juventud son las huellas de no sentirse amado. La angustia de sobreponerse a la falta de amor y lo oculto. Lo que solo uno sabe porque el cuerpo nunca miente. Las ganas de borrarse uno mismo. Desaparecer para entender el dolor propio y el ajeno: esa sensación destructiva de los padres con sus hijos. Esa violencia que con los años uno identifica de otra manera y hasta llega a comprender, porque mis padres también sufrían. Pero eso no los exime de la violencia, del miedo anidado, de la destrucción con la que devastaron la casa y a los que la habitábamos. Quizá otro miedo, el de la transmisión, es el que me ha permitido levantar esta otra casa con palabras. Y llamar a mis padres por sus nombres (algo tan sencillo fui incapaz de hacerlo durante décadas). Y percibir que el miedo sigue ahí, miedo a trasladar algo a mis hijas, pero, a la vez, la certeza de que hay otras casas y refugios a los que puedo ir.

Y, ahora sí, abro la puerta de los agradecimientos.

Gracias a mi hermano, amigos (ellos saben quiénes son), tías y conocidos de mis padres por su tiempo y la confianza que mostraron.

A Moisés Salama por la amistad durante todos estos años y la fe inquebrantable en este libro.

A Juan Bonilla, mi hermano mayor en el campo literario, mi primer lector, del que nunca digo su nombre en vano.

A Isabel Bono por las mijitas y papelitos y listas de la compra.

A Dani Ruiz por las zapatillas Kelme que compartimos.

A José Miguel Molero por compartir secretos.

A la familia Tusquets (Juan Cerezo, Iván Serrano, Delia Louzán, Alejandra Segrelles, Natalia Gil, Ana Estevan, Cristina Martínez y Albert Andreu) por acogerme como uno más de la familia.

A Elena, Carlota y Sofía, que respiramos en la misma casa.

Y a todos los que están por aquí o han estado. Abran la puerta...

Silo 1: Wool

Ciencia Ficción